# ＣＡボーイ

宮木あや子

角川文庫
23767

# 目次

# 第一話

大学の卒業旅行はカリフォルニア州に行った。男五人で。アパレルに就職が決まっている篤弘、商社に就職する悟志、アイドルのライブで台湾まで遠征し、会場で意気投合したアメリカ人に誘われて留年が決定しているのにそのアメリカ人が勤務する外資系IT企業に就職する啓介（したがって彼だけは「卒業」旅行ではなかった）、就職せずフリーターの道を選んだ雅樹、そして「将来の夢」を自らの意思によってではなく断たれ、外資系ホテルに就職する治真。

偏差値が中央値よりも高めな、幼稚園から大学まで一貫教育を行う東京の大学で出会った五人の共通点は、全員が大学からの入学者だったこと。加えてそれぞれ家の都合で二年くらいはアメリカで暮らした経験があること。しかし五人もいるのに当時は誰もカリフォルニアに住んだことがある者はいなかった。治真に至ってはハワイである。日本の感覚だとハワイはアメリカというよりハワイだ。

カリフォルニア州にはロサンゼルスとサンフランシスコというふたつの都市がある。

どちらも成田および羽田から毎日直行便が出ている。その中で五人は当時航空運賃の一番安かったアメリカのエアラインを選んだ。貧乏だったからだ。否、厳密に言えば貧乏ではなかった。治真と雅樹以外は三人とも実家が東京で親は年収高め、治真と雅樹も実家は兵庫だが親は年収高め。そもそも治真の父に頼めばニッポンエアライン（NAL）の割引チケットは手に入った。けれど、治真の心中を慮ってか誰も「お父さんに頼んでよ」とは言わなかった。

今思えばリアルに貧乏でパンの耳とモヤシしか胃に収められないタイプの学生からはいけ好かない集団だと思われていただろうが、そもそもそういう学生は治真たちが通っていた大学にはほとんど存在しなかった。東京に住む三人は学費を出してもらい家に住まわせてもらう以外は親からの援助を一切受けておらず、兵庫出身のふたりも学費は出してもらっていたが、仕送りは最低限の家賃のみで、生活費はアルバイトで稼いでいた。同じ大学に少なからず存在した、ブランドのロゴの入っている服や鞄を身に着け、毎夜クラブのVIPに入り浸っているような一部の内部進学生たちとは違うんだぜ、という、今思えばくだらない嫉妬と自負もあった。篤弘の実家が港区だとは四年生になるまで知らなかったし、悟志の実家が中央区であることも、卒業までは篤弘しか知らなかった。宅飲みをするときは大学の近くで古いアパートを借りている雅樹の部屋に集まっていたからだ。

全員、付き合っている女はいた。しかしほぼ五人で四年間を過ごした。当然のように卒業旅行も五人一緒だった。卒業、就職する実感があまりないまま飛行機に乗り込み、それぞれの席につく。日本の航空会社の客室乗務員には女性が多い。多いというよりも、ほとんどが女性である。しかし海外のエアラインには男性の客室乗務員が普通にいる。日本およびアジア圏では容姿端麗な女性が選ばれがちな職業だが、特にアメリカのエアラインでは「暴漢に襲われても勝てそう」な見た目の男性も結構存在している。

　彼らはどんな気持ちで勤務しているのだろう、と、犬小屋に敷いてある布みたいなブランケットと薄い枕を受け取りながら治真は考えた。ＣＡの職業的地位はアメリカではウェイトレスやウェイターに類する、と父が言っていたが、本当なのだろうか。アメリカ（ハワイ）で暮らしたことはある。しかし二十二年間の人生のうち、小学五年生から中学一年生までのたった三年だ。したがって自分は骨の髄まで日本人だと思う。

　無愛想なＣＡたちが見回りを終え、それぞれのジャンプシートに座ってシートベルトを締める。離陸後、チーフパーサー（ＣＰ）の機械的なアナウンスが流れたあと、機長アナウンスが聞こえてきた。このとき乗ったアメリカの航空会社のパイロットは軍隊からの転職が多いという。離陸と着陸は雑だが絶対に落ちない。南部訛（なま）りの強い早口な英語を聞きながら、もし今から自衛隊に入ったら俺はこのアナウンスを流す立場に行けるだろうか、この機体の最前部に位置するあの席に座れるだろうか、と考えた。無理なのは判っている。日本の主要な航空会社には自衛隊からの転職ルートはない。じゃあ、もう、永遠に無理か。

座席指定が間に合わず、五人で近くの席は取れなかった。東京出身組と兵庫出身組で座席が分かれた。治真は隣で機内誌を広げている雅樹に気づかれないよう、夜の闇に沈んで何も見えない窓の外を睨(にら)みつけながら鼻根を強くつまみ洟(はな)を啜(すす)った。

数年後、日本の航空会社でも人材確保のため、自衛隊からの転職を受け入れるようになった。そして雅樹にはバレていたことも五年近く経ってから判明した。

「受けなよ。受けたほうがええよ。だって治真、泣くほど悔しかったんやろ」

雅樹の発言に、タブレットに表示された文章を熟視していた治真はぎょっとして問い返す。

「俺、おまえの前で泣いたっけ？」

「卒業旅行の行きの飛行機で機長アナウンス聞いて泣いてたやん。俺はそもそも就職する気なかったけど、治真がパイロットになりたがってたのは知っとったし。五年越しのチャンスが来たんやで、受けるべきや」

NALは通常、中途入社を受け入れない企業である。しかし今日、NALの公式サイトで中途採用の求人が発表された。わりと大々的にウェブ広告も出た。何故ならその採用職種は「客室乗務員」だったからだ。別にこの職種は珍しいものではない。しかし今回の募集では、明示はされていないがおそらく性別的に男性が優遇されるであろうことを匂わせており、客室乗務員で採用され経験を積んだあと、適性があれば希望の部署への異動も可能、という採用方法であることが窺える内容だった。ほかの企業なら総合職採用の手法である。

「二年間CAやれば好きな部署に行けるかもしれないんやろ、受けなって。何を悩む必要があんねん」

　ソファの隣で正座をしてこちらを向く雅樹は、これ以上ないほど真剣な眼差しで治真に訴えた。

「いや、でもちょっと前に似たようなドラマやってたやんか。行きたい部署に異動するために興味もない仕事頑張ったけど、結局その興味もない仕事のほうが面白うなって元の鞘に収まる的なやつ、出版社の。ああいうの望まれてたら嫌やん？」

「だったらなおさらやん！　えっちゃんは出版社に入るまで七年もかかったんやで？　治真まだ五年やん？　しかもえっちゃん一度は行きたい部署に異動できとったで、スペシャルドラマのほうで」

「俺それ観とらんわ」

「観なって！　幸人くんの衣裳ぜんぶグッチでくそゴージャスやから！」

　治真が日比谷のロータス・オリエンタルホテルに就職して五年弱が経っていた。ロータスはイギリス統治時代に香港で設立され、のちにアジアを中心にチェーン展開した老舗ラグジュアリーホテルだ。日本に入ってきたのは八年前。治真が就職して間もなくシンガポール資本のホテルグループの傘下に入ったが、従業員のほとんどは雇用が継続された。ハード面だけではなくソフトの面でも狙われていたのだろう。

就職してしまったからには真面目に働こうと決めていた。最初の一年が忙しすぎて彼女には振られたしストレスで胃炎になったりもしたが、働いていくうちに仕事が楽しいとも思えてきていた。足場が固まってきたと思っていたところに、この求人。

もし今回の採用試験でＮＡＬに就職できたとしたら。でもパイロットに行く道がないのだとしたら。

同じ箱の中で、胃が捻(ね)じれるほど憧れる職業に就く人を見つづけるのは絶対につらい。もし受かったとして、二年間のＣＡ勤務のあと、自社養成パイロット訓練を数年受け、試験に受からなかったとき。無神経に思えるほどの熱っぽさで「受けるべき」と説く雅樹はその針の筵(むしろ)をわかっているのだろうか。

「……雅樹、今の仕事楽しい？」

先ほど言っていたドラマの動画配信をタブレットで検索している雅樹に、治真は問う。

彼は卒業後すぐ一年間の放浪の旅に出て、帰国してから実家近くの美容関係の専門学校に一年通い、現在は銀座(ぎんざ)の商業施設に店舗を構える化粧品メーカーのカウンターでＢＡ(ビューティーアドバイザー)をしている。まさかそういう類(たぐい)の就職をするとは思わなかった。一年と少し前、都内での勤務が決まったとき「今家がないからちょっと住まわせて」と頼まれ、軽い気持ちで家にあげて以来住み着かれている。ものが少なく家事全般が得意な男なので、迷惑な反面ありがたくもあり、まだ本気で「出ていけ」と言ったことはなかった。

「思ってたんとは違てたけど、まあ、ご褒美みたいな接客ができたときは楽しいかな」

「何が違てた？」

「今はお客様がほとんど外国人で、免税店みたいな接客しかできへんの。社内で一応中国語の研修あるんやけど、ホンマわけわからんし」

「あー、そうね、昼の銀座は日本人より外国人のほうが多いね」

ロータスの宿泊客も八割以上が外国人だ。日本語よりも英語をしゃべっている時間のほうがはるかに長い。

「ていうか、俺ＢＡやんか、治真ＣＡやんか、なんか面白くねえ？　ＡＡって仕事ないかな」

「いやまだ決まってへんし、上田剛士かひとり脱退したトリプルエーくらいしか思いつかへんわ」

「別にトリプルエーは頭文字がＡの三人組やないで。ＡＡ……、あ、相澤篤弘、篤弘がＡＡ！」

「おー、あいつ生きとるんかな」

雅樹が家に転がり込んできたのと同じころ、新卒でアパレルに就職し、二年後には独立して自分の会社を作った篤弘がすべてのＳＮＳから姿を消した。残りの四人は本気で心配したが、辛うじて悟志とだけは連絡を取っていることが判り、更に少しのちに啓介が過労で倒れて入院し、みんな大人になっていろいろあるんだね、と互いのプライベートを詮索（せんさく）するのは控えるようになった。年を重ねるにつれ友達との距離が離れてゆく。社会に出ることによって形成される新たな人間関係にリソースを食われるのが一因なのだろうが、かつて毎日一緒にいた人間の近況を今は知ることもできない、その距離の遠さが少し寂しい。

「……また五人で旅行できたらええのになあ」

治真の心中を見透かしたかのように、楽しかったよね、と雅樹は五人で行ったユニバーサル・スタジオで撮った写真をこちらに見せてくる。

「全員休日バラバラやし当分無理やろうなあ」

「日本人、働き過ぎやろ」

「な。おかしいよな」

啓介と治真は外資だが、「外資系企業は勤務時間がユルい」は都市伝説だといつか話した。外資であろうと日本に入ってくれば日本の企業になる。とくにホテルは人が休んでいるときに働くから、ほかの一般的な企業からは休みの時期が一ヶ月か二ヶ月ずれる。

「雅樹また仕事辞めろよ」

「簡単に言わんといて、俺かて真面目に働いとるんやから」

「真面目に働いとるんなら早（はよ）う家賃半額払えや」

「出世したらいくらでも払ったるわ。ほら治真、どいて。俺寝るよ」

傍らのランドリーボックス（雅樹の私物入れ）に突っ込んであった毛布を引きずり出

し、雅樹がソファに寝床を作り始めたので治真は風呂場に向かう。寝るときに雅樹はアロマを焚く。その匂いが風呂上がりの治真の部屋まで薄く漂ってきていて、ベッドに横たわった治真は二秒くらいで眠りに落ちた。

＊＊

長距離のフライトと短距離のフライト、どっちのほうがつらい？　と他業種の人によく訊かれる。個人差はあるが、圧倒的に短距離のほうがつらいと紫絵は思う。国内線の羽田⇔大阪などは飛行機に乗り慣れているビジネスマンの搭乗客が多く、だいたい彼らは機内で寝ているか仕事をしているかなので、まだ楽な気がする。紫絵的には沖縄便と北海道便がつらい。飛行機の搭乗客としては「しろうと」が多く、大阪便よりもフライト時間が長い。

好きでやってる仕事だけど。

いまだにお嫁さんにしたい職業トップ３には必ずランクインする仕事だけど。

でも、現実って意外と理想とは程遠いよなあ、と、機体の後方、修学旅行生密集エリアの担当になってしまったときは思わず天を仰ぎたくなる。

ＮＡＬの正規料金は高い。飛行機を単なる移動手段、安ければ安いほど良いと考える人たちの多くはＬＣＣ（格安航空会社）を利用するが、飛行機での移動に付加価値を求める人たちは、

FSC（フルサービスキャリア）であるNALや元国営の帝国スカイシップ（TSS）を利用する。その中には付加価値を求めすぎてしまうタイプのお客様もいる。

朝一の沖縄便のブリーフィングで「本日は修学旅行のお客様が百五十名」と言われたとき、ベテランの先輩が担当してくれたらいいなあと思った。しかし今日は総合職から一時的な異動で来た男性客室乗務員がクルーに名を連ねており、CPは先輩を機体前方右側のポジションであるR2、男客（ダンキャク）をR3担当に充てた。紫絵の担当はL5。CPの目の届きづらい左側通路の一番奥である。

上顧客様（マイレージサービスのダイヤモンド・プラチナメンバー）が搭乗したあと、狼に追われる猿の集団かキャンプファイヤーに浮かれる小学生かという勢いで黒っぽい高校生の集団が雪崩（なだ）れ込んで来た。うわあ、と思う。男子高だったか。

「お荷物は上の棚か前の座席の下にお納めください」

何がおかしいのかぜんぜん判らないが、そこらじゅうから野太くけたたましい笑い声が聞こえてきて、反対側通路を担当するCAの声も、自分の声も通らない。座った瞬間に椅子の背もたれを倒し前のテーブルを出す生徒も大勢おり、シートベルトサインが消えるまではお控えください、と何十回も説明する。

「おねえさんおねえさん、Wi-Fi（ワイファイ）どれ!?」

スマホの画面をこちらに見せてきたひとりの少年から伝染するかのごとく、周りの少年たちも一斉にポケットからスマホを取り出す。

「当便ではWi−Fiは離陸の五分後からお使いいただけます、詳しくはリーフレットをご覧ください ね、それから恐れ入りますが背もたれをお戻しください」

前方は既に離陸準備を終え、このエリアだけが絶望的にまだだった。収納から鞄がはみ出してる箇所もあるしシートベルトの確認も終わっていない。前のほうを担当する先輩から「早くしろ」を意味するハンドサインが、手指の先に怒りを感じる圧で送られてくる。紫絵は暗澹たる気持ちで深く息を吸い、声とともに吐き出した。

「シートベルトをお締めください！　テーブルはまだ出さないでください！　背もたれを元の位置にお戻しください！　Wi−Fiはまだ使えません！　手荷物は前の座席の下です！」

かつて部活で鍛えた声量はこういうとき役に立つが、なるべく、緊急時以外には役立てたくない。

平成生まれの労働者が珍しくなくなって十年が経った。そして就職活動が「地獄」でなくなってからも十年が経ったらしい。六年前に大卒でNALに就職したときはまだ、仕事で関わる中高年に「平成生まれかー」と目を細められたものだが、今現在の段階で、NALは昭和生まれのCAのほうが少ない。今年の採用は千人だったそうだ。

羽田⇓那覇⇓伊丹⇓羽田のタイトなフライトを終えてひとり暮らしのマンションに戻る。六年経ってもまだ仕事は日々戦いで、いつになったら「慣れる」んだろうと思う。

解(ほど)いた髪の毛にまんべんなく椿油(つばきあぶら)を揉(も)み込み（そうしないと櫛(くし)が通らない）、たっぷりと湯を張った浴槽に肩まで浸(つ)かりながらふくらはぎにリファを転がし、明日の予定の空白を埋めるための用事を考える。

大学の友人たちはほとんど土日休みの仕事をしているため、夜しか会えない。結婚する予定だった彼氏とも四ヶ月前に別れた。自慢じゃないがCAという職業に就く女が男から振られる確率はものすごく低いため、ほかの女を妊娠させた責任を取る、と言って別れを告げられたときは、夢かと思った。悪いほうの。

何考えてるのかずっと判らなかった。一緒にいても気が休まらなかった。

そんなことも言われた。とくに何も考えてないし、紫絵のほうは彼と一緒にいるとき普通に楽しかったから、これも夢かと思った。悪いほうの。

一時間くらい入浴したあと、洗面所で時計を見たら午前二時を過ぎていた。結局予定は何も思いつかず、翌日の昼頃に目覚めたあと、会社から何も連絡がないのを確認し、近くのコーヒーショップで軽く食べてから隣駅のジムに向かった。レッグプレスのウェイトを粛々(しゅくしゅく)と追加していたら、初めて見る若い男のトレーナーに「あまり無理はしないほうがいいですよ」と声をかけられた。

「私のメニューだとまだ設定の半分です。百二十キロなんですよ、ほら」

マシンの脇にかけたメニュー票を手に取り彼に渡すと、裏返った声で「えっ!?」と返ってきた。

「ビルダーさんですか？」

「違います」

　これ以上おまえとの会話をつづける意思はない、という態度を顕わに返したら、何か言いたそうな顔をしたまま彼はその場を離れた。

　マシンのメニューをすべて終わらせたあとは五キロ走り、プールで二キロ泳ぎ、どこにも寄らず日が暮れるころ隣の駅まで戻った。商店街の入り口から少し入ると、とんでもなく古くて汚い鯛焼き屋がある。しかも営業が不定期。今日は久しぶりに営業していたので、紫絵は焼き台越しに中を覗いた。

「いらっしゃーい」

　視線に気づいた従業員の女の子がスマホを片手に中からやってくる。

「ツナマヨポテトと明太サルサと味噌チーズいぶりがっこ、ふたつずつください」

「はいよー。おねえさん、久しぶりだね」

　従業員の女の子はてきぱきと準備をしながら、人懐こい笑顔を向けてくる。

「私が帰ってくる時間帯、このお店閉まってるから。よく私のこと覚えてたね」

「味噌チーズいぶりがっことかクソ不味いの注文するの、おねえさんくらいしかいないもん」

　味噌餡とクリームチーズをミックスしたものに細かく刻んだいぶりがっこが入っている珍しい鯛焼きである。美味しいのに、自分の店の商品に対してなんという言い草か。

ぜんぶ焼きあがるまで十五分以上かかるから、外のベンチで待つかどこか行ってこい、と言われたが、この商店街にはとくに見たい店もないので、紫絵は外のベンチで待つことにする。

「おねえさん、ここら辺の人だよね？　どこ住んでるの？」

スマホを見る気力もなくぼんやりと道行く人を眺めていたら、従業員の女の子に訊かれた。

「こっから歩いて五分くらいのところにあるマンション」

「もっと駅近に住みませんか？　ていうか、この家に住みませんか？」

「え⁉　これ、家なの⁉　住む場所あるの⁉」

突然の営業に戸惑うよりも背後の建物が家であるという驚きのほうが勝り、思わず紫絵は振り返って焼き台越しに中を覗き見た。

「うん、一応二階建ての家なの。前の住人が一年くらい前に出て行っちゃって以来ずっと空いてるの。ちゃんと風呂もトイレも台所も付いてるし、駅から近いし、弊社イチオシの物件です」

弊社。鯛焼き屋兼不動産屋とは、だいぶ珍しい業態だ。

「……今のマンションで満足かな……」

紫絵の気のない答えに、そっかーざんねーん、と従業員の女の子はとくに残念そうでもなく唇を尖（とが）らせ、その後は黙々と鯛焼きを焼いた。

ギリギリまで悩んだ。今の仕事をつづけていたら確実に管理職になれる。その手ごたえは既にある。でも、本当にそれで後悔しないか。あのときああしておけばよかった、あのときああしなければよかった、という後悔は、人生の分岐を迎えたのち誰もが経験するだろうが、やったほうがよいのか、やらないほうがよいのか、応募期限の直前まで悩んだ。

＊＊

「応募した？」

夜の十時過ぎに帰宅した雅樹に訊かれる。

「……した、さっき」

「えー、マジ⁉　びっくりなんですけどー」

「は？　めっちゃ勧めてきたの自分やん⁉　何言うとん⁉」

募集を知ってから顔を合わせるたびに雅樹は「応募した？」と訊いてきていた。いいかげん「うるさいよ！」と怒鳴りそうになるほどのしつこさだった。

「俺は背中押してただけですけどー？」

「押し過ぎやなかったですかね、ちょっと」

悩み過ぎてそれ以外のことを何も考えられず、食事を摂るのを忘れていた。雅樹がふたつ買ってきた（ひとつは明日の朝のぶん）牛丼のひとつを定価で買い、ソファに並んで食べる。

「受かりたい？　落ちたい？」

なんの味もしない牛丼を胃に収めていたら、訊かれた。この勘の鋭さが、ジャンルは違うが同じ接客業の身としては少し羨ましい。

「お祈りの連絡が来たら諦めもつくかなと思う、今度こそ」

「いや、とりあえず書類は通るやろ」

「断言するやん」

「だって息子やんか、有名な社員の。それくらい調べるやろ人事も」

鋭いが、遠慮もない。彼の発言を治真は無視し、テレビの画面を眺めた。何の番組もついてない、綺麗な写真が切り替わるだけのスクリーンセーバー画面。知らない人の笑い声も喋り声も怒鳴り声も、仕事でトラブルのあった日は一切聞きたくなかった。

治真と雅樹は大学時代、数ヶ月だが所謂「闇カジノ」で働いていたことがある。一般的に知られていないだけで、こういう施設は都内各所に意外と存在しており、警察にマークされるとひそかに場所を変えてまた営業を再開するらしいが、ふたりが働いていた店はその動きが読めなかった。大々的な警察のガサ入れがあった日、たまたま治真は休みで雅樹は大幅に遅刻をした。出勤した雅樹は同僚たちが次々と警察に連行されてゆく様子を外から見て一目散に逃げ帰り、翌日引っ越しもした。

規模は違えど、ホテル業界にも華やかな表面の裏に少しばかりの闇がある。都内の某老舗ホテルには、迷路のように入り組んだ場所に存在する専用エレベーターでしか行けない地下階に、数部屋のレジデンシャルスイートが用意されており、キッチンや洗濯機や乾燥機も完備で、部屋から一切出ず、サービススタッフの目にも触れずに生活ができるようになっている。スキャンダルで自宅にいられない政治家や芸能人、極秘に来日して部屋の中で用事を済ませ、空港へ直行して帰る海外の要人などが主な客である。

ロータスにも、一般的な予約サイトなどでは予約を受け付けていない、レジデンシャルタイプのペントハウススイートが最上階に二部屋存在する。この二部屋のための専用エレベーターもあり、部屋の窓は防弾ガラスになっている。

一週間ほど空いていたらしいが、三日前に今日から二週間の予定で埋まると宿泊課から連絡があった。ここの宿泊客はフロントを通さず専任スタッフがチェックインからチェックアウトまですべてのサービスを担当するため、治真たちフロントスタッフは通常顔を合わせない。が、本日未明の夜勤中、ほかのスタッフが仮眠および食事を摂っている時間帯にひとりでフロントを担当していたら、若い、というよりもこのホテルには不釣り合いなほど若すぎる小学生くらいの子供が、スイート以上の部屋にある備品の白いパジャマ姿でフロントとコンシェルジュのあいだを走り抜けてゆくのを目撃した。午前三時である。子供はそのまま自動ドアから外に出て行ってしまった。

その日はゲストリストにある限り、東洋人かつ小学生くらいの児童の宿泊客はペントハウススイートにしかいなかった。血の気が引いた。追いかけるべきかスタッフに連絡すべきか一瞬迷ったが、今自分がここを動いたらフロントが無人になることを懸念し、電話を取りペントハウスのスタッフへコールした。すぐにつながり、切羽(せっぱ)詰まった声と背後に怒声が聞こえたので、既に騒ぎになっていることを察した。

「たぶんご子息が外に出て行った、正面扉から」

「好的(ハオダー)、謝謝(シェシェ)！」

スタッフはトライリンガルのシンガポール人だが、普段は日本語で会話をしているので、彼女がどれだけ切羽詰まっているかこの二秒に満たない返事で伝わってくる。三分も経たないうちに、さきほど電話で話したスタッフのラムと、子供の父親か祖父であろうゲストのクォック氏がバタバタと足音を立ててやってきた。

恰幅(かっぷく)はいいが人相は死ぬほど悪い、パジャマにナイトキャップ姿のクォック氏は治真の姿を認めると地響きがしそうな勢いで駆け寄ってきてその襟首を掴み、早口の広東(カントン)語で何かをまくしたてた。治真が研修を受けているのは北京(ペキン)語だったし、何よりも早口すぎて何も理解できなかった。たぶん、何故追わなかったのだ、的なことを言われているのだろう。

「警察に連絡を」

思わず縋(すが)るような眼差しでラムを見遣(みや)り言ったが、彼女は首を横に振る。

「日本の警察を信用してないし、もし見つけられたとしても、彼は不愉快」

その後、同じくらい早口の広東語でラムがなだめてくれたおかげで治真はクォック氏の拘束から逃れたが、約一時間半後、警備員たちが子供を見つけて連れて帰ってくるまで、生きた心地がしなかった。この界隈の午前三時はほぼゴーストタウンで、変質者に襲われるなどの心配はほとんどない。しかし子供にとって異国のゴーストタウンは恐怖でしかなかったろう。

ラムは彼らを部屋に送り届けたあと、治真のいるフロントへと戻ってきた。彼女のほうが少し年上だが、同時期に入社し、客室係やレストランでの研修を一緒に受けたいわば同期なので気心は知れている。

「持ち場離れて大丈夫？」

「大丈夫、今はエドワードが謝りにきてる。治真は関係ないのに災難だったな、ごめんなさい」

支配人をファーストネームで呼び捨てにする文化に未だに慣れない。彼も寝ているところを叩き起こされただろうし、同情を禁じえなかった。ただ、彼がおそらく寝ていたであろうというだけで、レストランは朝食の準備を始める時間帯で、ホテルの心臓部は既に動き始めていた。治真はあと一時間であがりだ。

「元々不機嫌だった、いらっしゃったときも」

「なんで？」

「ミスタークォック、今プライベートジェットがメンテナンス中で、民間機でいらっしゃったのですよ」

「え、そんな富豪だったんだ？」

ペントハウスの宿泊の場合、ゲストのプライバシーを保護するためか、治真たち末端にはそこまでの情報が下りてこない。

「そう。でもその民間機のサービスが彼のニーズに合わなかったらしい。レリジョン伝えておけば、ヒンドゥーはビーフが出ない、イスラムならポークが出ない。でもミスタークォックはレリジョン無関係にビーフもポークも苦手。今の民間機のほとんどは事前に申請しておかないと、ベジタリアンメニューは積まない。日本のロータスにステイしたのは、ブディストキュイジーヌのシェフがいるからだそうです」

「……チキンは？」

我ながらどうでもいいなと思いつつ、気になって治真は尋ねる。

「好き。でもファーストクラスの食事にチキンは出ません。しかもミスタークォックはむね肉の皮のぶよぶよしたところを取り除いたのが好き。あれがついたままだととても不機嫌になった。でもそんな肉ファーストクラスじゃ絶対に出ない。あと、パッケンテインアップ、日本語でなんだっけ？」

「北京ダック？」

「それ。北京ダックはダックのほうしか食べなかった、北京には手も付けなかった」

「ごめん、わからん。北京は何？　巻く生地とかネギとか味噌とか？」

「いや、北京は皮、ダックは皮取った残りの身。ただしこれは私の中のルールだから信じてはならぬ」

北京ダックって皮のほうがメインじゃなかったっけ。富豪なのに食の嗜好が質素すぎる。何食ってあんなに太ったんだ。

三時間の仮眠から戻ってきたスタッフと出勤してきたスタッフに引継ぎをし、治真は朝六時にあがった。毎度のことながら夜勤明けは朝日が目に痛い。ＮＡＬの中途採用の応募はその日の夕方五時までだった。

＊＊

修学旅行生を満載した朝の沖縄便が三回つづいた。しかもずっとエコノミークラスの後方担当。私、誰かに嫌われるようなことしたかしら、とモヤモヤしつつも紫絵は機械的に仕事をこなした。言い方は失礼だが、地方出身者の紫絵でも名前を知っているような偏差値高めの有名な高校はやはり、母校の看板を背負っている自覚があるのかとても礼儀正しい。クルーに何かを要求するときも「すみません、〇〇をいただけますか」と、横柄な高齢者の男性客に「貴様は目をかっぴらいて彼を見習え」と突き出したくなるほど謙虚である。

休みを挟んだあと、今度はなぜかアメリカが数便つづくことになった。CAになりたてのころは国際便で飛んだ先で宿泊するステイも楽しかったが、今は現地で軽く飲んで食べてホテルで寝るだけだ。翌日はまた業務に戻る。短距離と長距離は別の筋肉を使う。日本の航空会社だから搭乗客は日本人が多いものの、コードシェア便があったり、マイレージサービスもグローバルなので外国人客もそれなりに多い。

一発目のロサンゼルス便は久しぶりのビジネスクラス担当だった。ファーストクラスは誰でも担当できるわけではなく経験と資格が必要だが、ビジネスは研修を受ければ担当できる。しかし勤務を重ねていくと研修で習った内容だけではなく記憶力や要領のよさ、頭の回転の速さが必要不可欠であることも判ってくる。紫絵は先輩後輩の上下関係が厳しい体育会系で育ってきた。先輩の要求をいち早く察し、それに応じることや、チームプレイ故に言葉に出さなくともその場の空気や流れで状況を読む能力がある。CAになってしばらくして、あのバカみたいに厳しい部活生活に感謝をおぼえた。

CAになる人種は古くから、大まかに分けて二種類いる。腰掛けで入社するお嬢様か、CAになりたくて努力してなった庶民。紫絵は「なりたくてなった庶民」側で、なんとなーくCAになって、あんまり場の流れや空気の読めないお嬢様側の人と持ち場が被ると、気持ちを落ち着かせようとしても少なからずイライラした。

可愛いんだけどね。可愛いから笑っとけば許されちゃうんだけどね。しかしなぜおまえがビジネスクラス。

「私、今日はＲ側がいいですー」

卓を囲んでのプリブリ（Pre-Briefing／事前打ち合わせのこと）でポジションの割り当てが言い渡されたあと、お嬢様側の板谷モネ二十六歳が堂々と言い放った。

「は？」

「Ｌ側に前に私のことずっと口説いてきたお客様がいらっしゃるんです。唐木先輩ならそういうお客様得意そうですし、チェンジしてもらえますか？」

唐木先輩だって得意じゃねえよ!?　紫絵は心の中で言い返したが、ＣＰのオブライエン美由紀（配偶者がアイルランド系イギリス人）四十五歳は眉を吊り上げながらも一呼吸置き、告げた。

「じゃあチェンジで。唐木さん、Ｌ２よろしくお願いします」

いや、そっちの要求呑むのかよ。あんたが若かった時代に存在していたらしき鬼のように厳しい先輩が見たら泣くよ？

抗議しようにも時間がないので仕方なく頷き、移動のあとクルーはフライト前のチェック作業に入った。座席の下やラバトリーの中に不審物がないか最終チェックをし、お客様をお迎えする態勢に入る。この機体のビジネスクラスは二十八席。ＣＡひとりあたり十四人を担当する。今日は旅行客四割、リアルにビジネスふうの人が四割、得体のしれない人が二割といったところか。

エコノミークラスの客が入り始めてもずっと空いたままの席がひとつあった。チェックインはしている。地上スタッフから急病などの連絡もない。十六時ちょうど発、あと一分で扉が閉まる、というときにバタバタと、手にスマホを握りしめたビジネスカジュアル姿の若い男性客が走り込んできた。心なしか頰は紅潮しているのに顔は妙に強張(こわば)っている。そして入ってきたあとも息を弾ませながら、席を探そうともせずそこに突っ立っている。具合が悪いのかと思い、紫絵は声をかけた。

「よろしければお席拝見いたします」

「あ、すみません大丈夫です。あの、落ち着いてからでいいので、あとから毛布を余分にもらえますか?」

「かしこまりました」

その男性客は見るからに営業用の、別人のような笑顔を作って答え、ビジネスクラスで唯一空席だったL側通路の窓側の一番うしろに腰を下ろし、タブレットと財布しか入ってなさそうな薄くて小さなブリーフケースを荷物入れに突っ込んだ。機体の扉が閉まる。

非常事態に際しての案内の映像が流れているあいだ、シートベルトとオーバーヘッドストウェッジビン(頭上の物入れ)のチェックを行い、薬を飲みたいから水をくれと言われていた客に水を、毛布の客に毛布を持って行った。「余分に」と言っていたので念のため二枚。

「体調がすぐれないようでしたら遠慮なくおっしゃってくださいね」

やっぱりちょっと顔色がおかしかったので紫絵が声をかけると、

「ありがとうございます。すぐに寝てしまうと思うんで、サービスは飛ばしてくださって結構です。起きたら呼びます」

と、だいぶ旅慣れた感じのことを言った。

「承知いたしました」

「すみません、夜勤明けでしんどくて」

エコノミークラスから、壊れ物らしき手荷物（オーバーヘッドに収納すると危険）を持ってきていた同じ班に所属する先輩の菱田が、紫絵たちの会話を聞いてあからさまに目を光らせる。おそらく二十代か三十代前半と思われる若さで顔が黒光りしておらず、ビジネスクラスひとり旅、そして「夜勤明け」という単語。すなわち高確率で医者。

「先輩それ壊れ物ですよね、預かります」

「うまくおやりよ」

何をだよ。

水の容器を回収しギャレーのトラッシュに放り込んだとき、ファーストクラスを担当するオブライエンが硬い表情でカーテンの中に滑り込んできた。化粧と髪型の攻撃力の高さに身体中に緊張が走る。それを気取られないよう紫絵は笑顔を作り軽く頭を下げた。

「あなた、中国語喋れたっけ？　ダメ元で訊くけど、今日ビジネスの研修受けてるクルーに中国語できる子がいるか判る？」

オブライエンは紫絵に身を寄せて早口に、辛うじて聞こえる程度の声で尋ねた。

「すみません、私は喋れません。菱田先輩がフランス語ならできますけど、中国人に見えるベトナム人とかじゃありませんでしたか？」

「うん、間違いなく中国の方で、たぶんカタコトの英語であろう言語が訛りすぎててほとんど聞き取れないの。それに何もサービス始めてないのに既にとっても不機嫌」

東京における津軽弁のような状態だろうか。もしくはロンドンにおけるウェールズ訛りのような。各フライトにアサインされるクルーの一覧には使用できる言語が記載されている欄がある。アメリカ便だし、中国語を話せるスタッフはいなかった。通常はアサインもしない。

「ファーストに搭乗されるような上顧客様なら事前に言語の情報判りますよね？　スケジューラーのアサインミスですか？」

「それが情報がない一見さんなの、ＴＳＳのほうのＤＢにもないって。中国語のできる子が乗ってないのは判ってるんだけど、もしかしたら、と思って。さっさと酔わせて寝かせるしかないかしらね……」

冗談なのか本気なのか判らないトーンでオブライエンはひどいことを呟き、出て行った。ＴＳＳのほうのＤＢにもないって、という台詞は聞かなかったことにして外に戻る。既に最終チェックと新聞・イヤホン・毛布のサービスは終えており、機体もそろそろ滑走路に入るので紫絵は持ち場の扉横のジャンプシートを倒しシートベルトを締めた。

巡航モードに入りシートベルトサインが消えてからしばらくのあいだ、クルーの業務はめまぐるしい。サインが消えた旨のアナウンスのあとは機内サービスの案内、ドリンクの配付、ゴミ回収など。医者と思われる青年は自分で言ったとおり既に熟睡していたので、ドリンクサービスは起こさないように飛ばす。しかし彼の寝顔は苦悶の表情で、若干心配ではある。

それが終われば一回目の食事の準備だ。エコノミーではカートからトレーに入ったものを配るが、ビジネスでは事前に前菜とメインのオーダーを訊いて一皿ずつ配るプリフィックスコースである。和食と洋食、更にその中でも肉と魚の選択肢があり、ある程度余分に積んでいるため全員が和食、もしくは全員が洋食を選ばない限りはどうにかなる。

とくに何も問題なくミールサービスは進んだ。ちょっと前までの怒濤の修学旅行三連発が嘘のような落ち着きだった。以前板谷モネをしつこく口説いたという客もなぜか紫絵にはまったく声をかけてこず、安堵と少しの悔しさが入り混じる。

配膳を終えてトロリーを戻そうとしていたとき、医者と思われる青年の客が右の鼻の穴から鼻血を垂らしながらだるそうに起き上がった。ちょっとした密室ホラーのようだった。飛行機で感染症のパンデミックが起きる、的な。なんだっけあのドラマ。

「お客様、こちらお使いください」

トロリーに積んでいたペーパーナプキンを数枚差し出すと、青年は初めて自分の顔の状態に気づき、恥ずかしそうにそれを受け取ったあと鼻を押さえながら平泉成のような声で「水をもらえますか」と頼んできた。乾燥恐るべし。

トロリーを下げてギャレーに固定したあと水とお手拭きを持ってゆくと、彼はナプキンを捩って鼻の穴に詰めていた。

「すみません、ありがとうございます」

と平泉ボイスの彼がそのままコップを口に運ぼうとするのを、思わず紫絵は止めた。

「そのままだとナプキンがコップの水に浸かってぐしゅぐしゅになりますよ」

「あ、そっか」

寝起きでぼーっとしている青年はしばらくどうすればいいのか判らなかったらしく、最終的に片手でナプキンの端をつまんで持ち上げてコップを傾けた。別に見守る必要もないが紫絵はその様子をなんとなく見守り、ギャレーに戻ろうとした。

そのとき、横からすごい勢いで何かに突き飛ばされた。伊達に鍛えていないので周りの客に迷惑をかけることはなかった。が、客席側に迷惑をかけまいと踏ん張った結果、カエルが潰れたみたいな声と共に通路に倒れ込んだ。突き飛ばした犯人は子供だった。少し離れた所から泣きそうな顔をして、倒れ込んだ紫絵を見たあと、エコノミークラスの後方まで、通路にいる人を次々と突き飛ばしながら走っていった。ミールサービスが終わっていてよかった。

「大丈夫ですか？」

まともな声に戻った青年が座席から立ち上がって手を差し伸べてくれる。少女漫画みたいだな、とときめきつつも青年の鼻の穴にはうっすらと血のにじんだナプキンが挿さっていて、手を摑んで立ち上がったときは腰の痛みよりも笑いをこらえるのに苦心した。

「ありがとうございます」

「……今の子供、ファーストクラスのお客様ですか？」

「あっ、はい、おそらく」

医者ならまず身体の心配をしてくれよ、と期待外れな台詞に肩透かしを食らいながらもお辞儀をしたら、前方からオブライエンが弾丸の勢いで歩いてきて、子供を追うかと思いきや紫絵の腕を摑み、ギャレーに引っ張り込んだ。

「お子様が来たわよね？　連れ戻してくるから、悪いけどしばらく前のほうお願いします」

「え、私⁉　資格ないですよ⁉」

「エコのパーサーに持ち場離れろとは言えないでしょうが。それにあなたがもしチーフだったらあっちのお嬢ちゃんにファーストのサービス頼む？」

オブライエンは肉眼では見えぬ板谷モネの姿をカーテン越しにちらりと見遣る。

「……判りました」

と渋々ながら承諾したことを紫絵は三分後に後悔した。

＊＊

どうしたもんかな、と治真はカーテンに仕切られた向こう側のことを思い、眉間に皺を寄せた。夜勤明けで、しかも明けたあとに外せないテレカンファレンスがあり、結局一睡もせず空港へ来る羽目になってしまった。今日から仕事でラスベガスに行くことはずいぶん前から決まっていた。しかし搭乗直前にNALの採用担当から電話がかかってきて、一次面接の日程を告げられたのだった。疲れているのに良い意味で気持ちがざわついてしまい、結局離陸から三時間もしないうちに目が醒めてしまった。しかもあまり良い睡眠ではなかった。起きたら鼻血出てたし。鼻血って。何年ぶりだろうか。

「どうしたもんかな」は、しかし鼻血に関してではなく、おそらくファーストクラスで起きているであろうなんらかのトラブルに関してである。わりとがっつりひとりのCAと会話をしてしまった。顔や名前を覚えられている確率はゼロではないだろう。もしこれで入社試験に合格して彼女と同じ便を担当することになった場合、いろいろとめんどくさいかもしれない。おそらく現在CPが「子供を捜す」という名目でトラブルから逃げており、代わりに治真のエリアを担当していたCAがファーストクラスに行かされている。自分の周りの客のテーブルにはデザートの皿が置いてあるので、時間的に彼女が行ったころ、ファーストクラスではメインディッシュがサーブされていたはずだ。

……大丈夫かなあ。

さっきエコノミークラスのほうへ走っていった子供を、治真は既視感と共に目で追った。そしてすぐに気づいた。既視感じゃなくて同じ子供だ。髪を切ったらしくこざっぱりと整えられていたが、あれはクォック氏の孫だ。夜見たときのパジャマ姿とは対照的に、今日はあからさまにブランドのロゴの入った上下のスウェットを着ていた。治真の月収の三分の一が飛ぶくらいのお値段のやつ。

自費じゃビジネスクラスなんてとてもじゃないけど乗れないので、治真は海外研修があるときは積極的に手をあげてきていた。今回はラスベガスの系列ホテルでカジノ営業に関する研修と視察である。ロサンゼルスまで十時間、アメリカの国内線で一時間半。微妙に長旅だ。カジノ法案が通り、おそらく二〇二五年には日本国内初のカジノがどこかに造られる。しかし実際にお金を賭けるわけではないカジノ「イベント」は昔からあちこちのホテルやパーティー施設で行われており、その場合は間にイベント会社が入り、結構なマージンを取られる。それをロータスは自社で運営しようと考えていた。儲かるからだ。

行かせてもらえる代わりに、もちろん相応のフィードバックは求められる。サービス研修などと違って今回は金銭的な儲けに直結しているから、気合を入れて臨まなければならないはずだった。派遣者に選ばれたのも治真がある意味での「経験者」だったからだ。それなのにとんでもないタイミングで面接の電話が来てしまった。

にしても、ビジネスクラスの椅子、やっぱり寝心地がよかった。毛布も枕もふっかふかだ。そもそも自費じゃビジネスクラスはおろか、自分の勤めるホテルの部屋にも滅多には泊まれない。特にスイート以上の宿泊客に関しては別世界の住人だと割り切って接してきた。今同じ空間にいる人たちも、何人かは治真と同類だろう。会社のお金だからビジネスクラスに乗れている人。

鼻孔に突っ込んでいたナプキンを引き抜くと、既に出血は止まっていた。そして数十秒後、周りから漂ってくる食べ物の匂いにつられて急激に腹が減った。寝起きにコースはキツいから、普通の食事よりも軽食が欲しい。しかしこのエリアを担当しているＣＡがいない。ほかのスタッフは下膳と食後のコーヒーのサービスに忙しそうだ。

呼び出しボタンを押そうか押すまいか悩んでいたら、ばたばたと、否、実際にはばたばたしてたら怒られるだろうから精一杯平静を装いつつもおそらく心情的にはばたばたと、先ほどのＣＡが戻ってきた。名札には「唐木紫絵　Shie Katsuragi」とある。

「あの、すみません」

「はい」

彼女は足を止め、こめかみに怒りマークが浮き出ていそうな笑顔でこちらを向いた。

すまん、と思う。

「軽食もらえますか。サンドイッチとか」

「サンドイッチはございませんが、たこ焼きと親子丼とラーメンならご用意がございます」

「あ、じゃあラーメンがいいです。醤油(しょうゆ)ですか味噌ですか豚骨(とんこつ)ですか。ていうか、唐木さん、あなた今、ちょっとしたトラブルに巻き込まれてませんか」

差し出がましいなと思いつつも、思い切ればわりと簡単に訊けてしまった。

「……はい？」

「すごい顔して戻ってきたから」

「すみません……ラーメンのメニューは板橋(いたばし)の有名店の鶏白湯(とりパイタン)です」

「美味しそうですね。ちなみに僕は少しなら北京語が喋れますが、お役に立てることはありませんか？」

「……はい？」

クォック氏は英語が得意ではない。日本語はぜんぜん喋れない、というよりも、喋れるのかもしれないが喋る気がない。

「おそらく今あなたが難儀しているであろう中華圏のお客様、僕も少しだけ関わったことがあるんです」

「え、マジ、いやあの、本当ですか」

ＣＡの仮面が一瞬取れたのを見て治真は内心「そうなるよね」と思った。

「マジです。僕が言うことを信じてくれるなら、まず唐木さんはギャレーに戻って、鶏白湯の上に載せるための鶏ハムと、親子丼の親のほうだけを別皿に盛ってください。もし皮がついてたら全部削いで。あとはあなたのセンスで野菜を盛りつけてメインディッシュっぽくして、終わったら僕に知らせてください。僕がサーブします」

彼女はしゃがみ込んで治真の話を真剣な顔をして聞いていた。やはり問題は食事だったか。日本に来るときの便がＮＡＬなら顧客情報が残っていたはずなのだが、来るときは別の航空会社だった。

「なんで判ったんですか、お客様は最後にいらっしゃって、ほかのお客様の顔なんか見てないはずなのに」

「さっき子供に突き飛ばされたでしょ。あの子が彼の孫だったので」

ホテルで彼らを担当していたラムの話によれば、家族や親戚などと一緒に大勢で行動することの多い中華圏の富豪には珍しく、クォック氏の連れは孫ひとりだけだという。しかもその孫の国籍は日本である。これはパスポートの呈示を求めたとき子供のパスポートが日本のものだったから判明したそうだ。

——あの部屋のゲストで事情のない人なんていないけど、ちょっとこれは気になるでしょ。でもお客様のプライバシーには立ち入ってはいけないから、相手が話してくれるまではこちらからは何も訊けないんですよね。

——それがもどかしい？

——もどかす？　何？

——Like frustrating, vexing, or ……

――No, it's just bothering me.

唐木がギャレーに戻ったあと念のためタブレットを取り出し、中国語での会話をシミュレーションした。彼が話すのは広東語だが、広東語圏の人の多くは北京語も理解できる（逆はほぼない）。

五分経つか経たないかしたころ、唐木が治真のところに戻ってきて「お願いします」と言った。席を立ちファーストクラスのほうへ向かい始めたと同時に、エコノミークラスへ逃げていたであろうCPが少年の手を掴み引きずるようにしてやっと戻ってきた。彼の名前はたしか「天佑」で、読みは「たかよし」だったはずだ。中国語読みだと「ティエンイウ」。

「お客様、何かお困りのことがございましたか？」

今どきの日本の航空会社でまだこういう化粧をする人がいるんだ、と驚くほど化粧の濃いCPは、自分の職場でも見慣れた感じの笑顔で治真に訊いてきた。

「ありがとうございます、とても快適に過ごせています。この先十五分くらい、乱気流に入る予定はないですよね？――」

治真の質問にCPは少し怪訝な顔をしたがすぐ笑顔に戻り「今のところ機長からそのような連絡は入っておりません」と答えた。

「唐木さんがお困りのようでしたので、僕はこれから彼女を助けに行きます。すみませんが、ええと、オブライエンさんはこちらのエリアの下膳と食後のサービスをお願いいできますか？」

なるほどミックスルーツか、もしくは配偶者が外国人か、と名札を見て納得した。ならばこの化粧の濃さはありえる。オブライエンは鋭角に吊り上がった眉毛をますます吊り上げ、唐木を詰った。

「どういうことです、唐木さん、あなたお客様に何を」

「僕は今はお客様ですが、同業者です。そしてそちら様が先程から手を焼いてらっしゃるであろうお客様の応対を弊社で直接したのは僕の同僚ですが、近くで見ていました。それにあなた、自分の持ち場を離れて彼女に任せましたよね」

そのとき天佑がはっとした顔でこちらを見た。しかし申し訳ないが今は君に構っている場合ではない。

「違っていたら申し訳ないけど、僕には、あなたが面倒から逃げたように見えました。今の時点であなたのポジションの代わりは唐木さんですよね」

治真の言葉にオブライエンは怒るでもなく、言葉で表すならば「なるほどね！」みたいな顔をして、天佑の手を唐木に引き渡そうとした。しかし彼が握ったのは何故か治真の手だった。

＊＊

高橋治真と名乗った彼は紫絵の盛りつけた鶏の皿を見て「エクセレント」とネイティブな発音で言い、シャツを第二ボタンまで留めながら「ロゼのスパークリングがあれば一緒にサーブしてください、なければシャルドネ、年代はいつでもいいです」とソムリエのようなことを指示した。

今の時点で間違いないのは、彼は医者じゃなかった。航空業界と医療業界はどう事実を歪曲しても「同業者」にはならない。

素人が聞いてもたどたどしい中国語で、しかし彼は果敢に、モンスター客に立ち向かっていった。そしてあれほど不機嫌そうだったご令孫は、隣で高橋の動向をじっと見つめていた。

料理に関しての説明を終えたであろうころ、高橋は紫絵にワインをサーブするよう目で合図を送ってきた。ロゼのスパークリングは置いておらず、アメリカのワイナリーで造られているシャルドネをグラスに注ぐ。すると、ついさっきA5和牛のステーキを床にひっくり返して紫絵を怒鳴りつけた人とは思えないほど物静かに、表情は相変わらず獅子口の面のようだが、箸を手に取り鶏肉を口に運んだ。

何をどうすればいいのか判らなかったから、鶏ハムにはエコノミーの食事に入っているサラダの中華風胡麻ドレッシングをかけ、親子丼の親のほうはビジネスで手つかずのまま残っていたきのこのソテーと混ぜた。

「香港の富豪らしいんですけど、食の好みがだいぶ庶民なんですよ。宗教とか関係なく牛豚は食べられないんですって」

ギャレーに戻ったあと、隣でデザートを盛りつけながら高橋は言う。

「って、接客した僕の同僚が言ってたんで、一か八かで賭けてみたら、当たりましたね」

高橋の言葉に、隣で同じ作業をしていた紫絵は、それが本当なら何食ってたらあんなに太るんだ、と啞然とする。

「……それにしても食事ひっくり返すとかありえないでしょ。あれめっちゃ美味しそうだったのに、いらないなら私にくれよ」

「いつもはプライベートジェットで、長いこと仕えてるCAが全部世話してくれてるらしいです。でも最近ヨーロッパ旅行中、というかロシアでトラブルがあって、今メンテナンスに出してるそうです。だから民間機乗るのほぼ初めてらしいですよ。ロシアから日本に来るときも同じことがあったそうで」

なるほど。出禁を恐れぬ者の所業か。普通、ファーストやビジネスの利用客は礼儀正しい。そのクラスに相応しい客であろうという彼らなりの心構えもある。五年以上働いてきて嫌な思いをしたことは三度もなかった。もうあんな客の対応、二度としたくない。

「……ねえ、さっきのおばさんは？」

しばしの沈黙の中、斜めうしろから子供の声が聞こえてきた。振り向くと天佑がカーテンの中に滑り込んできたところだった。

「申し訳ありません、こちら立ち入り……え、日本語わかんの!?」

「日本人だし」

予想外。二の句が継げないでいたら高橋が手を止めて片膝をついてしゃがみ込み、天佑に尋ねた。

「現在オブライエンは別の作業をしております。何か申し伝えることがございましたら承りますが」

子供に対する物言いとは思えないほど丁寧な態度と言葉遣いに紫絵は面食らう。

「化粧濃すぎて顔怖い、って言っておいて」

「かしこまりました」

いや、それ、かしこまっちゃっていいのかよ。あんたうちの人間じゃないだろう。突っ込みたくても天佑が出てゆかない。デザートの催促か、と気づいたときには既に高橋が「すぐにデザートもお持ちいたしますね。お席でお待ちください」と告げていた。

「……ここで食べていい？　あとその大人扱いやめて、まだ九歳だよ」

天佑は焦れたように言い、許可を出す前にデザートの皿に手を伸ばした。出てゆけとも言えず、紫絵は手づかみで食べようとする天佑にフォークを差し出す。高橋は盛りつけの終わった皿を祖父のほうへと運んでいった。ふたりきりになってしまい、どうしたもんかと思っていたら、天佑のほうから声をかけてきた。

「おねえさんは化粧薄すぎ。口紅はげてるよ」

「……失礼しました」

「今ここでおねえさんを人質に取って殺すって脅したら、東京に引き返してもらえるかな」

　子供の声で何を言ってるのか、脳が理解するまで一秒もかからなかったが、その隙に天佑は手に持ったフォークを紫絵の喉元に突きつけていた。背伸びをして、泣きそうな瞳で、精一杯こちらを睨んでいる顔が思いのほかいじらしくて、壁際に押しつけられた紫絵はその手首を掴んでひねり上げるのを少しだけ待つことにした。

「ここで君が私を殺しても日本には戻らない。子供の君は大人に押さえつけられて終わりだし、もしキャプテンに伝わっても着陸するのは一番近くの空港よ、もう羽田じゃない」

　天佑は唇を噛みしめ、それでもフォークを離さなかった。カーテンの隙間から高橋が戻ってきて、ふたりの様子を見てなぜか笑顔になり尋ねる。

「なんや、ハイジャックごっこかいな、俺も交ぜてや」

「子供扱いするな！」

「『子供扱いせえ』言うたの自分やんか。女の子相手になに物騒なことしとんねん。それ貸し」

　高橋は腕を伸ばすとまったく容赦なく少年の細い手首をひねり上げ、生クリームに汚れたフォークを床に落とし、拾った。痛そうに腕を押さえてうずくまる天佑の前にしゃがみ込み、高橋は小さな両肩を手のひらで掴む。

「俺の仕事、ほんまはお客様のプライバシーに立ち入ったらあかんのやけど、今回は訊くわ。いったい何があったん？」

「……あのジジイに誘拐された」

「嘘つくなや。それやったら被害届やら行方不明者届やらが出とるはずやし、空港でジジイが捕まっとる」

「そういうのを出してくれる人がもういないんだよ！」

高橋は顔をあげ、助けを求めるように紫絵の顔を見る。さっきまで言葉の端に関西弁の欠片もなかったのに、すごいナチュラルに関西弁、と感心していたのを顔に出さないように表情を整え、紫絵もしゃがみ込んだ。

「ご両親が亡くなったの？　それでお祖父ちゃんに引き取られるんだ？」

「あんなクソジジイ、お祖父ちゃんでもなんでもない」

天佑は吐き出すように泣きはじめ、その合間合間に今自分が置かれている状況を話した。どうやら母親が日本人で、父親がジジイの息子らしい。父親が母親に一目惚れをし、猛反対する日本大嫌いなジジイと家族の縁を切ってまで母親と結婚した。そんなドラマみたいなことあるんだー、と紫絵はどこか絵空事のように聞いていた。しかし。

「ママ、ＣＡだったの」

「えっ、マジ⁉」

絵空事が急に現実味を帯びる。

「かっこよかったの。だからママみたいなCAになりたかったの。でもおまえは男だからなれないって。ジジィの家を継ぐ男だからって。そんなん知るかよ、パパとママが死んだらいきなり現れて一緒に来いとか、意味わかんないよ」

紫絵がかけるべき言葉を見つけられないでいると、高橋は「だから逃げたんだ」と呟いた。天佑は手のひらで顔を拭いながら小さく頷く。改めて高橋は少年の肩を摑み、自分のほうを向かせて目を見つめながら言った。

「男でもなれるよ、CA。今は休暇中で偶然乗り合わせただけだから制服着てないけど、俺もそうだから。NALにもちゃんと男のCA用の制服があるよ」

「……違う」

天佑と同じことを紫絵も言いそうになった。違う、その男はウチのCAじゃない。しかしNALの人間ではない人が接客を行ったことがお客様にバレたら、それはそれで問題になる気がするので黙った。

「何が違う?」

「……わたしが着たいのはそっち」

高橋の質問に、天佑は紫絵のほうを指さし答えた。ますますかけるべき言葉が見つからない。社内で一応LGBTに関する研修はあった。実際にそういうお客様への対応も何度かした。しかしこんな小さな子供を見るのは初めてだった。

「……そっか」

「でも、男だからって。なれないって。今までママが買ってくれた可愛いお洋服は捨てられちゃったし、髪の毛もこんなに短く切られちゃったし」

「大丈夫だよ、なれるよ」

「本当？」

　すがるような瞳で、この飛行機に乗ってから一番子供らしい顔をして天佑は高橋の顔を見た。

「残念やけど今はまだ無理や。でも君が大人になるころには、そういう世の中になっているよう、俺たち大人が頑張るから」

「……」

「だから君も、今は悲しいし悔しいだろうけど、少しの間耐えて、あのジジイから与えてもらえるものはぜんぶもらうんだ。教育も金も。きっと君はこれから、ほかの子供たちが欲しがっても絶対に手の届かないような場所で、すごく良い教育をしてもらえる。お金もかけてもらえる。それで将来もしかしたらＣＡじゃなく別の道を選ぶかもしれないけど」

「……」

「俺は待ってるから、ＮＡＬで」

　天佑は唇を嚙みしめて高橋の言葉を聞いていた。しかし最後にまた「違う」と否定の言葉を口にした。

「NALじゃなくて、わたしがCAになりたいのは、ママが働いていたTSSだよ」

もしこれがドラマだったらめちゃくちゃ素敵なシーンだったのに、眉間に皺を寄せて真剣な面持ちで大変ガッカリなことを言われ、紫絵も高橋も鼻先に豆鉄砲を喰らった鳩(はと)みたいな顔をしていたと思う。

「……そっか。TSSのCAはNALよりも難関らしいから、頑張れよ」

苦笑いを浮かべた高橋は天佑の頭を撫(な)でる。

「うん。でも別にNALに来てあげてもいいよ」

そっか、ともう一度言い、高橋は少年の、というべきか少女の、というべきか、その柔らかそうな頰を軽くつねった。

**

何しちゃったんだろうなあ俺、と、達成感と後悔の入り混じった感情、および鉛のような疲労と共に、席に戻ったあと治真はまた浅い眠りに落ちた。そして先ほどと同じく他の席で食事の配膳が終わったタイミングで目が覚めた。結局軽食も摂れず、搭乗してから水しか飲んでない。トイレに行くために席を立ち、用を足して個室を出たら唐木が外に立っていた。ラッキー、と思う。

「ほんとにタイミングが悪くて申し訳ないんですが、食事をください。結局さっき何も食べられなかったんで」

　唐木は何か言いたそうな顔をしていたが、かしこまりましたと言って戻っていった。トイレには入らなかったので、もしかしたら待ち伏せをされていたのかもしれない。

　食事を準備してもらい、空腹のあまりものすごい勢いですべてを平らげたせいか、消化器系がぜんぜん機能せず腹を下した。脂汗を拭いながらトイレから出たらまた唐木がおり、笑顔の欠片もない、ほぼ素と思われる表情で話しかけてきた。

「すみません、ちょっとお訊きしたいんですけど」

「……はい」

「高橋様、弊社の従業員ではありませんよね？　失礼ですがＣＰの指示で社員名簿を調べさせてもらいました。タカハシハルマという従業員はいませんでした」

　ああ、やっぱり先ほどの天佑に対しての適当な発言を戒められるのか、と半ば腹をくくり、治真は頷く。

「日比谷のロータス・オリエンタルホテルでフロントスタッフをしています。ミスタークォックと天佑様は昨日まで二週間うちに御滞在だったお客様です」

「なるほど、そうでしたか」

　唐木は深くため息をつき、改めて治真の顔を見る。

「ＣＰのオブライエンから感謝の気持ちと、逃げたわけではない、と伝えてくれと言われました。彼女、私もさっきまで知らなかったんですけど、TSSからの転職組で、天佑様のお母様の先輩だったそうです。赤ちゃんが生まれたときも会いに行ったらしく、今日名簿で名前を見て『もしかしたら』って思ったそうです、珍しい名前だから。それで、どうしても話がしたかったんですって。だから時間がかかったって」

「……世間って狭いですね」

「ですね。でも、ちょっと落ち込んでましたよ。逃げたように見えたのがショックだったらしく。次からは気をつけなきゃって」

「いや、あんな客滅多にいないし、いたとしてもブラックリスト入りだろうし、次の心配しなくても大丈夫でしょう」

ですね、ともう一度言い、唐木はやっと人懐こい笑顔を見せた。たぶん今はアイドル中なのだろう。客に呼ばれたら行くくらいで主だった仕事がない時間帯。

「唐木さん、なんでこの仕事に就いたんですか？」

治真はなんとなくその場を離れがたそうにしている唐木に尋ねた。

「雲の上にいたかったんです」

「へえ」

「子供のころ、雲の上にある世界に憧れませんでした？　私、その世界を想像するのが大好きで、初めて飛行機に乗ったとき、機体が雲を突き抜けて行って、雲は固体じゃないから上には立てないって知ってすごいショックだったんですけど、でもそのあとに窓から見えた景色が、夢見ていたよりもはるかに綺麗で」

しっかりした女性という印象だった唐木が、子供のようなしぐさでドア横の窓のシェードを少し上げると、隙間から光が差し込んでくる。しゃがみ込んでその向こうを見ながら彼女は言葉をつづけた。

「飛行機に乗る仕事をしたら毎日こんなに綺麗なものを見て暮らせるのかって思って、それ以来ずっとＣＡになるために頑張ってきたんです」

「……実際なってみてどうです？」

「景色見てる暇なんてないです。あと、思ってたよりもモテなかったです」

唐木は笑いながら振り返り、高橋様は？　と訊いてきた。

「ロータス、泊まったことないけどアフタヌーンティーはしたことあります。美味しいですよね。なんでホテルに就職なさったんですか？」

無邪気な問いかけに治真の胸中には靄がかかる。

あのときは航空業界に来られなかったから。親に反対されたから。本当はパイロットになりたかったけどその道を自分で断ち切ったから。普通に就職活動をして内定をもらった中で一番給料が高かったのがロータスだったから。でもこんなことを答える必要はない。

「昔から外面だけはよくって、接客業に向いてるかなと」

作り笑顔で答えると、唐木は似たような笑顔を返してきた。

「私は外面悪くて無愛想で教官にいつもめちゃくちゃ怒られてたけど、この通りどうにかなりました」

スチュワーデスと呼ばれた時代の、かつては狭き門だったCAも、現在主な航空会社は毎年千人近く採用している。そのうち半分くらいは三十歳になる前に、むしろ三年くらいで辞めてしまうそうだ。でもこの子はまだ辞めなそうだな、もしかしたらまた会う機会があるかもしれないな、と思い治真は会話を終わらせ、軽く会釈して席に戻ろうとした。そのとき天佑が前方から小走りにこちらへ向かってきた。

「ねえ、コーラ飲みたい」

「なんで私に言うの、そっちのエリアに化粧の濃いおばさんがいるでしょうよ」

心底迷惑そうに唐木は言い、たしかに仮面が外れると無愛想なんだなと判る。

「ここで油売っとったやん唐木さん、それくらい持ってったげましょうや」

「治真が持ってきてよ」

「さっきも言うたやんか、俺休暇中やねん、もう働きたないわ」

じゃあ紫絵でいいや、と頬を膨らまし、天佑は唐木の手を取った。彼女は思い出したように「ちょっと待って」と言うとポケットから小さな細長い箱を取り出し、天佑に手渡した。

「降りるときに渡そうと思ってたけど、忘れるといけないから今渡しとくわ。ジジイと化粧の濃いおばさんには内緒よ。バレないように足の爪くらいにしときなさいね」

天佑はぱっと顔を輝かせその場で箱を開け中身を取り出す。クリスチャン・ディオールの、鮮やかなピンク色のネイルポリッシュだった。機内販売の商品を自費で買ったのだろう。クリスマスプレゼントに子犬をもらった子供のような顔をして天佑は真新しい小瓶を見つめる。唐木がその様子を見て頭を撫でる。

「髪、早く伸びるといいね」

「うん、ありがと」

言うやいなや彼（彼女）はその場から走り去っていった。

「……コーラは？」

行方を目で追ったあと、治真と唐木は顔を見合わせた。たぶん持っていかなくても大丈夫だろう。

今度こそ寝た。短時間だったがなんだかやっと深く眠れた気がする。到着は現地時間で午前十時少し前だ。オブライエンのアイルランド訛りの英語アナウンスで起こされたときは到着の一時間半前で、既に機体が高度を下げ始めていた。水をもらい、渇ききった喉を潤す。我ながら喉が渇いたときの声が平泉成に似ていると思う。

タブレットを開くとＬＩＮＥに新しいメッセージがいくつか届いていたので確認したら、ラムから「Fxxxin' horrible~:-(」という短文と共に写真が送られてきていた。クォック氏がチェックアウトした直後だと思われる部屋の写真。最終日に友達やホステスや、とにかく人を大勢呼んだパーティーか何かをしたのだろう。テーブルと床には空いた酒瓶やらよくわからない食べ物の残骸やらが散乱し、羽毛布団か枕の詰め物だったであろう白い羽根が部屋中にふわふわと漂っていた。

あるある。でも何も知らずに両親と穏やかに暮らしていたという天佑がその様子を目の当たりにしたときの気持ちを考えると胸が痛んだし、片付ける客室係の絶望的な気持ちを考えるとこっちまで絶望的な気持ちになった。カーペットは張替だろう。あとは雅樹から「治真がもらってきたもみじ饅頭の賞味期限、昨日だったから食べちゃうよ」「Hourglassのマーブルのチークとスティックファンデ買ってきて」「明日合コンだからノットの黒いジャケットとNハリのTシャツ貸して」という業務連絡。経験上、合コンは気合を入れすぎずに全身ユニクロとかのほうが勝率は高かったが、別に雅樹がモテなくても自分にはなんの関係もないからぜんぶひっくるめて「りょ」とだけ返し、シェードを上げた窓の外を見た。

大学の卒業旅行もロサンゼルスに来てそこからいろんなところへ行った。あのときはエコノミークラスの後方で、犬小屋に敷いてある布みたいなブランケットにくるまり、パイロットになる道を諦めた自分がふがいなくて泣いた。

今はどうだろう。望んだ業界ではないが仕事は楽しくできている。フロントに配属されるまでは一年間、客室係やレストランでも研修を受け、なぜかその経験が今回のトラブルで活きた。人生何があるか判らない。

まだ一次面接の知らせが来ただけだ。まだ俺はロータスの人間で、帰国したら研修内容を同僚たちにフィードバックしなければならない身である。企業に雇用されているかぎり雇用主に与えられた仕事は遂行しなければだめだ。

ＣＡのふりをしてファーストクラスへ足を踏み入れたとき、その更に前方、機体の先端にあるものを、眩暈（めまい）がするほどの羨望（せんぼう）と共に想像した。近かった。でも果てしなく遠かった。シートベルトサインが点灯し、椅子をフルフラットから通常の形へ戻す。この研修からの一連の仕事を終え、自分は今までの仕事にもプライドと責任を持って挑んできた、と胸を張ってＮＡＬの面接に挑めるよう。なるべく後悔をしないよう。尻の下で車輪の出る振動を感じながら治真は再び機体の先端、キャプテンと呼ばれる人間が座る席から見える景色を夢想した。

# 第二話

生ビール一杯二百九十円の居酒屋で財布と相談しながら酒を飲んでいた時代を経て、生ビール一杯八百円の居酒屋へ抵抗なく入れるようになったのは、だいたい就職何年後からだったろうか。外国人だらけの六本木（ろっぽんぎ）のアイリッシュパブ、小さな円卓を囲み雅樹の音頭で転職祝いの乾杯をしたあと、治真は大学時代に入り浸っていた床もテーブルも醬油（しょうゆ）の瓶もべたべたで、メニューの何もかもが不味（まず）かった居酒屋のことを思い出す。

「啓介もう身体は大丈夫なん？」

一年少し前に過労で血を吐き入院した啓介も来た。すごい勢いでマーフィーズのグラスを半分くらい空にした啓介に対し、雅樹が心配そうに問う。

「平気平気。楽なセクションに異動したら楽すぎてちょっと太っちゃったよ」

「せやんな？　ちょっとどころじゃなく太ったよな？　何キロ増えたん？」

「二十キロ」

「あかんで、別の方向から死神襲ってくんで⁉」

啓介は治真や雅樹たちより二年遅れて大学を卒業したため、まだ「正式に」就職して三年と少しである。ただ、高校生のころから趣味でずっとプログラミングやアプリ制作をしており、四年で卒業する見込みで外資系ＩＴ企業に就職してしまっていたため、在学しながらその企業の契約扱いで二年働いた。正社員になった翌年、年収が一千万を超えた。しかし激務すぎて血を吐いた。

「時間に余裕ができたから最近はしょっちゅう海外行っててさ、現地で美味いもん食ってばっかいるから更に太るんだよね」

「百キロ超えたらダイエットしいや。エコノミーやとケツが椅子にぎゅうぎゅうなるし隣の客にも嫌がられるで」

「いやいや、ビジネス乗ってますから。キャバ嬢にモテモテのＩＴ成金ですからワタシ！」

「啓介、アイドルオタクやったやんな？　キャバクラとか興味あったん？」

「顔が可愛い女の子とおっぱいがおっきい女の子はみんな好きなの」

「うわー最低ー」という雅樹の声と「正直すぎるやろー」という治真の声が重なった。

「治真がＮＡＬに就職するならそっちのマイラーになっときゃよかったよ。クレカのポイントもＴＳＳのマイルにしか移行できないし」

「いや、おまえの接客とかしたないわ、しかもビジネスやろ、めっさむかつくわ」

　はははは、と勝者の高笑いを響かせ、啓介は二杯目のビールを頼む。そのタイミングで悟志が「悪い、帰りがけに電話が来ちゃって」と人をかき分けてやってきた。そして一年半ぶりに会う元同窓生を見て目を丸くする。

「啓介⁉　太りすぎじゃね⁉　その腹どうした⁉」

「万が一の事態に備えての蓄えです。悟志はだいぶくたびれたね？」

「ありがたいことに第一線ですから」

仕立てのよさそうな上着を脱いで壁際のフックにかけ、注文を取りに来た店員にギネスを注文したあと、悟志は治真に向かって「本当におめでとう、やったな」と言って拳(こぶし)を差し出してきた。この中では悟志が一番海外生活の経験が長く、言動がかなりアメリカ人っぽい。感情表現も豊かだ。治真もその拳に自分の拳を軽くぶつける。

「ありがとう。篤弘とは連絡取ってる？」

「うん、たまに。でも今日はやっぱり来られないって」

一年半ほど前、篤弘はすべてのSNSのアカウントを消して、電話番号も変え、ゆくえをくらました。悟志の話によれば、会社を潰(つぶ)して夜逃げしたらしい。詳しいことは教えてもらえなかったし、悟志も知らないという。今もおそらく夜逃げ中なのだと思う。

「早くあいつも落ち着くといいな」

啓介がしみじみとした面持ちで言う。学生時代はこんな話をするなんて思ってもいなかった。映画や音楽やおっぱいの話をしているだけでいつの間にか夜明けを迎えていたあのころは、一生落ち着きたくなどなかった。

現在の勤務先であるロータス・オリエンタルホテル東京の支配人、エドワード・ウンに退社を願い出たら、転職先を訊かれた。これは本来答えなくてもよい質問である。しかし激務ではあるが楽しく働かせてもらってきていたし、エドワードはホテルマンかつビジネスマンとして一流の人物であり尊敬もしていたので、治真は正直にＮＡＬ（ニッポンエアライン）だと答えた。

「残念だよ」

シンプルモダンなインテリアで整えられたマネジャー室の、広いテーブルの上に肘（ひじ）をつき、沈痛な面持ちでエドワードはため息交じりに言った。

「すみません」

「シンガポールエアはＮＡＬとマイレージサービスが異なるんだ」

いや、あんためっちゃ金持ちだろ。マイルとか貯める必要ないだろ。しかも本社に行くときは経費だろ。

「君は、お父さんがＮＡＬのキャプテンだったね、治真」

心の中でひそかに突っ込んでいたら、予想もしていなかったことを言われた。治真が入社したころのマネジャー、最終面接をした相手はエドワードではなかった。

「何故ご存じなんですか」

「赴任したときにすべての従業員のプロフィールを頭に叩き込んだからね」

「履歴書には両親の職業なんかは書く必要ありませんでしたけど」

そもそも父親の名前は書いてない。

「噂はどこからでも入ってくるものだし、人材と情報は企業にとっては大切な財産だ。君も人の上に立つようになれば判るよ。君の将来に幸多からんことを。グッドラック、治真」

エドワードは立ち上がり、テーブル越しに右手を差し出した。治真はその手を握り返しつつ、ふと疑問に思い尋ねた。あまりにも話がすんなりと通りすぎている。

「……もしかして、私がＮＡＬの採用試験を受けたこともご存じでしたか？」

「ウップス」

退職の時期と手続きの方法は人事と話してくれ、と言ってエドワードはそのままクローゼットから上着を取り出し、羽織る。これから会食だという。部屋を出たところで治真はエドワードを見送り、ひとりになったあと深くため息をついた。

すべての転職とは、こうもあっけないものなのだろうか。

「……貴様、怠けているんですか？」

ぼんやりしていて気づかなかったらしい。ペントハウス担当のラムがこちらへやってくるところだった。

「怠けてない、さっきあがったところ。ていうかマネジャー室の前ではサボらないだろ普通」

「日本人の『普通』は範囲の狭いがすぎる。エドワード中にいるか？」

相変わらず大真面目な顔をして日本語がおかしいが、言わんとしていることは判る。

「今さっき出かけた」

「Shit」

今日中に持って来いって言ったくせに、とぶつくさ言いながらラムはドア横の書類入れに手に持っていたクリアファイルを突っ込む。そのまま踵（きびす）を返そうとする彼女を治真は呼び止めた。

「ラム、俺、転職するんだ」

「えっ、いつ？」

「まだ決まってない、でも人事と話がつき次第、たぶん、すぐに」

「そうか。ここを辞めてまで働きたい会社なんてきっと二度は出合えない、おめでとう」

コンビニのくじに当たった人に向かって言うかのような様子であっさりとラムは言った。

「……ありがとう」

「給料はどれくらい上がる？」

「いや、むしろたぶん下がる、一時的に」

「貴様（あき）はバカですか。それ転職する意味ないね」

呆れた顔をしてラムは肩をすくめる。そしてグッドラックと治真の肩を叩いたあと足早にその場を去っていった。

＊＊

もんたん、という言葉を初めて聞いたとき茅乃（かやの）は、幼児のころ読み聞かされていた絵本に出てくる白い猫を思い出した。しかし「もんたん」のアクセントはその猫と違い「変人」のほうである。そして漢字は「門探」。誰が呼び始めたのか判らないが、ゲート＝門、および金属探知機の探だと思う。

朝の八時、出勤するとどこのレーンに誰と一緒に立つかが知らされる。空港の保安検査（セキュリティチェック）は、ひとつのレーンを五人で担当する。勤務時間は二十四時間。うち深夜に仮眠するための三時間休憩があり、ほかに三十分休憩が二回と一時間休憩が二回ある。これは日によって取れる時間が違う。国内線ターミナルはどうか知らないが、国際線ターミナルの場合はほぼ一日中、日の出から日没とかではなく言葉どおり二十四時間体制で飛行機が発着しているため、深夜もターミナルは稼働している。

茅乃の今日の最初の割り振りは南だった。予定では十二時に昼休みを取れることになっているが、そのあとは中央に移動する。座ったまま仕事ができるX線チェックはまだ二十代の茅乃は「若いから」という理由で担当させてもらえず、金属探知機を持ち門探の内側で待機する。門探で引っかかったお客様の身体の周りに金探（きんたん）（スティック型金属探知機をそう呼んでいるがこれも誰が名付けたのかは不明）を巡らせてチェックする係、および X 線で引っかかった荷物、機内持ち込みサイズのスーツケースや手持ちの鞄を開けて中身を確認させてもらう係もする人だ。

「こんな小さい鋏で人に怪我を負わせられると思う⁉　ハイジャックできると思う⁉　あなたバカなの⁉」

　隣のレーンから、どこの訛りか判らないが若干訛った、刺々しい女の声が聞こえてきた。目を遣ると、同期入社の岡林がその手に小さな鋏を持っていた。荷物から出てきたのだろう。たぶん眉毛とか鼻毛とかを整えるのに使う鋏。小さな鋏なら持ち込みが可能なこともあるが、それは明らかに先端が尖っていた。

「すみません、規則ですので」

　岡林は一切表情を変えずアクリルのボックスの中にそれを落とす。

「何するの、それ五千円もしたのに！　帰国したら返してもらえるんでしょうね⁉」

「無理です、規則ですので」

　機械音声のように返し、なおも食い下がろうとするその還暦くらいの女性から、彼女が視線を外した先には空港警察が待機していた。彼は岡林に向かって軽く頷き近付いてくる。鋏の女性はそれで怯んだらしく、忌々しそうに鞄を摑んで「あーあ、台無し！せっかくの旅行が台無し！」と捨て台詞を吐き、先に通過していたらしき同行者たちのところへ向かって行った。と同時にまた彼女の担当ゲートでアラームが鳴る。岡林は表情も変えずに、一昔前のホストみたいな見た目の若い男の身体周りに金探を巡らす。

「はい、ベルト外してくださーい、靴も脱いでくださーい、あとそのアクセサリーぜんぶ外してくださーい」

「急いでるんすけど！」

「すみません、規則ですので」

岡林……二十五歳にしてその貫禄、あっぱれだよ……。

この、地味で危険を伴わないながらも空港のセキュリティにおいてもっとも重要な業務は、通称「二次保安検査業務」と呼ばれ、航空機に係る乗客乗務員の安全と航空機の安全運航を警護し、テロ行為、ハイジャックといった様々な脅威や危険犯罪行為を警戒し防止するためのものである（と、自社サイトには書いてある）。

茅乃の担当レーンは今日は平和だった。午前中の一番忙しい時間帯を抜ければ人の波がまばらになるため、正午過ぎには昼ご飯を食べに行ける。お金を貯めるために弁当を作ってきている茅乃は事務所に戻り、冷蔵庫から弁当を取り出して電子レンジで数十秒温めたあと展望デッキへ向かった。季節は六月の初め、外は暑い。でも窓のない休憩室で食べる気にもならない。

展望デッキは五階にあり、ベンチがある位置は日陰のため、真夏以外なら外での食事はどうにかなった。高いフェンスに囲まれたデッキには誰かのお見送りをしたついでに寄ったのであろう人や単に観光っぽい人、ほぼ毎日姿を見かけるカメラを構えた飛行機マニアたちの姿がある。飛行機の種類って、実はそれほどたくさんは存在しない。乗り物マニアとして一番メジャーであろう電車がどうなのかは門外漢なので知らないが、日常的に羽田に乗り入れる飛行機はせいぜい二十種類くらいで、各社のペイントが違うだけだ。何をそんなに撮ってるんだろうと入社当初は疑問に思っていた。しかし以前、同じように弁当を食べていたとき声をかけてきたマニアの男性高齢者から、日によって空や地面の色が違うから違う画が撮れるのだと聞いて、半分くらい納得し、後日岡林に「同じ型のドールでもメイクやドレスが違えばそれは別の子になる」と言われ、残りの三割くらいは納得した。二割がまだ空白のままだ。

端のいつもの席に座り弁当箱を広げる。学生時代から使っている男子高校生のような古い弁当箱は既にパッキンがバカになってきていて、汁っぽいものは入れられない。冷凍シュウマイにしょうゆをかけてご飯と一緒に咀嚼していると、茅乃と同い年か少し年上くらいの男性が展望デッキに出てきた。別に何が特別というわけでもないが、なんとなくその姿を目で追ったのは、彼の「所属」が判らなかったからだ。誰かのお見送りという感じでもない。荷物を何も持っていない＆めちゃくちゃ普段着であることからしておそらく旅行客でもない。フェンスの前まで行ってもスマホやカメラを取り出さず、ぼーっと遠くを見ているだけなので飛行機マニアでもないだろう。警備業に就く者として一応、空港内で不審者を見つけたら警戒しなければならない立場だ。入社して三年、今までドラマや映画で観るような事件は起きたことがないが、研修ではわりと本格的な護身術も教わっている。

茅乃は機械的に弁当の中身を口に運び咀嚼し嚥下しながら男性の姿を見ていた。着ている服がほとんど部屋着なので、もしかしたら茅乃のように空港で勤務をしている夜勤明けの別部門の人かもしれない。ただ、三年ちょっと勤めてきて今まで一度もここで見かけたことがない。

テーブルの上に置いたステンレス製の水筒を取ろうとして、狙いが外れた。それはテーブルの上に倒れ、腿の上をワンバウンドして木製デッキの上に派手な音を立てて落ちた。冷えたルイボスティーが広範囲に飛散する。と同時にフェンスに張りついていた男性がこちらを見た。茅乃の顔を一瞬見たあと、自由な意思を持った生き物のように転がっている水筒に目を移す。慌てて茅乃は立ち上がり、ポケットを探った。しかしそこにはティッシュもハンカチも入っていなかった。するとフェンスの男がこちらに向かってきて、その動線上で水筒を拾い、穿いているジャージっぽいパンツのポケットから四隅のズレが一切ない状態にたたまれている緑と白のストライプのハンカチを茅乃に差し出した。

「大丈夫ですか？　脚、火傷なさってませんか？」

「あ、え、あ、すみません大丈夫です」

芽乃は意味もなく胸の前で両手を振る。なさって、なんて言葉、こんなにナチュラルに聞いたの初めてな気がする。すると男はなんの躊躇もなくテーブルの上をそのハンカチで拭き始めた。

「え、汚れちゃう」

「洗えば大丈夫です。それよりもここはいろんな人が来る場所ですから」

汚しちゃダメです、と戒(いまし)めるふうでもなく自然に口にした男に対して、返す言葉もなかった。一瞬でも不審者だと思ってマジですまなかった。謝ろうかどうしようか、しかし謝るとしたら不審者だと疑ったことを言わなければならない。茅乃は思い切って口を開く。

「あの……」

「はい？」

「この季節に火傷するほど熱い飲み物、飲まなくないですか？」

男は手を止め顔をあげ、茅乃の顔を見たあと「……たしかに」と言って笑った。

「保安検査場の方ですか？」

首から下げた茅乃のＩＤをちらりと見て男は尋ねる。名前のほかには社名しか入っていないカードを見てどこの配属か判るとは、よく調べたテロリストか同じ空港に勤務している人くらいだ。そして彼は高確率で後者だ。

「何も怪しいもの持ってないのに鳴ると嫌な汗かきます、あそこ通るとき」

「ですよねー」

不審者だと思っていた男の、はにかむような笑顔がまぶしすぎて眩暈(めまい)がする。

「ということが昼間にありましてですね！　これ恋の始まりなんじゃないですかねどう思いますかね岡林パイセン⁉」

約四時間後に取れた一時間休憩、先に休憩室に入っていた岡林が勤務時の百倍真剣な顔でゲームをしているのを無理やり中断させて茅乃が話をすると、彼女は心底興味なさそうな顔をして「課金しろ」と答えた。

「あと俺、先輩じゃなくて同期だし、ババア扱いはやめていただけるか」

彼女は自分を俺と呼ぶ。しかし男になりたいとかではなく、スマホゲームの中ではキラキラしたアニメ絵の美少年を扶養（と言ってる）しており、狭い社員寮の部屋にはめちゃくちゃ高価な人形も四体いる。岡林自身はいつもそのへんで拾ってきたゴミみたいな服しか着てないのに、人形の少年たちの服は一着数万円もするという。

「……不幸だな小野寺」

やみくもに、〝羽田空港　勤務　高橋〟という文字列でネット検索していた茅乃に向かって岡林が半笑いで言った。次に会う機会をつくろうと思い茅乃は、ハンカチを洗って返す、と申し出たが固辞された。そのとき男の電話が鳴り、彼はポケットからイヤホンを取り出して装着し、マイクの部分に「高橋です」と答え、軽く茅乃に向かって頭を下げたあと足早にデッキから出て行った。それきりである。

「何が不幸？」

「休憩時間が被ったのがほかの女子じゃなくて俺だったことが不幸だな」

「たしかに、岡林と男の話とかマジ無理だわ、何故気づかなかったんだ私」

「それに、羽田空港勤務の高橋はたぶん腐るほどいる、うちの会社にもふたりいる」

「たしかに……」

「そして羽田じゃないかもしれない、研修かなんかで偶然来ていたコナンや鬼太郎や桃太郎のやつかもしれない」

すべて地方の空港の名前である。茅乃はその可能性もあるなと肩を落とす。

「諦めろ、現実の男なんてろくなもんじゃない」

「……処女のくせに！」

「俺は早々に現実には見切りをつけたからな！」

岡林はスマホを机に置くと、傍らに置いてあった誰かのお土産らしきどら焼きの箱からどら焼きを摑み取り、包装を剝きとると二口でそれを口の中に収めた。岡林は同期だが大卒なので茅乃よりふたつ年上、そして容姿にあまり恵まれなかった女だ。茅乃自身もそれほど恵まれてはいないが、見た目と中身をひっくるめて点数付けすれば、突き抜けた自我と根拠のない自信を持つ岡林のほうがはるかに高得点だと思う。彼女の人生に対する迷いのなさがときどき羨ましい。

＊＊

ごきげんようミスター高橋。またお会いできるなんて嬉しいわ。

と、その化粧の濃い女は治真の顔を見ると、完璧な作り笑顔と共に言った。幻覚と幻聴だと思った。ここは羽田空港近くにあるNALのCA訓練センターである。今日から治真は足かけ三ヶ月、日程にすると全四十三日間、ここでほかのCA採用者たちと共に訓練を受ける。

「……こちらこそ、またお会いできて嬉しいです」

治真は咄嗟に似たような笑顔を作り挨拶を返した。

……なんで？

本日から皆様の訓練を担当いたします、オブライエン美由紀です。と名乗った女は数ヶ月前、治真がロサンゼルスに行くときCP（チーフパーサー）をやっていたはずだ。現役バリバリのCAのはずだ。ずらりと並んだ訓練生たちの頭上に浮かんだ疑問の中から治真の「なんで？」だけが彼女の何かのセンサーに拾われたらしく、オブライエンは「上から異動の指示がございまして、先月までは飛んでおりました」と言った。たぶん「なんで？」以外の問いは「その化粧と髪型は正しいのか……？」「どこの国の苗字……？」だけだったと思う。

周りの訓練生たちは一切口を開かなかったが、通常とは違うルートでＣＡとして採用された治真は彼女たちの入社式には出席していなかったため、あの男は誰だ、何者だ、という疑問符の飛ぶ空気は、教場に入った瞬間から感じていた。余計なことを、オブライエンめ。余計に不審者扱いされるやんけ。

ＣＡ自体は大量に採用しており、同じ施設内でいちどきに全員が訓練を開始することができないらしく、二十四名を一クラスとし、二週間ずつずれて訓練に入る。ここにいる治真以外の二十三名は新卒と既卒が交じってはいるが、全員女性でおそらく治真よりも若い。この年齢で自分がおじさんの自覚をするとは思わなかった。

初日の午前中は訓練センター内のオリエンテーション的なもので、自分たちよりもだいぶ前から訓練を受けている訓練生たちが作業着姿で実技を行っている様子を見ることができた。当然のようにそこに男性の姿はなかった。

――私のほかに何名が採用されたのですか？

採用手続きでＮＡＬの人事部を訪れたとき、治真は事務手続きを担当してくれた女性社員に尋ねた。

――四名と聞いておりますが、高橋さんよりも一ヶ月早く入社された方が訓練開始一週間でお辞めになったそうです。

――マジか。なんてもったいないことを。

――マジです。あとのふたりは高橋さんよりも後の入社です。あ、訓練中に「マジ」

とか言っちゃダメですよ。

――ああ、そうですね。失礼しました。

――いろいろと厳しいですから、CA訓練。

ドジでのろまな亀を自称する女が出てくる昔のドラマで知られるとおり、CAの訓練は鬼のように厳しいと言われている。ただ、その「厳しさ」を伝える側の立場の問題もあると治真は思う。

車の運転を生業とする人は、車の運転が上手なだけじゃダメだ。車を使用して人を運ぶ人は人を運んでいる自覚と覚悟が、荷物を運んでいる人にも同様の自覚と覚悟が必要である。CAは「飛行機が好き」「人の世話が好き」「給仕や配膳が並外れて得意」なだけでは就いてはならない職業だ。客に見える部分はそれだけかもしれないが、訓練では飛行機の機体の構造をはじめ、各部品の役割や名称、故障が発生したときの対処方法も教わる。客を守る立場の職業人として知らなければならないことだからだ。もちろん人命救助の訓練もある。急病人が発生した飛行機内に医者がいなかった場合、そのまま死なせるわけにはいかない。医療行為以外の、できることをする。その「できること」を咄嗟に行動に移せるよう訓練を重ねる。

対外的に知られた「CA訓練の厳しさ」は、業務の内容的に、あるいは広報的に、厳しいものであると周知されていなければならないのではないかと思う。とくに現在はSNSですぐ情報が拡散される。インスタやツイッターに「訓練マジちょろい、教官マジ弱い」とか書かれたら会社に対する信用を失いかねないし、訓練してるほうもたまったもんじゃないだろう。大声を張り上げて人形に意識確認をする若い訓練生たちを見て、治真の胸はじんわりと温かくなった。

「ミスター高橋」

つられて顔もほころんでいたらしく、オブライエンがよそ見をしていた治真を呼ぶ。

「失礼しました、ミズ・オブライエン」

「何も失礼はされていません。ただ、ご覧のとおりＣＡは保安要員だということをあなたには特に理解していただきたい」

「承知しております」

「大切なのはサーヴィスだけではございません。飛行機は空飛ぶホテルではありませんからね」

だから心得てるっつうの。片眉を吊り上げてこちらに笑顔を向けるオブライエンに、治真も穏やかな笑顔を湛(たた)え再度答える。

「常在戦場と心得、慢心のなきよう行学いたします。ご指導ありがとうございます」

やっぱりあのとき「逃げた」って言ったの根に持ってるな、この人。

一日の終わりにはその日に学んだことの復習として試験がある。午後の座学を真面目に受けていた治真はわりと難なく満点を取った。オブライエンはものすごい作り笑顔で思う。

「コングラチュレーション」と讃えてくれたが、あとからひとりで舌打ちでもしてると

難なく満点を取り、称賛の言葉をかけてきてくれた同じクラスの訓練生たちと少し会話を交わして打ち解けたあと、ひとりでセンターを出た。途端にどっと疲れが襲ってきた。今日の試験は、フラップ、スラット、スポイラーなどの構成部品の名称を飛行機の図に書き込む、という治真にとっては満点を取れて当たり前の内容だった。主翼、水平尾翼、垂直尾翼、昇降舵。文字を見るだけで体温が上がるのを感じる。飛行機の構造や各部品の役割などの基礎的なことは学生時代に既に頭に叩き込んでいたので、好きなものや興味のあるものって忘れないんだな、と解答を書き込みながら自分に感心した。ちなみに主翼のフラップが開いたり閉じたりするのは窓から見られるが、客席からは見えない垂直尾翼も実は方向舵が動く。知らない人が多いので合コンネタとして重宝する。

空は薄い朱鷺色に色づいてはいるがまだ明るく、すぐ近い位置を飛行機が飛んでゆく。ひっきりなしに。治真は自宅とは反対方向の電車に乗り、国際線ターミナルへ向かった。大学時代はよくそのデッキで何時間も飛行機と空を眺めていたが、就職が叶わないとわかったあとは足が遠のいていた。転職が決まってからはまた、数回訪れた。この空は俺を受け入れるだろうか、と我ながら気障なことを考えながら飛び立ってゆく飛行機を見送った。長いこと捜しているものを見つけに行っていたのもある。それはまだ見つかっていない。

飛び立つ機体が一番綺麗に見える場所には先客がいた。少し離れたところで、地面に荷物を下ろしてフェンス越しに空を見上げたら、先客が「あっ」と声をあげた。思わずそちらに目を遣ると、どこかで見た憶えのある若い女が治真を凝視している。ホテルに勤務していたときの客か、出入りの業者の人かもしれない。辞めてはいるが、習性というか刷り込みというか、治真は反射的に笑顔を作って会釈した。すると女は、身体のどこかが痛いような顔をして口を開いた。

「あの、こないだはすみませんでした。ハンカチ」

「ハンカチ？　……ああ」

客でも業者の人でもなかった。

「気にしないでください、大丈夫でしたから」

女は保安検査場の職員の制服、グレーのジレと同色のパンツ、白いシャツを着ている。二週間ほど前にホテルを退職した翌日治真がここへ来たとき、デッキのテーブルで水筒をひっくり返していた女だ。たぶん。

「あと、不審者だと思ってすみませんでした」

「……はぃ？」

「あのとき、なんかヤバい感じでぼーっとしてたし、空港に来るにはそぐわない服着てたし、何やってんだろうあの人ちょっと怪しいなって疑ってすみませんでした！」

女は治真が何も言わないうちにまくしたてると頭を下げた。耳の辺りの高さに結われた短いポニーテールが暴れるダックスフントのしっぽに似ていたのと、不審者、というくくりに一瞬でも当て嵌められた事実に笑いがこみ上げてくる。たしかに前回ここへ来たときは寝巻のポケットにスマホとハンカチとティッシュを突っ込んできただけだった。まさか深夜の職質以外のオケージョンで不審者だと思われるとは。保安検査業務に就く立場上、仕方ないのかもしれないけれども。

「……怪しい人かもしれへんよ」

「え？」

「あんとき俺、無職やったから。無職なりたてホヤホヤやったから」

空が暗くなってきている中で、女の顔も憐憫の色に曇る。実際にはそんなに悲愴感漂う無職ではなく希望に満ち溢れた無職だったし、人生初の無職をめいっぱい楽しんだ。

「でも今日から新しい会社で研修受けとるから、めでたく不審者は脱しました。ご期待に添えずごめんな？」

目に見えて女の表情が明るくなる。エンジンの逆噴射音が聞こえて会話が中断される。さっき着陸した派手な塗装をされたLCCの小型機がスポットに入るところだった。

「新しい会社ってこの近くなんですか？　今日はひとりフェスですか？」

ひとりになりたいな、と思ったが、エンジン音が止んだあとも女は不愉快な気持ちにならない程度の、微妙な物理的および心理的距離を保って話しかけてくる。訓練センターは近いが本社は八重洲なので、治真は適当に言葉を濁した。

「近いっちゃ近いですけど、そんなに近くもないです。ひとりフェスってなに？」

「あ、すみません。私、休日にときどきやるんです、ひとりフェス。大きい公園行っていろんな好きなバンドの曲をただひたすら大音量で聴くの、もちろんヘッドホンですけど。余裕のあるときはタイムテーブルとセットリストも作って自分で各バンドのＭＣも考えて脳内で再生してます。超楽しいんで、暇なときやってみてください」

……変な子だった。でも彼女の言う「ひとりフェス」は正直面白そうだと思ってしまった。

「……次きたときにやってみます」

ぜひ、と彼女が答えたとき、おそらく会社に持たされているであろう携帯電話が鳴るのが聞こえた。

「なんかヤバいもん出たかな」

そう言ってポケットから電話を取り出し、耳に当てる。その流れをなんとなく見守っていたのだが、会話をつづける彼女の顔が徐々に強張（こわば）っていくのが見て取れた。

「どうかしましたか？」

様子があからさまにおかしくて、通話を終えたタイミングで治真は思わず尋ねる。

「クリーンエリアで……カッターナイフが……」

その答えは、今から数時間、国際線ターミナルのすべてが機能しなくなることを意味するものだった。

保安検査前のエリアはダーティーエリアと呼ばれる。対して門探通過後、搭乗までのエリアはクリーンエリアと呼ばれる。

＊＊

茅乃が駆け戻ったとき、保安検査場は中央も南もすべてのセキュリティゲートが閉鎖されていた。フライトインフォメーションボードに表示された数多の便はすべて変更時刻がブランクの「未定」に変わり、ターミナル内には今まで働いてきた中で初めて聞く緊迫したアナウンスが流れた。茅乃と同じく休憩を取っていたであろう空港警察の人たちも続々と戻ってくる。非番の保安検査場職員たちも全員呼び出された。

「今からぜんぶ開けるよ。責任の所在は間違いなく弊社だから。どこのレーンで誰が通したのかは確かめようがないから、責任の押し付け合いはしないように、とにかくミスのないように、お客様から何を言われても耐えるように」

全員が集められた短い臨時ミーティングで、時間帯責任者の先輩が険しい顔をして言い聞かせる。はい、と全員が答える。

国内線国際線にかかわらず、チェックイン（と荷物の預け入れ）↓保安検査↓搭乗の流れは同じである。国際線の場合は保安検査と搭乗の間に出国審査が入るが、保安検査場を通ったあとは基本、旅客も乗務員も逆流はできない。しかしごく稀に逆流、というか一度入れた客や職員たちを全員、保安検査場の外に出さなければならないケースがある。それが、保安検査を受けていない人物や物品がクリーンエリア内に紛れ込んだ、いわゆる「すり抜け」と呼ばれる行為が発覚したとき、および保安検査通過後の、本来クリーンでなければならないエリアで機内への持ち込みが禁止されている刃物などが見つかった場合、である。

　両ケースとも、飛行機のドアが閉まっていない限りは既に機内にいる搭乗客もぜんぶ降ろし、再検査を行う必要がある。研修で習ってはいた。しかし現実には起こらないと思っていた。国内線しか出入りのない地方の空港でさえ、以前すり抜けが判明して再検査を実施したとき、十便以上が欠航し最終的には約二万人に影響が出たという。まさか、本当にこんなことがあるなんて、しかも羽田の、国際線で。

　地上勤務の空港職員たちが、既に保安検査場を通過していた搭乗客たちを誘導し、搭乗ロビーに戻す。19：40発の北京便と同刻発のソウル便が既にドアを閉める直前だった。のちにつづくソウル、サンフランシスコ、ソウル、北京、ホノルル、ホノルル、バンクーバー、そして二十二時ちょうど発のシドニー行きあたりまでの旅客が既にちらほらと保安検査場を通過しており、その数二千人弱。ドアがまだ閉まっていなかった北京便とソウル便に乗り込んでいた客たちも、係員の誘導によって機体から降ろされ、検査場の外まで戻された。そのあいだにも続々と着陸する便のため、スポットに待機していた、出発時刻がまだ先の機体は駐機場へ移動を始める。オープンスポットを作るために、牽（けん）

引車と到着する客を乗せるためのバスが既に日の落ちたエリア内を続々と走行してゆく。着陸しても場所がなければ降ろせない。

本人たちは一ミリも悪くないのに、申し訳ございません、と繰り返す航空会社の地上スタッフたちを見て、その言葉を聞いて、心が潰れそうになる。カッターナイフたったひとつで空港は止まり、何千もの人々の動きを止める。そして金銭的にも甚大な損害を生む。見逃したのが自分だったらどうしよう、と考えると脇の下が汗に湿り、死ぬ間際みたいな気持ちになった。ベルトの金具程度では鳴らないこともある。人体は門探を通るだけでX線には通さないから、ポケットの中に隠していたのかもしれない。なんで。誰が見逃したの。なんで見逃された人はそれを保安エリア内に放置したの。なんのために。

「トランジットがギリギリだから間に合わないと困るんだよ、これ何時間遅れるの⁉」

「俺ら関係ねえじゃん、到着遅れたら予定もずれるじゃん、マジありえねえんだけど」

あちこちから怒りや諦めを孕んだ苛立ちの声が聞こえてくる。

「臓器移植の人とかいたらどうするんだろうね？　これ着陸も遅れるよね？」

……どうするんだろう。

怒濤の二時間が過ぎた。二時間後、出発間際であとはドアを閉めるだけという状態だった北京およびソウル行きが飛び、そのあとに予定されていた便も続々と飛び立っていった。

本来の出発時刻が早い便の搭乗客を中央に集中させ、とにかく全員通して飛行機を飛ばせた。二十三時ごろには大量にトランジットの客が来て検査場はまた混雑したが、影響の出た便はすべてひっくるめても最終的に日を跨ぐまでにはぜんぶ飛んだ。夜の時間帯でよかった。これが昼間だったら比じゃなかったろう。

テレビの夜のニュースでは大々的に報道され、ネットのニュースサイトなどでも軒並記事になっていた。午前二時半を過ぎると、次の便は五時過ぎで、一時間ほどアイドルタイムがある。トランジットの客はちらほらと来るがそれほど多くはないため、いくつかのレーンは封鎖する。休憩室で今日の出来事が書かれたネットニュースを他人事のような気持ちで眺めた。休憩に入った誰もが無言で同じことをしていた。事実だけを書いているサイトもあれば、安全性を見直すべきでは、という批判めいた論調の記事もあった。返す言葉もない。

午前四時、約一時間半の仮眠ののち、茅乃は重い足を引きずるようにして持ち場に戻った。五時台には台北行きが二便、六時台には香港が二便とソウルが一便。どれも機体が小さいためそれほどたくさん搭乗客がいるわけではないが、八時の上がりまで茅乃はひとりひとりを睨みつけるようにして門探を通した。

「……大丈夫ですか？」

午前八時過ぎ、引継ぎを終えてトイレへ行ったあとひとり遅れてオフィスへ戻ろうとしたら突如視界が青くなり、同時にものすごい眩暈に襲われてその場にしゃがみ込んだ。通りかかったNALの制服を着たCAの一団のひとりが足を止めて茅乃の肩に手を置く。時間的に九時台後半のマニラ便に乗る人かな、とどうでもいいことを考えながら茅乃は「すみません」と答えた。

「お水飲みます？　昨日大変でしたもんね、カロリーメイトいります？」

　そのCAは手荷物のバッグから未開栓の水のペットボトルと、一パック食べた形跡のあるチョコレート味のカロリーメイトを取り出して茅乃の手に握らせた。この人、いつも検査場を通るときに「お疲れ様です」って言ってくれる人だ、と声の感じで思い出す。

「大丈夫？　医務室の場所判りますか？」

「ありがとうございます、大丈夫です、すみません」

　ゆっくり休みなよ、と言って彼女は足早に検査場のほうへ向かっていった。その場で茅乃はしばらく唇を噛みしめて涙を堪える。もしかしたら自分たちのポカのせいで彼女の身の安全を脅かしていたかもしれないのに、こちらを気遣って水と食べ物を施してくれた。なんて優しいCAさん。手が温かくて、背筋が伸びていて綺麗で頼もしかった。私、今、手が冷たい。責められるのが怖くて人の顔もまともに見られない。乗務員もお客さんも守らなきゃいけない立場なのに、ぜんぜん守れなかった。

＊＊

名前を忘れてしまったが、あの保安検査場の女の子は大丈夫だったろうか、と思い出し、訓練二日目を終えたあと治真はまた同じ時間を狙って展望デッキに向かった。顔面蒼白（そうはく）、という単語そのものの顔をして走り去っていった彼女はたぶん夜中まで帰れなかっただろう。国際線ですり抜けが起きた場合、クリーンエリアにいる全員が出国中止、再入国という扱いになり、制限区域から出る際にパスポートをエアラインの地上職員に預けるという。地上職員はそのための書類を作成し、搭乗客は再度セキュリティチェックと出国審査を受ける必要がある。知識として知ってはいた。しかし羽田で起きたのは治真が知る限りたぶん初めてだった。今後の仕事の参考にするため、および滅多にない出来事を見ておこうと下衆（げす）な野次馬根性もあり、治真もしばらく空港内で混乱を見ていたのだが、報道のカメラやリポーターたちが空港に押し寄せてきた時点で気分が悪くなりその場から立ち去った。

展望デッキは、雨が降っていたせいか人の姿はほとんどなく、若干肌寒くもあったため、ひとりフェスはまた今度の機会にしようと踵を返す。

三日目の朝、同期訓練生のひとりが遅刻をした。本来は九時半の時点で制服を着用し自席に着いていなければならないのだが、その訓練生は二十五分遅れて教場に入ってきた。

「すみませんー」

遅刻してきた訓練生、たしか添島という名前だったか、彼女は化粧の崩れた浮腫んだ顔でヘラヘラと笑いながら頭を下げた。髪の毛もぼさぼさだ。それまで一度も言葉を発さず唇を一文字に結び、連帯責任に怯えて畏縮する訓練生たちをすごい眼力で眺めていたオブライエンが、脳天を突き破るような甲高い声で添島に向かって叱責の言葉を浴びせた。日本語のはずなのにほとんど聞き取れなかったが、要約すると「その顔は何、その髪の毛は何、これが実際のフライトだったらあなたのせいで飛行機が定刻に飛ばない、CAになる自覚はあるのか」だった。

「だから、すみませんってばー」

聞いているこっちが輻射熱で消耗するほどの、ドラゴンの集中砲火のような叱責だったのに、ぜんぜん堪えてもいない様子でそのまま席に向かおうとする鋼メンタル添島。ターミネーターかよ、もしくはデナーリス・ターガリエンかよ添島。その腕をオブライエンが勢いよく掴む。

「あなた、お酒を飲んでいましたね?」

「あっ、はい」

「何時まで」

「えーと、たぶん五時くらいまで?」

「乗務の十二時間前からはお酒を飲んではいけないという規定があるのは、ＣＡ訓練生なら常識の範囲で知っていることだと思いますが？　今は何時ですか？」

「えっ、でもまだ習ってませんよねそれ。しかも今ってただの研修でしょ？　飛行機乗ってるわけじゃないし。あと今は朝の十時くらいだと思いますけど、オブライエンさん時計してるんだからそれ見ればよくないですか？　電池切れですか？」

予想を遥かに超えた煽りスキルの高さに胃がキリキリしてくる。治真は彼女の首にかかっているのがゲスト用の入館証であることに気づいた。同時にオブライエンも気づいたらしく、どうにか怒りの爆発を堪えたような声で尋ねる。

「添島さん、ＩＤは？」

「あ、昨日飲んでた店で、あ、帝国テレビのおじさんたちとギャラ飲みだったんですけど、見せてーって言われたから見せてあげて、そこまではちゃんとあったんですよねー。でもそのあとホスト行って、どっか途中でなくしちゃったみたいで。どうしたらいいですか？」

自分は指導する側ではなくされる側だが、これはする側のほうに同情せざるを得なかった。……オブライエン（の胃）……どうか無事でいてくれ……。

訓練生と、既にＣＡとして勤務しているがファーストクラスや免許更新の研修のために訓練センターに来ている現役たちが入り交じる食堂の隅のほうでひとり昼食を摂っていたら、向かいにトレーが置かれた。

「ここ、よろしいかしら？」

と訊きつつも答えを待たず音を立てて向かいの椅子に腰を下ろした人はオブライエンだった。インストラクターも使うのか、ここ。

「もちろんです」

「ありがとう」

「……お疲れ様でした」

トレーの上には治真もオブライエンも同じ、おなかに一番優しそうなわかめうどんが載っている。

「ミスター高橋、あなた就職何年目でしたっけ？」

割り箸を割り、わかめの塊を口に入れて飲み込んだあとオブライエンは尋ねた。

「新卒でホテルに勤めて五年で転職しました。今は社会人六年目です」

「私、インストラクターをやるのは十年ぶりなのだけど、この十年のあいだに何があったの？　今の新卒ってどこもあんな体たらくなの？」

あんな体たらく、イコール添島のことだろう。

「いや、あそこまで凄まじいのは見たことないですね」

「ところで『ギャラ飲み』って何かしら？　ギャラクシー飲み会？」

真面目な顔をして訊いてくるものだから、治真は咀嚼していたうどんを噴き出しそうになった。どんなだよ。手のひらで口を押さえ、嚥下したあと水で更に流し込み、答える。

「ええと、お金を持った中高年の男性が若い女性たちにお金を払って一緒に飲んでもらう飲み会のことです。だからギャラクシーではなくギャランティーですね。私もよく知りませんが、最近は一部の裕福な中高年のあいだでそういうのが流行ってるみたいで」

「お金を払ってまで女性と一緒に飲みたいのならキャバレークラブに行けばいいのでは？」

　その単語がキャバクラの正式名称だと思い出すまで〇・二秒くらいかかった。

「……そういうプロの女性ではなく、しろうとの若い女性と飲みたいんじゃないですかね？」

「お金をいただいている時点でそれはプロでしょうに！」

　オブライエンは眉を吊り上げ手のひらでテーブルを叩く。俺に言われても困る。ホテルで働いていたとき、よい働きをすればチップをもらえることもあったが、そもそもギャラ飲みはチップではなく報酬だ、そこにいることに対しての。

「……でも、そういうことですか。ちょっと腑に落ちたわ。お金をもらって『しろうととして振舞う』ことが求められるような場に出入りしているということね」

「なるほど、そこに着地するんですね」

「何を他人事みたいなことを言っているの！」

それからオブライエンは昼休み終了の五分前まで治真に愚痴をこぼしつづけた。後輩のインストラクター（オブライエンはだいぶ昔にインストラクター研修を受けており、十年前に二年間今と同じく新人育成に関わっており、そのあとはインストラクターのインストラクターもしている。年齢に関しては謎である）から「新卒の質が落ちた」と聞かされてはいたがここまでとは思わなかった。会社の方針で現在CAを大量採用しているが、その玉石混淆（こんこう）、むしろ石のほうが多いコンテナを未分類で押しつけられるこっちの身にもなってほしい。スチュワーデスと呼ばれた時代は狭き門で合格倍率は百倍以上だったのに、添島のような「短大の就職課に勧められてなんとなく受けたら受かったから入社した」輩（やから）が入社してくるのは会社にとってもマイナスだ。ていうかあいつなんなのマジで⁉

「……手を出さなかったのは偉いと思います」

私が研修を受けていたころのTSSだったら間違いなく引っ叩（ぱた）かれてるしあの時点でクビもありえた。あのころはまとめ髪から少しでも毛が出ていたら問答無用で抜かれていたし、ブリーフィングでの一問一答に答えられなければ激しい叱責に遭い泣かされた。しかし今の新卒はちょっと注意するとすぐにパワハラだモラハラだなどと訴えたりするから細心の注意を払えと上から言いつけられている。クビにしたらそれこそ裁判になったりするから絶対に辞めさせず大切に育てろと言われている。大切に育てたいならそれなりに大切にしたくなる人材を採用しろっていうかあいつなんなんマジで⁉

……俺の立ち位置、どこなんだろう。

終わったあと残るように、と言われた添島は心底めんどくさそうな顔をして「明日にしてくれませんか？　今日ぜんぜん寝てなくて疲れてるんですけど」と返し、結果、オブライエンが爆発した。すごい。同じ言語で会話をしているはずなのに言葉がぜんぜん通じてない感がすごい。そして人が爆発するときって風圧を感じるんだな、とどうでもいい発見に瞠目しつつ、ほかの訓練生と同じく治真は逃げるように教場をあとにした。

今日は晴れていたし暑かった。気を遣ってか「ご飯食べて帰ろう」と声をかけてきてくれた子たちの一団に、笑顔で「ありがとう、でも俺も今日はあれを見てるだけでちょっと疲れた」と返したら、じゃあ明日は飲もう、と重ねて誘われた。訓練は土日関係なく四日連続で行われる。そのあと二日の休みを挟みまた四日間連続。明日は四日目なので翌日が休みだ。

「気い遣ってくれなくて大丈夫よ？　俺がおったら変な空気になるでしょ」

「何それ、自意識過剰だよ」

たぶんこれが高校のクラスだったら一軍所属の女子のリーダーになっていたであろう風格の、戸倉という訓練生が鼻で笑った。

「そらそうよ、たぶん俺だけアラサーやし、オッサンの過剰な自意識くらい許してや」

戸倉たちの一団はそれ以上は食い下がらず、じゃあね、と手を振ってタクシーに乗り込んだ。治真は走り去る車体を見送り、自分は国際線ターミナルに向かった。

果たして彼女は、いた。気の抜けきった顔をしてうまい棒を食べながらまだ明るい空を眺めているところに声をかけるのは気が引けたが、声をかけるよりも先に向こうが気づいた。あっ、と声をあげたので会釈して治真は同じテーブルの隣の椅子に腰かける。

「一昨日(おととい)は大丈夫やった？」

尋ねると彼女は、口の周りに飛び散ったうまい棒のカスを手の甲で拭(ぬぐ)ったあと、使い古してよれよれになったスポンジみたいな顔で答えた。

「あんまり大丈夫じゃなかったです……」

「何時に帰れた？　えっらい残業になったやろ」

「いや、上がったのは朝の八時ですけど、それは定時で」

「夜勤やったん？」

「いえ、二十四時間勤務なんで、いつも朝の八時に出社して朝の八時に退勤するんですよ、うち」

「は!?　え!?　嘘やん!?」

嘘じゃないです、と彼女は笑った。

「明けてみんなでディズニー行ったりもしますし、働いてると慣れますよ」

二十四時間勤務して二十四時間休んで、という勤務が四回つづいたあと、一日休みがあるそうだ。ときどき半日勤務のときもあるがだいたい呼び出されるという。

「キッツいなー。国内線も同じなん？」

「さあ、会社が違うんで判んないです。たぶんビルごとに違う会社が入ってるんじゃないかな」

　空港において当たり前にそこにいる人たち、たとえば彼女、入館証によれば小野寺茅乃という名前だが、同じビル内で一つの目的を持って働いているほかの人たちがどのような社内規則で働いているかなどは、違う仕事をしていると知らない。ホテルでさえ営業部や広報部が何をしていたのか詳しくは知らなかった。それにしても二十四時間勤務とは。おそろしい。

「高橋さん、お仕事慣れました？」

「……俺、名前言ったっけ？」

「前に電話で『高橋です』って言ってたからそうなのかなと思ったんですけど、違いました？」

「いや、高橋です。まだ三日目やし慣れはしとらんかな」

「空港関係ですか？」

「うん、近い業種。小野寺さんは出勤しとるときは毎日ここで休憩しとんの？」

「え、私、名乗りましたっけ？」

　治真は指で彼女の首にかかっているＩＤを指し示した。あっ、と言って小野寺は笑う。何故か知らないが、その笑顔にめちゃくちゃ癒される。可愛らしいとは思うが性的魅力は一切感じず、どちらかというとゆるキャラ的な可愛さと癒され具合だった。

「灼熱の日と極寒のとき以外は基本ここです。でも仮眠取るときはちゃんと休憩室に行ってます」

「なら、今までここにいて、Z162−250っていう機体、見かけたことない？」

思い切って治真は尋ねた。航空マニアだったらその機体の番号だけで「あっ」という顔をするはずだ。しかし彼女は朗らかに訊き返してきた。

「どんなのですか？　大きいやつ？　小さいやつ？　どんな色ですか？」

「中くらいのやつ。今は旅客機には使われてないと思うから、窓埋めてフェデックスとかDHLとか、貨物系の塗装がしてあるかもしれない」

小野寺はスマホを取り出し、その文字列を検索窓に打ち込んだ。治真は鼓動が速くなっていくのを感じる。脇の下が冷や汗に湿る。対照的に小野寺は顔を輝かせ、開いた画面をこちらに見せてきた。

「これ乗ったことある。台北から帰ってくる便で一歩間違ったら墜落事故になってたってやつですよね。私、まさにこの便に家族旅行で乗ってました」

＊＊

今日も会えた。新しい仕事が空港関係に近い業種だということも非常にさりげなく訊き出せた。しかしあの飛行機に乗っていたことを言ったあとから様子がおかしかった。すぐに帰っちゃったし。

「ねえ岡林、どう思うー？」

「俺にそれを訊いてどうする」

休憩時間は残り十分。心底興味なさそうに岡林はタブレットで動画を見ながら、誰かの土産のうまい棒をむさぼる。しかしふと顔を上げてこちらに目を遣った。

「ていうか、おまえ、あの飛行機乗ってたのか」

「え、知ってる？」

「当時めちゃくちゃ報道されてただろ、パイロットが薬でラリって墜落しかけたって。ＮＡＬの安全神話は崩れた、やはりＴＳＳこそが日本の航空会社だ、とか。よく無事だったな」

「あれ絶対嘘だよ。私、乗る前にそのパイロットの人と喋ったもん。めっちゃ優しくていい人だったし、降りるときもめっちゃ『申し訳ありませんでした』って頭下げてたし、ぜんぜんラリってなんか見えなかったよ」

　十年以上前の出来事だが、あのパイロットが優しくていい人で極めてまともだったことは憶えている。初めての海外旅行、帰国する日に茅乃はふたつ年上の兄と桃園空港で喧嘩をした。この喧嘩の原因がなんだったのか、どこで喧嘩をしたのかはまったく記憶にない。しかし不貞腐れてひとり家族から離れ、売店でスナック菓子を万引きしようとしたとき、あのパイロットが茅乃の手から菓子を奪った。そして自分の買い物と一緒に会計をしてくれたのだった。

——万引きが見つかったら日本に帰れなくなっちゃうからね。ママかパパはどこにいる？　どの飛行機に乗るか判る？

日本人かどうかを確認したあと、茅乃に菓子を手渡し、その人はしゃがみ込んで訊いてきた。

——……NALの成田行き、一時くらいのやつ。

——それ、おじさんが操縦する飛行機だよ、すごい偶然だね。またあとで会おう、飛行機の中ではおやつも出るよ。

かっこいい制服を着てかっこいい帽子を被ってかっこいい鞄を持ったその「おじさん」は茅乃を地上係員に引き渡し、急ぎ足でどこかへ行ってしまった。今思えば「どこか」ではなく間違いなく保安検査および出国審査の乗務員ゲートへ向かったのだが、無事に両親と兄と合流できた茅乃は、心配のあまり気が動転していた母親に勢いよく引っ叩かれ、兄には泣きながら罵倒され、父親には手に持っている菓子はどうやって手に入れたのかと詰問された。その場で一番茅乃に優しかったのは、あのパイロットのおじさんだった。

「……なあ、おまえが言ってるその男、名前『高橋』だったよな」

意外にも興味を持ってくれたのか、岡林はタブレットで何かを検索して訊いてくる。

「うん」

「ラリったパイロットの名前も高橋らしいぞ」

「えっ!?　あっ、そうかも、そうだったかも！」

岡林からタブレットを奪うと、そこには匿名掲示板の過去の書き込みが表示されていた。さっき見たサイトには記載されていなかったが、掲示板の過去ログにはパイロットの名前は高橋だと書き込まれていて、高橋機長、という文字列が何度もテレビの画面に表示されていたことをぼんやりと思い出す。

「まあでも、羽田空港勤務の高橋なんて腐るほどいるからな」

返せ、と言って岡林は茅乃の手からタブレットを奪い返す。そうだけど。でもちょっと偶然が過ぎないか。何者だ、あの人。


一昨日の混乱が嘘のように、夜の時間帯は何もかもが順調だった。茅乃たちの仕事は保安検査場だけではなく、建物と機体をつなぐボーディングブリッジに立って、最初に機内へ入る整備から、乗務員や客やその手荷物を目視でチェックする、という仕事もある。これはアメリカ便に限ってのことで、一時間半くらいそこに立っているだけでよいのだが、茅乃は飛行機に近づけるこの時間が好きだ。

機内では整備の人たちがせわしなく作業をしている。このあとCAたちが入ってセキュリティチェックを行い、最後にパイロットがやってくる。何故かパイロットはフライトケースのほか、よく売店の袋を手にぶら下げている。

入社一年目のとき一度だけ、人懐こい外資系エアラインのパイロットが売店の袋から取り出した個装のクッキーをくれて、ついでにコクピットの中を見せてくれたことがあった。いろいろ説明をしてくれたものの、英語だったため何を言っているのかほとんど聞き取れなかった。あのとき見せてもらったコクピットの絵面を思い出す。何が何やらまったく判らなかった。でも嬉しかった。

空港に勤務する人は程度の差こそあれど、皆飛行機が好きだ。茅乃が家族で海外旅行をしたのはあれが初めてで、そのあとは高校を卒業するまで飛行機に乗らなかったが、専門学校に通っていたとき友達と二度、海外に行った。飛行機に乗るのが楽しみで仕方なかった。

十数年前、一歩間違えたら墜落事故を起こしていたかもしれない飛行機に搭乗していた茅乃は、飛行中その予兆も感じなかった。なんだかずっと下に向かっている感覚だな、行きの飛行機では感じなかったけど、飛行機ってそういうものなのかな、ジェットコースターみたいでちょっと楽しいな、程度だった。しかし本来飛行機がジェットコースターの下りのような状態でいるのは着陸のときだけである。高度三万フィートを超える上空では、乱気流や雷雲を避けるなどの危険回避のケースを除いて、地上と水平に飛行をしている。

そのとき機内には頻繁に台湾と日本を行き来しているらしき人がおり、この場所でこの高度はおかしい、ありえない、と騒ぎ始めたと同時に、シートベルトサインがついた。そしてＣＡが緊迫した声で安全姿勢を取るようにアナウンスをした。下りのジェットコースターっぽさが増していった十秒くらいのち、シートベルトに食い込んで腹が千切れそうな衝撃が機体を襲った。目の前で赤ん坊が空を飛んだ。近くにいた若いＣＡが飛ぶように通路を駆け抜けてゆき、その赤ん坊をキャッチし、自らは背中から床に落ちた。あちこちから悲鳴が上がった。

小学生のころだったし、ニュースもすべて見たわけではないので、詳しくは知らない。ただ、憶えている限りではあの飛行機は、成田空港近く、あと二千メートルくらい高度が下がったら着水してしまう状態から、一気に持ち直して高度を上げた。そして上空を何度か旋回して滑走路に降りた。とん、と小さな音が聞こえる程度の静かな着陸だったように思う。

着陸の十分くらい前、突如高度が落ちた衝撃によりパニック状態になった機内の客たちに、一番偉い立場であろう年嵩のＣＡが毅然とした態度で「大丈夫です！」と言い切った。安全姿勢を保つように半ば命令しつつ、万が一何かあっても私たちが助けますから大丈夫です、と彼女は言った。子供の目から見ても惚れ惚れするほど頼もしくてかっこよかった。そして着陸が成功し、ドアが開いたあと彼女は、ご協力ありがとうございました、と乗降口の横に立って何度も頭を下げていた。その横に、あの優しいパイロットのおじさんもいた。苦渋の表情で「申し訳ありませんでした」と頭を下げつづける彼に、茅乃は搭乗直後に機内で配られたお菓子の袋を差し出した。
——さっきのお礼。お菓子買ってくれてありがとう。
おじさんは祈るように膝(ひざ)を折り、茅乃の肩を両手で掴んだ。
——怖い思いをさせてごめんね。
——ぜんぜん怖くなかったよ。すごい楽しかったよ。また飛行機乗りたい。
そのあとおじさんが、どんな顔をしていたのかは憶えていない。

**

クリーンエリアでカッターナイフが見つかった日、三十分も経たず羽田には報道のカメラが入った。マスコミ的に、大物芸能人のスキャンダルも政治家の失言も円や株の高騰や急落も地方の豪雨も、本当にまったく大した話題がない日だったから、空港におけるセキュリティホール問題は恰好(かっこう)のネタだったのだろう。乗る予定だった便が遅延してしまい途方に暮れる人々にマイクを向けて取材をする彼らを見て、治真は軽い過呼吸を起こしかけた。
あのとき父が向けられたカメラ、無遠慮に焚(た)かれるフラッシュ、銃筒のように突きつけられる録音機やマイク。しまいに彼らは家にまで来た。だから治真は母と一緒に逃げるようにして、母の実家のある神戸(こうべ)へ越した。父を置いて。

「俺！　今日！　休み！　治真！」

昨日の酒が残っている証か、脳が膨張したような重い頭に、スライドドア一枚で隔てられたリビングから飛んできた雅樹の声が突き刺さった。

「もう十時やで！　俺ら滅多に休み被らへんよ！　どっか行こうや！」

「そんなでかい声出さんでも聞こえとる……」

ベッドから落ちるようにしてドアまで這ってゆき、四つん這いのままそれを開ける。

雅樹は半分くらい身支度を終えた恰好でパックのスムージーのストローを咥えていた。

「俺今日ひとりフェスしようと思ててんけど」

「わかった俺もそれ付き合う。でもその前にオクトーバーフェスト行こうや、日比谷公園でやってるやつ。十一時オープンで午後二時まではビール全品半額やて！」

「いまオクトーバーやないしジューンやし、俺冗談抜きに二日酔いなんやけど」

「こういうとこひとりで行くの寂しいやん、一緒来てよ」

たしかにひとりで飲食のイベントに行くのは寂しいだろう。そして転職後初めての休みを寝て過ごすのももったいない気がして、冷蔵庫からドリンクタイプの胃腸薬を取り出し、鎮痛剤と一緒に胃の中へ流し込んだ。軽くシャワーを浴びたあと、身支度をして外に出たら十一時を過ぎていて、真上からの日差しが既に夏だった。

平日の昼間なのに日比谷公園はそこそこの人出だった。どう考えても仕事サボって来てるよね、という雰囲気のサラリーマンや、身綺麗な中年女性たちの集団が、テントを張った下に設置されたテーブル席に座り、ロリポップみたいなかたちのソーセージをつまみに楽しそうにビールを飲んでいる。

「さっき流したけど、ひとりフェスって何？　ひとりなのにフェス？」

ホフブロイのヴァイスとザワークラウトをテーブルに置いたあと、雅樹が訊いてきた。改めて聞くとおかしな言葉である。治真は小野寺にされた説明をなるべく省かず雅樹に口伝えた。息抜きに行った空港の展望デッキで知り合った人に教えてもらった、と前置きをして。

「おもろいこと考えるなー、実際にはどの界隈のフェス行ってんやろ」

「小柄やし治安悪いライブやったら飛ばされてまいそうやな、たぶん一五五あるかないかくらいやったし」

「え、女なん⁉」

「え、俺いま言わんかった？」

「え、ちょっとあんた早くないですか⁉　転職してまだ四日やろ⁉」

「いや、知り合ったのはもうちょい前やし、それほど仲良くもないよ？　女ってか、ゆるキャラっぽいし」

だから、どんな子なのか、可愛いのか、と訊かれても「丸めたスポンジ・ボブ」としか答えようがなかった。ただ、彼女はあの便に乗っていた。それを言おうかどうか数秒迷い、結局治真は口を開いた。

「あと、96便に乗っとった、ほんま偶然やねんけど」

「えっ」

正式にはNL096という便名で、当時の航空業界を少し知っている人たちの間では96便あるいはただの「くんろく」と呼ばれていた。いくつかの業界で隠語として使用される言葉だが、あの事件を知っている人たちのあいだではNL096を意味する。

大学二年、治真が二十歳になったとき、両親が正式に離婚した。それまでも別居だったからとくに生活が変わることもなかったが、これは父親の申し出だった。パイロットの息子という人種は高確率で父親に憧れる。治真も例外ではなく、小学校の授業参観のときに書かされた「しょうらいのゆめ」の作文に「おとうさんみたいなかっこいいパイロットになりたい」と書き残していた。それは中学のとき、96便のことがあっても揺るがなかった。絶対に父は悪くない。あの父が薬物を使用するなどありえなかった。しかしその嘘は会社の方針と報道によって世間的には事実となり、父は地上の仕事に異動した。というよりも、させられた。

何が事実なのかいまだに判らない。父自身は「仕方のないことだった」としか言わず、それでもパイロットを目指そうとする息子に、二十歳になったとき「親子の縁を切ろう」と告げた。

――俺が父親だって知られたらそれだけで採用されなくなるから、たぶん。

名古屋からかかってきた電話の向こうで、父は言った。

――何言ってんだよ、そこまでして叶えたい夢じゃないよ。離婚なんてヤだよ。

――大丈夫、お母さんとは話がついてる。ただ籍を抜くだけだ。今までと変わらないよ。今までどおり月に一度はお母さんと会うし、治真の学費も卒業までは払う。何も心配いらないから。


子が成人したあと両親が離婚した場合、子は自分自身の戸籍を作れる。離婚しても分籍しても記録は残るが、これは少し手間をかけて調べないと判らない。そして昨今の履歴書には家族欄がないので会社側が調査をしない限り治真の身元は割れない。

NALという会社を恨んでもいいはずだった。しかしどうしても、父の背中を追いたかったし腑にも落ちなかった。もし本当に薬物を使用していたなら解雇されていてもおかしくなかったのに彼は雇用されつづけ、まだ現在も子会社に勤めている。

雅樹をはじめ、卒業旅行に一緒に行った仲間には、両親が離婚した時点で自分の素性と彼らの離婚理由を打ち明けていた。したがって四人とも治真が非常に屈折した事情でパイロットを目指していたことを知っている。

「すっごいな、運命なんちゃうん？」

雅樹は驚きつつもむしゃむしゃとザワークラウトを咀嚼し、ビールで流し込む。

「そういう考え方もあんねんな」

「治真は自分のこと話したん？」

「話せるわけないやろ、職業もまだ明かしてへんのに」

せめて父の痕跡（こんせき）を残したくて、苗字は高橋を名乗りつづけた。ありきたりな苗字だから、もし彼女が父の名前を憶えていたとしてもまさか肉親だとは思わないだろう。

「96便のこと、なんか言うとった？」

「それが、やっぱちょっとあの子おかしいわ」

気が動転していて彼女の言葉を詳しくは憶えていないが、思い出す限り小野寺は超朗らかな笑顔で思い出を語っていたのだ。

「高度が下がってるのぜんぜん判んなかった、ユルいジェットコースターみたいで楽しかった、むしろまた乗りたいって言っとったの」

「なんやボブ！　ええ子やんボブ！　会（お）うてみたいわ」

「もうちょい仲良うなったらな、ていうか、そうよ、昨日の飲み会で」

「それよ、何それ呼んでよ、次は呼んでよ、ＣＡ訓練生とか美人さんばっかやろ」

「まあ聞けや。話の流れでな、一緒に住んどる男がＢＡ（ビューティーアドバイザー）やねんー、ＣＡとＢＡがルームシェアしとんねんーおもろいやろー言うたら、まあ、俺も言うてからそれほどおもろないねんな思うたけど、めっさナチュラルに勘違いされてん。もちろん最近はどこもＬＧＢＴ関連の教育きちんとしよるし、なんも言われへんよ。けどそのあと申し訳ないくらい普通に接しようと気い遣われてんから、次はたぶん誘われません。はい残念でしたー」

「おまえそれ否定しろや！」

「何も言われてへんのに何をどう否定したらええねん」

あほー、とそれほど残念でもなさそうに、真剣にも考えていない顔をして雅樹は空を仰ぎ、治真もつられて空を見る。

「そういや、LGBTって最近はLGBTTQQIAAP、やったかな、そこまで細かく分類されてるらしいで。もはやメタルのサブジャンルやんな」

「俺が習ったときはQとIとAしか増えてへんかったけど、セクシュアリティとかみんな俺オリジナルやろうし、その選択肢から自分の所属見つけるのも一苦労やんな」

欠伸(あくび)をしながら答えつつ少し視線を落とすと、かつて勤めていたロータス・オリエンタルホテルが木立の隙間に少しだけ見える。たしかラムは「心身ともに女だけど外見はシエル・ファントムなんとか(なんかのアニメの男キャラクター)でいたい、恋愛対象は男女問わない」人だった。せっかくこんな近くまで来たし寄っていこうかな、とちらりと考える。ラムにも、ほかのフロントスタッフにも会いたかった。しかし今ではないな、と思い直す。どうせなら訓練を終えたあと、実はNALのCAなんです私、と名乗れるようになってから小野寺を誘って雅樹と三人で、働いていたときは一度も喫する機会のなかったアフタヌーンティーでもしばきに来ようと思った。

# 第三話

明治三十六年、東京でＪＲ山手線の基となる日本鉄道豊島線が開通し、大阪では日本初の公営の市電が開通した年の終わり、遠くノースカロライナ州では自転車店を営むアメリカ人の兄弟が人類初の動力飛行に成功した。この兄弟の華々しい逸話は学習漫画などにもなっており周知であるが、実はそのあと別の元自転車店員との泥沼裁判や、彼らを認めたくない人たちからの猛バッシングがあったのは、兄弟のネームバリューの陰に隠れて意外と知られていない。そして彼らがアメリカの田舎でいざこざを起こしているあいだにヨーロッパでは飛行技術が急速に進歩し、第一次世界大戦の勃発と共に裁判が収束するころには、よく十年でここまで進歩したよね、と感心するしかない、もう、すんごいよく飛ぶ飛行機が戦争に利用されるようになっていた。十年前には約三百メートルしか滞空できなかったエンジン付きプロペラ機が、十年経ったら機関銃をつけて空中で戦っていたのである。撃たれたほうは落ちる。爆発したら再利用もできない。

……もったいないとか、思わなかったんだろうか。

目の前にある、ひとつ二十億円のジェットエンジンを見ながら治真は人類の愚かな歴史に思いを馳せた。現在主流の飛行機にはエンジンがふたつ付いている。したがってエンジンだけで四十億円。高いものだと両方で七十億円。戦後すぐくらいに開発された飛行機にはエンジンが四つ付いたものがあり、たぶん時価にすれば今よりも高価だ。第一次世界大戦時の戦闘機一機、おいくら億円したんだろう。

今年からカリキュラムに組まれたという整備工場の見学で、元整備士の男が整備について淡々と説明をしているのをある者は真剣に、ある者は興味なさそうに聞いている中、治真は巨大な格納庫に納められ、ところどころ分解されているB社製中型機のコクピットのあたりを無意識に眺め上げた。途端、オブライエンの尖った声が飛んでくる。

「ミスター高橋」

「失礼しました」

「何も失礼はされていません。説明を聞いていましたか。この機体は今なんの整備を受けていますか」

「C整備です。約一～二年、時間にして三千時間から六千時間飛行した機体が部品の定期交換や機能試験などを受けています」

「どれくらら」

「一週間から二週間かけて行われます」

たぶん心の中で舌打ちをしながら、エクセレント、と返された。

中途採用のアラサーである威信にかけて、年下の女子たちの前で叱られるのだけは避けたい。意地でも突っ込まれまいと今まで頑張ってきてはいるが、オブライエンも半ば意地になっていると思う。俺じゃなくてそこで欠伸してる添島に訊けよ。もしくは一番を取ろうと俺に張り合ってる戸倉に訊けよ。

その日は整備工場に三機の飛行機があった。一機もない日もあるという。端にある中型機は訓練専用で、今の治真たちと同じような立場にある整備訓練生たちが教官の指導の下、機体の下方にある整備用の扉から代わる代わる中に潜っていた。三十人ほどだろうか、ほとんどがまだ年若い男だが、中にはヘルメットの下から結んだ髪が垂れる華奢な体格の女子の姿も見える。説明によると全整備士のうち約五パーセントが女子らしい。お互い頑張ろうな、という気分になる。

一時間ほどの見学を終え、バスに乗って訓練センターに戻っている最中、乗り込んだ順番的に隣に座った戸倉が小さな声で、忌々しそうに言った。

「ミスター、やっぱ教官から気に入られてるよね」

オブライエンがミスター高橋と呼ぶため、なぜか治真は同じ教場の訓練生からミスターと呼ばれている。

「どこをどう見たらそうなるん、ありえへんて」

「今日もひとりだけ絡まれてたし、ときどきお昼ご飯とか一緒に食べてるじゃん、ズルいよ」

「なんや嫉妬か。なら今日はふたりで一緒に飯食おうや。戸倉さん判りにくいわ、そういうことはもっと早よ言うてよ」

「勘違いすんなボケカス死ね、てかあんた女に興味あんの？」

「戸倉さん！　言葉遣いが悪い！」

前方からオブライエンの声が飛んでくる。地獄耳すぎる。そして戸倉も口悪すぎる。


集中的な基礎の座学を終え、訓練は実技を交えて行われるようになっていた。センター内は座学を行う教室のある管理棟と、実技訓練を行う訓練棟とに分かれ、訓練棟には実際の機内を模したモックアップと呼ばれる設備がある。機内で使用されているのと同じ座席やギャレー、オーバーヘッドストウェッジビンなどが備えられており、窓もトイレも各備品もあり、要するに揺れないだけのリアル機内でサービスや緊急時を想定した実技訓練が行われる。ちなみに今後はパイロット訓練に使用するフライトシミュレータと同じような「状況に応じて揺れる」モックアップが導入される予定だそうだ。

治真はモックアップでの初日、本来サービス訓練は日常訓練、緊急訓練および救助訓練のあとに行われるカリキュラムなのに、何故か「世界のロータス・オリエンタル仕込みのサーヴィスを見せていただきたいわ」などと理不尽な要求をされ、寒極の羞恥プレイ、ではなく、接客のロールプレイをさせられた。そしてわけもわからずロールプレイを開始した約十秒後、鬼の首を取ったような顔をしたオブライエンに注意を受けた。

――ひざまずくな！

——え!?　すみません、でもなんでですか？

お客様役の訓練生の声が非常に小さかった。だから片膝をついて下方からその要求を聞き取ろうとしたら注意された。意味が判らなかった。うんこ座りするよりひざまずいたほうが見栄えはよくないか？

——私たちはサーヴィススタッフを兼ねた保安要員であって、お客様のサーヴァントではない。お客様は日本人だけではなく階級制度のある国の方もいらっしゃる。一度でも床に膝などつこうものならフライト中ずっとそのお客様の言いなりにならなければなりませんよ。それでほかのお客様の充分なケアができますか。

——階級制度のある国の、階級が上のほうのお客様が単体で旅行をするとは思えないんですが。

——もちろんです。しかし彼らの使用人は同じクラスのシートには座れません。エコのお客様はファーストには入れない。この先、二階建ての機体が増えればなおのことです。

悔しいが、なるほど、と納得せざるを得なかった。治真が以前勤めていたロータス・オリエンタルホテルのペントハウススイートには、ゲストが連れてきた使用人のための部屋があった。ペントハウス自体も二階建て構造で、ゲストのためのベッドルームやリビングは二階部分、一階部分はスパルーム（部屋でトリートメントが受けられる）とシアタールーム、そして使用人やナニーのための小さな部屋がふたつ、という造りだった。

既にいくつかのエアラインで導入されているA社の完全二階建て大型機も、国際線では二階部分のシートがファースト、ビジネスだけになる。NALでも現在は二機、同仕様でアメリカ便に使用されている。

今まで治真が注意されたのはその「教官……これ、パワハラじゃね……？」な一度のみだった。現在はエマ訓と呼ばれる期間である。エマージェンシー（緊急）訓練。どうせなら訓練のほうも英語にすればいいのにね。

飛行機に乗ると必ず機内ディスプレイには緊急時の脱出に際しての映像が流れる。エマ訓ではその動作を実際に行う。判りやすいのだと、空気で膨らました滑り台からぐずるハイヒールの客を裸足（はだし）にして降ろす、実際滑るのめっちゃ怖いしA社大型機の二階部分なんてビル四階分の高さとかあるのに年に一度は必ず受けなければならない、というやつや、プールにボートを浮かべて避難する、私泳げないんです助けて！　という模擬訓練だが、NALでは溺（おぼ）れた客の救助訓練はせず、全てのお客様に確実に救命胴衣を着けさせるほうに重点を置く。正しく装着していればまず浮くし、客が溺れるほどの高波の場合は乗務員のほうも溺れる、助けるどころではないからだという。オブライエンは「NALの訓練生はラッキーですね」と言った。彼女が訓練を受けていたころのTSS（帝国スカイシップ）では実際の着水を想定しプールに波まで起こして救助訓練を行っていたらしい。

——全身ずぶ濡れで化粧も落ちるし髪の毛も崩れるし、あれはうまく溺れられる人と組めないと訓練になりません。しかもプールの水を誤って飲むと腹を壊します。

どこも訓練は厳しい。

「……ぜんぜん聞き取れない！　はっきり声に出しなさい！」

モックアップの中にオブライエンの声が響いた。治真はほかの訓練生と一緒に客として座り、通路には救命胴衣を着けた添島と戸倉が立ち、緊急脱出時のオペレーションを行っていた。

「座席に深く腰掛けシートベルトを腰の低い位置できつく……」

「その前に何かあるでしょう！」

「あっ、まず座席の背もたれとテーブルを戻して、えーと、すべてのドアには脱出用のボートが」

「いろいろ足りてない！」

添島のターンである。正直彼女は落としたほうがＮＡＬのためにもなると思うのだが、彼女は今まで行われてきた日々の小テストや節々に行われる試験に合格点ギリギリで滑り込んでいた。しかも顔と字だけはむかつくくらい綺麗だった。添島はぽかんとした顔で数秒黙り、業を煮やしたオブライエンが「あなたのせいで何百人ものお客様が怪我をする！」とまた叫ぶ。

「……戸倉さん、抜けていた部分を」

「はい。足をしっかりと床につけてください！　腕を頭の前で交差させて肘を摑みます！　このように両手を目の前に、額を当てて衝撃に備えてください！　あ、すみませ

「座席がない場合は！　頭が座席に届かない場合は！　足が床につかない場合は！」

「できるだけ前かがみになって頭を守ってください！」

「オゥカィ、コンティニュー！」

戸倉は嬉しそうに小さくガッツポーズをし、つづく台詞を暗唱した。

＊＊

NALの国内線には通常、プレミアムエコノミーとエコノミークラスの座席しかない。

B社製大型機の国内線仕様にはエコとプレエコを合わせて五百人以上が搭乗できる。対して、同じ機体でも国際線仕様になるとスリークラスと呼ばれる、ファーストクラス、ビジネスクラスなど一シートに割り当てられる床面積と通路が広い座席が入るため、最大の搭乗人数は約半分になる。なお、TSSのいくつかの路線には国内線でもファーストクラスが存在する。写真でしか見たことないけど、椅子、めっちゃふかふかだった。一度くらい乗ってみたいなー。CAのジャンプシート、ただの直角の板だもんなー。

会社や国に関係なく、国際的なルールに基づきCAはお客様（シート数）五十に対してひとりの割合で乗らなければならない。ファーストクラスの場合、お客様五人に対してひとり、ビジネスに関しては十～十五人に対してひとりの割り当てになる。サービスの関係もあるが、おおよそ、各機体のドアの枚数ぶんプラスα（訓練生など）のＣＡが乗務する。

——紫絵ちゃん入社何年目だっけ？　もう五年は過ぎてたわよね？

デリーからのフライト終わり、班長の金光舞（かねみつまい）に訊かれたとき、とうとう来たか、と紫絵は恐怖と期待が入り混じった気持ちになった。三ヶ月ちょっと前のことである。

ＮＡＬの場合、入社五年経ったＣＡは班長の推薦を受け、本人がそれを受諾し、更に客室部（ＣＡの所属部署名）の部長がＯＫを出すとファーストの訓練が受けられる。この基準は社によってさまざまで、ＣＡにはなったものの、責任を取りたくないから受けないという人も大勢いるのだが、ＣＡ職の頂点ともいえる国際線のＣＰ（チーフパーサー）を目指すためにはファーストクラス訓練は不可欠である。別に今のところそこまで目指していないし自分がＣＰの立場になることなど想像もできない。しかし現在国際線の拡充によって人を増やすため、訓練を受けられる人数が増えた。そして紫絵は入社して丸六年が経っていた。

——受けてちょうだい。当分辞めないでしょ、新しい彼氏もできてないでしょ、私生活ヒマでしょ。

——できてませんが……ほしいです……。

——あなたは私に似てるから。諦（あきら）めたほうがいいんじゃない？

——ひどいっす。いや、ひどくないっす、光栄です。

金光は現在五十二歳で独身。三回結婚して三回離婚している。仕事を優先した結果、子供は作れなかったという。バブル入社、スチュワーデスが花形かつ腰掛けだった時代の入社で彼女のサラリーマン魂はすごいと思う。

金光は七月の訓練に紫絵を推薦した。夏休みに加えて訓練修了生第一弾のOJTが被(かぶ)る時期になんというチャレンジャーか。思い立ったが吉日、この機会を逃したらあなたは逃げるだろうから、と金光は言って、半ば無理やり送り出された。

新人訓練を終えたあとも、全CAは年に一度、乗務資格更新のために必ず訓練センターを訪れる。筆記試験と、訓練生時代に習った緊急時脱出訓練が二日間にわたって毎年行われ、不備があると、またはほかは完璧(かんぺき)でもシューターから降りられないと、NALではその後一年の乗務を禁じられる。辞めさせられる会社もある。

ファーストクラス訓練初日の昼休み、紫絵は食堂へ行く道すがら、作業着姿で頬に派手な擦過傷(さっかしょう)を作り、泣きながら廊下を歩いている訓練生とすれ違った。懐かしい気持ちになる。対照的に、食堂のカレーの列に並んだら、隣の定食の列で緊急アナウンスをリリックに見立てラップ風に復習している、非常によいヴァイブスに乗った訓練生がいた。リアル緊急時にそのノリを保てたら伝説のCAになれると思う。

そしてカレーの列の四人前に珍しく、まだ真新しい男客(ダンキャク)用の作業着を着た若めの男子がいた。そういえば半年くらい前に男性客室乗務員の中途採用をする的なリリースが出ていたな、と思い出す。でも結局あれって客室部は腰掛けで、最終的には本社に行く総合職採用だったんだよな、新人教育こっちに押しつけんなよ迷惑だよ、と思っていた。今この瞬間までは。

カツカレーの載ったトレーを受け取り、テーブルのほうへ歩いていく作業着姿の男の横顔に見覚えがあった。三秒くらいのちに紫絵はそれが誰だったのかを鮮明に思い出す。春ごろ、ロサンゼルス便にご搭乗されていた「高橋様」だ。ロータス・オリエンタルのフロントに勤めていると言っていた、ファーストクラスでの騒ぎを収めてくれた神客だ。

……え、なんで？

うち、ホテルの異業種訓練とか受け入れてたっけ？　そもそもサービスの質としてはそこに特化している高級ホテルのほうが上回るだろうし、フロントとかホテルにおける花形だろうし、今さら訓練受ける必要なくないか？

どういういきさつで高橋がこの場にいるのか理解できず目で追っていたら自分の番が来たので、紫絵はカウンターにカレー大盛の食券を出す。と同時に定食とは反対側の麺類の列から、オブライエン美由紀がトレーを持って離れて行った。姿を見るのは久しぶりだが今まで彼女がＣＰを務めたフライトには何度か入っている。そして高橋が居合わせた便も彼女がＣＰだった。ちょうどいい、話をしよう、とトレーを受け取ったあとその姿を捜したら、オブライエンは躊躇う様子もなく高橋がひとりで座っている席の向かいに腰を下ろした。本当に何がなんだかわからなくなった。

昼休みギリギリまで粘ろうと、離れた席でちまちまとカレーを食べていたら意外と早くオブライエンがトレーを持って離席した。紫絵は食べかけのトレーを持ち、彼女がいた席まで移動する。

「ここよろしいですか？」

「どうぞ……あっ」

高橋は紫絵の顔を見ると素で驚き、しかし即座に作り笑顔を見せた。

「唐木さん……でしたよね。お久しぶりです」

「お久しぶりですけど、え、何？　どういう状況なんですかこれ？」

別に声を潜めなくてもいいのに、無意識に小声で、身を乗り出して尋ねていた。

「あのあと転職しまして、今はこちらでイニシャル訓練を受けている最中です。偶然にもインストラクターがオブライエンさんで、厳しくご指導いただいております」

「マジか、マジで同業者になったのか」

マジっす、と高橋は作り笑顔ではなく素に近いであろう表情で苦笑した。えー、もったいない、と紫絵は思う。日本のロータス・オリエンタルホテルは宿泊の正規料金が一番ランクの低い部屋でも六万円弱、新入社員の年俸が四百万円超えという、客の立場的にもサラリーマンとしての立場的にも雲の上のホテルである。従業員の採用基準は国籍・性別関係なく容姿端麗で母国語のほかに英語でのコミュニケーションが円滑に行える「才長けたヒューマンビーイング」だと言われている。一度だけアフタヌーンティーをしに行ったが、めちゃくちゃ可愛いアイドルみたいなタイ人の男の子（たぶん中身は女子）が人懐こく給仕をしてくれて、ラウンジレセプションでは東洋人だが決して日本人ではない、名札を見てもどこの国から来たのか判らない、言うなれば少女漫画の王子様みたいな見目麗しい女子（たぶん中身は男子）が完璧なエスコートをしていた。そんなヒューマンビーイングとしての勝ち組しか就職できない超キラキラの素敵な高級（高給）ホテルから、あの厳しい訓練を受けてまでＣＡに転職する意味がマジで判らない。

「……今どこらへんです、訓練？」

「今日これから初めてのシューターです」

「ちょっと詳しく話聞きたいから、今日の訓練終わったら飲み行きましょう」

「え、唐木さんならシューターの訓練とかもう何度も受けられてるでしょう？」

「そっちじゃなくて、シューターじゃなくて、聞きたいのは高橋さんご自身の話だよ」

今日から自分がファーストの訓練を受けている旨を話し、紫絵は半ば無理やり高橋のスマホに自分のＬＩＮＥを登録させた。よろしくお願いします、と文字だけが返ってきた。

七日間に亘るファーストクラス訓練は少人数で行われる。紫絵のクラスは全部で七人で、紫絵が一番年下だった。その内容はほとんどサービス面、特に給仕と語学に特化している。ＴＳＳだとロングフライトにはシェフが乗る便もあるらしいが、ＮＡＬの場合、ある程度まで調理されている食材を、最後はCAが適切に加熱し、盛りつけなければならない。あと、昨年度からは茶道礼法の講習もある。こういう美的感覚を伴う作業が苦手だから、ファーストの推薦はもらえないだろうと思っていた。向いてもいない気がする。

初日が茶道礼法だった。これのせいで、一昨年まで六日間だった訓練が七日に増えた。普段あまり使わない脳の領域を使いまくったせいか、骨の髄までぐったりして初日を終え、最寄り駅で高橋を待っていたら、同じく退勤するCAや整備の訓練生たちに交じって、あの胡散臭いほど人好きのする爽やかな元ホテルマンが、その人とは思えない、亡霊みたいな様子でこちらに歩いてきた。あまりに亡霊っぽすぎて一瞬高橋だと気づかなかった。

「ど、どうしました？」

「お待たせしてすみません……疲れました……」

へなへなと座り込む高橋の頬には僅かにだが、昼間にすれ違った女の子と同じく擦過傷があった。

「……もしかして転びましたか？」

「降りれんかった……怖くて……」

紫絵はふき出しそうになったのを慌てて呑み込むようにして堪える。

二駅先の飲み屋街のある駅で降り、入社一年目のころよく来ていた、安くて美味しいが店内が絶望的に汚い赤提灯に高橋を連れて行った。あまりに店が汚すぎてほかの訓練生がまったく来ないため、かつてはひとり飯に重宝していた。一杯目のビールで乾杯したあと、高橋は死んだ目をして今日の出来事を語る。

「マジであんなに怖いもんだと思わなかったです。何あれ、スキー場の上級者コースより角度ありますよね。なんでみんな平気なんですか」

「ごめんなさい、私にはその怖さが判らないんだけど、ダメな子もいますね、たしかに」

　訓練センターのシューターの高さは約五メートルである。建物二階分ほどだ。飛び降りるわけではなくちゃんと道を作ってくれて、そこを尻で滑り降りるだけなのだからぜんぜん怖くないじゃん、むしろスキーより簡単じゃん、と紫絵は思うが、高さだけで恐怖を感じる人もいるらしい。よく見ると手の小指側にも細かな傷ができていた。

「ていうか、ほんとに、そんな怪我までしてなんでうちに転職したんですか？」

「前からＮＡＬで働きたかったんです。でも新卒のときは受けられなくて、中途の求人が出たのを見て思わず」

「飛行機が好きとか？」

「本格的なマニアの人と比べるとぜんぜんですけど、たぶん普通の人よりは好きですね」

　お酒が入ったら少し復活したらしい。血色が戻り亡霊っぽさも薄まった。

本当かどうか判らないが、高橋はNALに入社できれば仕事は何でもよかったという。CA職に関して言えば、日本で難易度が一番高いとされているのはやはり元国営のTSSである。NALのCAにも、TSSに落ちたからNALに来た、という人は多い。会社自体の格としても、TSSのほうが歴史が長い分、悪い言い方をすればお高くとまっている。ただ、TSSは十数年前に一度破産している。そのニュースが出た日は報道がすごかった。国が多額の資金を投入したおかげで外資に売り払われるようなことはなかったが、破産の報道が出てからしばらくTSSの国際線はガラガラだったという。

「実際入ってみてどうよ？　憧れるに値する会社だった？」

「正直まだ判らんです。保安面に関してはTSSやほかの外資とかも同じだけ訓練しとるやろうし、NALがいい会社なのかどうかの比較判断はできません、今は」

真面目すぎる答えに紫絵はちょっとがっかりする。

「ロータスはどうだった？」

「労働環境はよかったです。もしNALの求人が出なかったら転職は考えてなかったと思います」

こちらも迷いのないまっすぐな即答だった。しかしすぐに再び高橋は長いため息をつく。

「本当に情けない……」

「いや、慣れればいいんですって。そのうちコツもつかめますって」

「俺、今まであんまり人の前で失敗したことなくて、訓練入ってからも一度も失敗してなくて、あ、一度だけ理不尽に難癖つけられましたけど、それ以外何もなくて、年下の女子の集団の前で醜態晒したことにこんなにショック受けると思わなくて、そんな自分のメンタルの弱さにもびっくりして」

「会って三度目の私の前でそういう弱音吐いちゃうメンタルも相当アレだと思うけど」

「唐木さんにはみっともないオブザイヤーな鼻血の俺を見られてるんで、もうどうでもいいです」

　その夜は一杯だけ飲んで、駅で別れた。昼間より少し涼しくなった夜、最寄り駅からマンションに向かう中、同僚としてならアリだが、やっぱり本心見えなすぎて男としてはナシだな、と思った。

＊＊

　以前は「国内線を一年間経験したあと、国際線を担当したい人は移行訓練を受ければ国際線も担当できる」というシステムだった。ＮＡＬの場合。もともとが国内線メインの航空会社で、ＴＳＳよりも国際線への参入が遅く、海外ベースも現在は上海と香港とロンドンとサンフランシスコだけである。かつて治真が家族で暮らしていたハワイのベースは、当時は成田空港からのラインが多く、また米国勢が多く参入していたためＮＡ

L独自の差別化ができず、路線は残ったがベースはたった三年で閉じられた。会社としての決断は早い。男性客室乗務員の採用はTSSのほうが早かったが、NALでもロンドンと香港とバンコクでは既に十年ほど前から男性を採用していたそうだ。その教育を身をもって感じる限り、本当に素晴らしい会社だと思う。

訓練センターには年に一度のセキュリティ訓練のため、年配パイロットたちの姿もある。パイロットになるための訓練や、新たな機種を操縦するためのライセンス取得のための実技訓練は、九州の某島やアメリカのセンターで行われているが、座学やシミュレータはこのセンターで実施される。まだライセンス取得前の訓練生も、年に一度の訓練を受けに来ている現役の人たちも、食堂ではCAや整備士たちと一緒に食事を摂っている。

彼らの会話をときどき盗み聞く。もうみんな、びっくりするくらい真面目で、夢と希望に満ち溢れている。教官はたぶんオブライエンなど足元にも及ばないレベルでめちゃくちゃおっかないのだろう。教官個人の人格に関する愚痴はときどき耳にするが、訓練内容そのものに対しての不平不満はまだ一度も聞いたことがなかった。何ひとつ不必要なものなどないから。きっとそれを教える側も、教えられる側も判っているから。

飛行機は重力に逆らって空を飛ぶ。地上や地下を移動する乗り物と違い、空には有事の際の逃げ場がない。事が有ってはならないが、万が一の「有事」のために乗務員たちは訓練を重ね日々勉強をする。尊いな、とパイロット訓練生たちのキラキラした姿を見て、治真は他人事のように思った。実際まだ他人だ。彼らと自分とのあいだに立ちはだかる壁は、進撃の巨人かゲーム・オブ・スローンズか、判らない人はググってほしいが、それらの壁よりも高いし、向こう側へ行けるかどうかも今は判らない。昼休みを終えて治真はＣＡの訓練棟へ向かった。

現在ＮＡＬの旅客機はＡ社とＢ社で合計六種類の機体が導入されている。そしてその機体ごとに「ドア」の構造や操作方法が違う。専門用語や隠語ではなく言葉どおり人や物が出入りする扉としての「ドア」だ。訓練棟にはそれらの各「ドア」だけが存在するエリアがあり、名称としてはドアトレーナーというのだが、実技訓練ではこのドアトレーナーを使用したドア操作と、モックアップでの緊急脱出訓練が一番の要となる。訓練生たちはＮＡＬが旅客機として採用している機体六種類のドア操作方法を学ぶ。開ける、閉めるはもちろんのこと、ありとあらゆる緊急時を想定し、的確な操作をその場で判断しなければならない。

たとえばランディング（着陸）とディッチング（着水）の緊急脱出では操作方法が違う。治真が先日初めて挫折を覚えたシューターはドアの下部に格納されており、ランディングの場合は脱出用の滑り台になるが、ディッチングの際には救命ボートになる。よってディッチングの場合はシューターをドア側にセットし機体から切り離す操作が必要となる。モックアップではオブライエンがインストラクター卓にあるコントロールパネルからランダムに設定を変え、訓練生がひとりひとり操作を行ってゆく。

事前に手順は懇切丁寧に説明されるし動画も見せられる。しかしみんな意外とできない。というか、オブライエンの圧がすごすぎて、そっちに意識を持っていかれてパニクる。添島以外は。

緊急着陸時、計算上ではすべてのドアが開いてから九十秒で乗客および乗務員全員が外に脱出できることになっている（と国土交通省に届け出ている。おそらくTSSやほかのエアラインも同じ）のだが、そもそもドアを開けるのに九十秒以上かかっている訓練生もいた。意外なことに優等生の戸倉もそのうちのひとりだった。

「すぐそこに火の手が迫ってます、あなたもお客様も死にますよ！」

訓練メニューには火災訓練という単独メニューもあるが、このときのドア訓練も海上での火災を想定していた。スライドの操作がうまくいかず、目に見えて額に脂汗をかきながら泣きそうな顔をしている戸倉をオブライエンが叱りつける。戸倉はそこで深呼吸をしたあと、自ら「もう一度はじめからやらせてください」と申し出たが、オブライエンは頷かず、下がるよう指示する。

治真は頭の中でシミュレーションを繰り返していたためか、指示された状況の手順どおり行えた。おそらくこれはパイロットでも同じ訓練をするはずだ。万が一客席のクルーたちが全滅していたら自分でドアを開けてお客様を脱出させなければならないから。

自分がただの客だったときは知らなかったが、飛行機のドアはものすごく厚くて重い。普通そして「開閉」というよりも中から開けるときは「押し出す」という感じだった。

の離陸と着陸のときはグランドハンドリングスタッフがドアの開閉をし、ＣＡは中でスライドをセットしロックをする。離陸前、主にＬ１を担当するＣＡがほかのクルーに業務連絡する「乗務員はドアモードをオートマチックにしてください」というアレのことだ。着陸後はやはりグラハンスタッフがドアを開ける、というか引っ張り出してボーディングブリッジやステップを設置する。

　グラハンの手を借りない自力でのドア操作は、万が一の有事がないかぎりＣＡは行わない。よって、操作方法を忘れるから、一年に一度は必ずドア操作を含む二日間にわたる乗務資格更新のためのテストを受けなければならない。

　……今この、訓練上で想定したトラブルが実際に起きたとき、本当に助かる確率は何パーセントなんだろうか。

　事故により上空で開いたら減圧で人が死ぬ、同じく事故により地上で開かなければ酸欠で人が死ぬ重いドアを見ながら思う。

　あの、父の操縦していた飛行機がもし「万が一のこと」になっていたら、いったい何人が助かったのだろう。


　数日後、珍しく雅樹が腹を立てて帰ってきた。

「オッサンという人種の腹立たしさ、なんやろうな！」

　治真はシャツにアイロンをかける手を止めず、ぷんすかしながら部屋着に着替え、冷蔵庫へ向かい、ビールを取り出してソファへ音を立てて腰を下ろす雅樹の訴えを聞く。

「おまえなんかが化粧したって誰も見てへん、おばさんがこんなたっかい口紅つけたってしょせんおばさんやとか、そんなもんおまえの主観やろうが、なんでオッサンは自分の嫁はんが綺麗になろうとするの邪魔すんねや、むしろ喜べや！」

「……専業主婦で、お会計は旦那さんやったとか？」

「それくらい買うたったってええやろ、三十回目の結婚記念日や言うとったで？　口紅の一本くらい買うたれや！　一本三千八百円やで!?　ルブタンさんとは違うねんで!?」

「誰、ルブ太さんて？　のび太さん的な？」

「ルブタンさん言うたらクリスチャン ルブタンさんしかおらんやろ！　口紅一本一万三千円の！」

「それ靴屋やんけ」

「富士フィルムが化粧品作っとるくらいやし靴屋かて口紅くらい売るわ！」

二年弱ほど彼女がいない治真は知らなかったが、最近は靴屋のみならずマカロン屋が化粧品を作ったりしているらしい。

「美味いよなー、ラデュレのマカロン」

「美味いよなー……やなくて！　世の中の腹立たしいオッサンたちの改善方法考えて！　CAデビューしたら嫌っちゅうほどそういうオッサン見ると思うで治真も！」

本当は訓練のことを考えなければならないのだが。連日の「自分のミスで他人が命を落とすかもしれない状況」を想定した訓練で、さすがに治真の精神もすり減ってきていたので、気分転換も兼ねて雅樹に応える。

「オッサンの定義が曖昧やねん。小学生からしたら俺らかてオッサンやろうし」

「中年と老人の境目くらいの、プライオリティシートの前に立ってもまだ席を譲られへん感じの、シニアとは呼ばれへんけどチンコの勃ち具合はめっさ鈍角な感じの」

「ジュニアシニアっぽい感じか」

「なんなんその『○としこいし』と『○えだまえだ』のハイブリッド芸人みたいなん。『ジュニアでーす、シニアでーす、ジュニアシニアでーす』で、突っ込みは『死にかけやないかーい』てか。ボケがリアルすぎるわ、しかもジュニアのツッコミ激しかったらうっかりしたらホンマにシニア死んでまうわ。悲しい事故やわ」

「いや、○としこいし両方死んどるしシャレになれへん、○えだまえだも既にジュニアの域は脱しとう思うで」

「せやな、ふたりともボーボーやろな」

「勃ち具合も鋭角真っ盛りやろうな」

「むしろマイナス０度やろ、腹叩けるやろ」

「羨ましいわあ」

　などと言っているあいだにシャツにアイロンをかけ終わった。そしてジュニアシニアよりもプレシニアというほうが相応しかったなと思ったが、雅樹が架空の芸人ジュニアシニアのネタを真剣に考え始めてしまったので黙っておいた。怒りが収まってよかった。

翌日、訓練を終えたあとだいぶ久しぶりに国際線ターミナルの展望デッキへ向かった。あの話を聞いて以来、小野寺には会っていなかった。連絡先も交換していないし、偶然でもなければ会えない関係だ。

七月の下旬は既に夕方も暑く、こんな季節に外で休憩はしていないかもしれない。別に会いたいわけでもないが、いたらちょっと嬉しいな、くらいの気持ちで治真は自動扉から展望デッキへ出て、小野寺が前に座っていたあたりに目を遣った。

果たして彼女はいた。まだ空は明るく視界は良好で、彼女のほうも瞬時に治真を見つけ、ぱっと嬉しそうな顔をしたあと、しかし何故かすぐにその笑顔が消えた。背後霊でも見えたか。思わず治真は左うしろを振り向く。当たり前だがそんなものはいたとしても見えない。

「新しいお仕事お忙しいんですか？」

治真が傍へ近づいてゆくと、お疲れ様です、と小野寺は業務のように言ったあと、心配そうに訊いた。

「忙しいのとは違うけど、なんや精神削られとう」

しかし昨日久しぶりに雅樹とバカな中学生のような会話をしたおかげで、少し回復した。たぶん自分たちだけではなく、医者とか弁護士とか議員とか、そういう社会的頂点にいる人でも、男という生き物はだいたいおっぱいとチンコの話をしていれば楽しい。

と思う。たぶん。たぶんな。

「そっちはどう？　あれ以来もう事件は起きてへん？」

「あんなのが一年に二度もあったら、うちの会社、羽田空港さんに契約切られますよ。十年に一度もないようなことですし、あっちゃダメなことですし」

「まあ……せやなあ」

治真は傍らに置いた鞄からお茶のペットボトルを取り出す。そしてふと思う。

「なあ、おたくんとこにあるペットボトル置いて危険物かどうか見分ける機械、あれ蓋開けんでも判るやん、どういう仕組みなん？」

「それウチじゃないです、国内線です。国際線は問答無用で没収です」

「あー、そうやな。買ったばっかりやと凹むやつや」

昼休みに買ったお茶はすっかり温くなっており、喉は潤うが涼は取れない。

「……高橋さんって、大阪出身ですか？」

「いや、兵庫」

唐突な問いに、いろいろ説明するのが面倒くさいので治真は答えた。兵庫に引っ越すまでは千葉に住んでいたが、ハワイのほか父の勤務ベースの関係で大阪と福岡でも短期間暮らしていたことはある。

「そっちは？」

「山梨です」

「微妙に遠いな。山梨って方言とかあんの？」

「ばあちゃん世代は訛(なま)ってるけど、私たちの世代はぜんぜんです。ていうか関西の人ってぜったいどこに行っても関西弁ですよね。なんでですか？」

「そのようなことはございませんよ、仕事のときは標準語ですから」

会話が上滑りしているな、となんとなく思う。しかしどこに違和感があるのか判らず治真は会話をつづけた。

「前職がホテルやってん。標準語マストやったし、勤務中は日本語より英語で話しとる時間のほうが多かったし。でも気ぃ抜くとどうしても関西弁出てまうねん。同居人も同郷やし」

同居人、と小さな声で小野寺が訊き返した。

「大学の同級生と一緒に暮らしとんねん。今はM.A.Dって化粧品屋でBA(ビューティーアドバイザー)やっとる」

治真の説明に「へぇー」と気のない相槌(あいづち)を打つ小野寺の表情はむしろますます硬くなった。何か真剣に考え事をしていたときに来てしまったかな、と思い、治真は数秒の沈黙ののち、口を開いた。

「俺、もしかして邪魔？」

「高橋さん、もしかしてお父さんパイロットですか？」

同時に口を開いた小野寺の言葉が重なった。が、はっきりと彼女の問いは聞き取れた。

＊
＊

七日間に亘るファーストクラス訓練は体感七十日だった。

この訓練は訓練棟ではなく管理棟で行われる。主にサービス面に特化した訓練なので、教場はモックアップではなく、ファーストの実物と同じギャレーと座席が設置された管理棟の教室である。その中で七人の現役ＣＡが訓練を受けた。我ながらぶっちぎりで劣等生だったと紫絵は思う。

ファーストクラスは空の上の高級ホテルであり、レストランでもバーでもある。ＮＡＬにはないが、バーカウンターのあるエアラインも存在する。実際にギャレーに搭載する日本酒、焼酎（しょうちゅう）、梅酒四種類ずつ、シャンパン二種類、白ワイン、赤ワイン四種類ずつ、ウイスキー、ビール四種類ずつ、ポートワイン、ブランデー、リキュールに関する知識およびカクテルのレシピを日本語と英語で頭に叩き込み、実際にお客様役に対してのロールプレイを二ヶ国語で行う。求められたときに説明できるよう、また、季節ごとに変わる機内食メニューとのマリアージュを即座に答えられるよう、ワインに関しては産地やシャトーの特色など、ほぼソムリエと同じことをする、というかソムリエ並みの知識を身に付けるためリアルにソムリエの講師がいる。これまではワインという飲み物は金持ちの道楽だと思っていたが、産地とかシャトーの特色とかぶどうの種類とか当たり年とか外れ年とか、憶えていくうちになんとなく、親が誰でどこの厩舎(きゅうしゃ)で誰が育てられて走る場所はどこかが全てを左右する競馬と似てるなと思えてきた。最終的にはワインのラベルが馬に見えてきた。

「金光さんの班ってめっちゃ厳しそうだよね。唐木さん泣かされてない？」

七日目、修了認定を受けたあと、初めて同期訓練生たちと飲みに行った。とりあえず高級なワインを飲もう、と一番年上の先輩（四十二歳）が選んだ店は広々としたイタリアンレストランで、実際に搭載される銘柄のワインも（年が違うが）置いてあったため、それをボトルで頼んだ。

「そんな厳しくもないと思いますけど、なんか体育会系揃いなんで、同じこと三回訊いたらたぶん泣かされますね」

隣に座った、元オブライエン班の先輩の質問に、紫絵は無難に答える。紫絵が入社したころにはもう国際線でしか飛んでいない成田がメインの先輩だったので、一度も同じフライトに入ったことがなかった。

ＮＡＬの客室乗務員は全員いずれかの「班」に所属している。普通の会社の「〇〇課」のようなものだが、班員がいつも一緒に乗務するわけではなく、フレキシブルに振り分けられる。だから金光班の紫絵もオブライエンがＣＰのフライトを担当するし、「やだ、この便のクルー全員知らない！　やりにくい！」というケースも多々ある。ただ、年に二回「班フライト」があり、そのときだけは班の全員が同じフライトを担当することになっていた。各「班」には担当する地域がある。金光班は海外に関してはデリーとシアトル、かつてのオブライエン班はロサンゼルスとクアラルンプールだった。これも毎回その地域に飛ぶわけではなく、他より多いだけだが、班フライトのときは必ず担当地域へ飛ぶ。金光班は全員仲がいいので班フライトは修学旅行みたいで毎回楽しかった。

「それを言ったらオブさんは二回だな」

「オブさん……」

「長いでしょ、オブライエンさん。裏じゃみんなオブさんて呼んでたの」

「そんなに厳しかったですか？」

「うん。使えないって一度判断された子はずっとR5。それが今はインストラクターでしょ？　訓練生マジ可哀想だわ」

思わず高橋の亡霊みたいな顔が思い浮かんだ。R5は右側通路の前から数えて五番目のドアのことで、トイレや壁に阻まれてCPから見えない。人に対する好き嫌いが激しいタイプのCPに嫌われている子がよく配置されがちなポジションである。

「あの人たしか四十五歳ですよね？　しかもTSSからの転職で中途ですよね？　CPに、ていうか班長になるの早くないですか？」

今紫絵と話をしている先輩が三十九歳であることを思い出し、ふと疑問に思い紫絵は尋ねた。

「あの人さー、入社当時から公称四十五歳なんだよね」

「マジか！　え、マジですか⁉　化粧が濃すぎて若いのか老いてるのかよく判らないです！」

「私たちも実年齢知らないんだ」

恐るべし、美魔女というか魔女。

一週間一緒に訓練を受けただけでも少しばかりの仲間意識は生まれたらしく、食事会は楽しかった。全員違う班の所属だからそんな機会はめったにないだろうが、いつか一緒の便に乗れるといいね、という話をし、名残惜しさを感じながらも午後十時過ぎには解散した。現在、ＮＡＬのＣＡは全世界で一万人近くいる。今日を最後にもう二度と会わない人もいるだろう。

明日はオフだ。紫絵はなんとなく名残惜しくて、でも「もう一軒行きましょう」と言い出す勇気もなくて、結局ソロ二次会をしようと、電車で少し下って入社したてのころによく行った居酒屋へ向かった。前に高橋を連れて行った店だ。

「……あれ」

「あっ」

引き戸を開けて中を覗（のぞ）くと、半分くらい埋まったカウンターの、出入り口から一番近いところに高橋がいた。

「え、こんな遅くに大丈夫？　明日も訓練だよね？」

顔色は変わっていないが、彼の前には日本酒であろう徳利（とっくり）と猪口（ちょこ）があった。

「大丈夫です、日本酒だとあんまり酔わないんですよ俺。こないだ来たとき気になってたけど飲めなかった珍しいお酒があって」

隣に腰かけ、紫絵はハイボールを注文する。

「なんてやつ？」

「鳩正宗（はとまさむね）っていう銘柄の夏季限定のお酒です、ワインみたいな味の。ロータスのバーでは四倍の値段で出してたんで、飲んだことなかったけど」

「なんでこんな店にそんなものがあるのか」

「店長の奥様のお友達にその酒蔵さんの御親戚（しんせき）がいらっしゃるらしいですよ」

聞いたんだ。紫絵もだいぶ前から来ているがまだぜんぜん店長とは打ち解けてないというのに、なんと卓越したコミュニケーション能力か。目の前に出されたハイボールを少しだけ飲み、店内にかかっている変な有線放送を聞き、やっと緊張の糸が緩んだ。

「唐木さんこそ明日は飛ばないんですか？」

「うん、ファーストクラス訓練が今日終わったの」

お疲れ様でした、と手に持っていた猪口を掲げられたので、紫絵はそこに軽くジョッキをぶつけた。高橋はそれ以降自分から口を開こうとしなかったので、もしかしてひとりになりたかったのかもしれない、席を移ったほうがいいかもしれないと思い「私、もしかして邪魔だった？」と尋ねた。すると彼は驚いたような顔をしてちょっと笑った。

「それ、俺もさっき同じこと言いました、知り合いに向かって。なんか難しい顔しとるなと思って」

「その相手は邪魔がってた？」

「いえ、でも、なんか、俺自分が思ってるよりも成長しとらんなって、いろいろ考えてました」

答えになっていないが邪魔だとは言われなかったので、紫絵はその場に留まりつづけた。

そのあと高橋はぽつぽつと今受けている訓練について話した。明日で緊急訓練は終わり、次からはサービス訓練に入るそうだ。ロータスにいたときはレストランでの研修も受けていたという彼なら訓練しなくても大丈夫なんじゃないかと思いつつ、頷きながら紫絵は話を聞いた。

「飛行機、どんだけ整備が頑張ったとしても、どんだけパイロットが優秀だとしても、有事の際には逃げ場ないじゃないですか。ＣＡも訓練受けてますけど、パニックになったときどれだけ使い物になるんですかね」

高橋はたぶん五月病みたいになっていた。彼の言葉に若干の不快感を覚えつつも、紫絵は昔先輩に聞いた、我が身を挺してお客様を守ったＣＡの話をする。

「あのさあ、昔、台湾から成田か羽田に向かうウチの飛行機で、墜落しかけるトラブルがあったの知ってる？」

「はい」

「あのとき、シートベルトが間に合わなくて、お子様がひとり宙を飛んだんだって」

「……どれくらいの大きさの子供ですか」

「赤ちゃんサイズの。CPはL1から離れられなくて助けに行けなかったんだけど、持ち場のクルーが咄嗟にシートから飛び出して、その子を捕まえて、床に叩きつけられるときに自分がクッションになったんだって」

「……」

「パイロットが薬物をやってたって話なんだけど、まあ、それはありえないと思うけど、赤ちゃん助けたクルーはひどい骨盤骨折して結局飛べなくなったの。今は本社で総務だか経理だか、そういう事務職にいるはずなんだけど、でも、パニックになったとき使い物になるかならないかで言ったら、なる人のほうが多いと思うよ、本来はそのためのCAだし。あと、使い物って言葉、あんまり使ってほしくない。高橋さんはまだお客様気分なんだろうけど、私たち現役だから。モノじゃないから」

　そういえばあの事件で責任を取ったキャプテンも高橋という名前だった気がする。紫絵がその話をするかどうか逡巡していたら目の前にいるほうの高橋が「失言でした、すみません」と言ったあと、加えて訊いてきた。

「薬物、ありえないって、なんでそう思ったんですか？　めちゃくちゃ報道されたじゃないですか」

「だってそういうのの検査、うち徹底してるもん。今は昔より厳しいだろうけど、昔も相当厳しかったはずよ。飛行機って何百人もの命預かる乗り物だよ？　危険な人に操縦させるわけにはいかないし、不安な点があったら遅延させて賠償金払ってでもその問題を解消してから飛ぶでしょ。言っちゃ悪いけど海外の有象無象のLCCとは違うから。NALっていう日本のFSCのブランド背負って仕事してるから、地上も、空も」

「……」

「私はそのときまだ入社してなかったけど、桃園便に乗ると古い先輩がときどきその話をするの。すごい責任感強くて面倒見のいいキャプテンだったんだって。それなのに謎すぎるのよねって。もちろん真実がどうなのかは判らないよ。善人ヅラした悪人だったのかもしれないし。でもどっちにしても高橋さんは、入社した以上は自覚持って訓練受けてほしい。ロータスの研修に比べればこれからのサービス訓練とかマジ『へ』みたいなもんかもしれないけど、ホテルと飛行機じゃ違うところもいっぱいあるだろうから。偉そうでごめんね。でも私、一応先輩だからさ」

高橋は黙って紫絵の言葉を聞いていた。が、二秒くらいのちのち口を押さえて顔を逸らした。こいつ、日本酒じゃ酔わないって言ってたのに、しかも人がちょっといい話した直後だっていうのに、吐くのかい。思わず背中に手のひらを当てて擦る。

「トイレ奥だよ、間に合う？」

「ちが……います」

「え、私の話に感動した？　感動して涙出た？」

なんだかよく判らなくて、しかしその可能性もあるなと思い茶化したら、高橋はそれに対してもかぶりを振る。そして若干涙の気配のする声で言った。

「父なんです」

「は？」

「その桃園便のキャプテン、俺の父です」

こういう場合は「内緒にするつもりはなかった」がセオリーだろうが、彼は本当は社内の誰にも内緒にするつもりだったらしい。しかし今日、会社関係者にバレたのだという。

――誰？　ＣＡの誰か？　それともパイロット？

――いや、会社の人じゃなくて、ちょっと前に知り合った、空港が業務を委託してる違う会社の人に。

そんな遠い人にバレるくらいだから、いずれ社内の人にもバレるだろう。薬物を使用して飛行機を落としかけたパイロットの息子、という素性の人間を社内の人たちはどんな目で見るのか。今までは何も怖くなかった。しかし今日、関係者に素性を知られたことを知り、高橋は一時的にフラッシュバックを起こし、軽いパニックに陥ったのだという。

——言いふらしそうな人なの？　それをネタに強請られたりしたの？

——たぶんそういう子じゃないです、でも、わからん。それに今はもう唐木さんにも知られてしもた。唐木さんが真面目なＣＡだってことしか知らんのに、なんで喋ってしもうたんやろ。

店に空港関係者がいないとも限らないので、夜の十二時近くになっていたが紫絵は高橋を外に連れ出し、近くの公園で声を潜めて会話をつづけた。その「なんで」の答えは高橋が自分で見つけたらしい。

——やっぱ、嬉しかったんやろな。社内でも父が悪ないって思ってる人がおるの、初めて聞いたから。気が緩んだんやろな。

それは自分が喋っていなかったからではなかろうか、と思ったが黙っておいた。

誰にも言わないでくれ、ただ自分から喋ってしまった以上、誰かに伝わっていても唐木さんのことは恨まない、と高橋は言った。口の堅さにはそこそこの自信があるので紫絵は頷き、別れて今自宅で風呂に入っている。

すごい根性だと思った。物腰柔らかな、ソツのなさそうな、同年代にしては抜群に人間できてそうな男が、フラッシュバックで泣いてしまうほど辛い思いをしたのに、その辛い思いをさせた会社に入社したのだ。よく刑事ドラマにある「警察官だった父を殺した犯人を捕まえるために警察に入った」みたいな。ただ、そのケースに当て嵌めた場合、たぶん殺した犯人はＮＡＬ内部にいる。

紫絵の立場なら、当時働いていた先輩たちにヒヤリングはできる。しかし間違いなく怪しまれる。おせっかいな先輩が同僚のパイロットに尋ねたりしないとも限らない。自分がもし高橋の立場だとしても、まだそれほどよく知らない人にあまり世話を焼かれたくない。

どうしたらいいのかな。私には関係のないことだって、明日になったら忘れていたほうがいいのかな。でも私、高橋に助けてもらったんだよな。

あのとき、クソ生意気な富豪の子供に高橋が言い聞かせた内容を思い出す。要約すればあれは「自分の不幸を受け入れろ、使えるものは使って自力でどうにかしろ」だった。子供に対してあまりに容赦なく現実的だと思ったが、種類は違えど自身も自力でどうにかしなければならない窮地に立たされていたということか。

風呂からあがって髪を乾かしスキンケアを終えたころには既に午前三時を過ぎていた。長い一日だった。倒れ込むようにベッドに寝そべったあと、紫絵は考える間もなくのび太くんみたいな勢いで眠りに落ちた。

＊＊

ごめんなさいごめんなさい、詮索するつもりはなかったんですごめんなさい。

治真の沈黙を是と捉えた小野寺の怯えたような表情が、記憶から薄れてくれない。

ギャレーの使い方や基本の動線、大型機と小型機の違いなど、機内ならではの他にはない事柄もあったが、新社会人という意味も含めた礼儀作法の研修のようなサービス訓練は、やはり社会に出て五年以上経つ治真にとってある意味「初級コース」で、脳の容量を使用しない分、余計なことを考えてしまう。唐木には「五月病みたいだね」と言われたが、まさに半分はそんな感じである。

CA訓練を受けていて、痛感する。CA職はNALにおいて完全に独立している。というか、飛行機に乗るタイプの職種と、乗らないタイプの職種は完全に別部門というか、部門はもちろん別なのだが、国が違う、とさえ感じる。この職種を二年つづけて本当に違う部署に行けるのだろうか。二年後、治真は三十歳になる年だ。そこから運よくパイロット訓練を受けられたとしても、ライセンスの取得までは五年かかる。コーパイ（副操縦士）の期間を経て機長になるにはそこから更に十年以上。なりたいというだけではなれない職業だし、今の段階で自分に適性があるかどうかも判らない。雅樹に勧められて観たドラマの校閲ガールは結局自分にファッション誌編集者の適性がないことを自覚して校閲部に残ってたし（スペシャルドラマ版）。

就職面接を受けるとき、治真は完璧なスクリプトを練っていった。どんな企業でも新卒と中途では求められるスペックが違う。また、入れてください、と熱意を伝えるだけではなく、いかに「この人材がほしい」と思わせるかに重点を置いた。日本人という人種は自虐と卑下が美徳みたいになっているが、就職面接でそんなものはまったく役に立たないし、つまらない人だと思われたらその場で、部屋を出てドアを閉めた瞬間に顔も名前も忘れられる。ただしおかしな方向に突出していてもダメだ。単に出ているだけの杭は許されるが、サイズと素材の合わない杭は世界共通で除去される。

むかしロータスにエドワードが赴任してきた際、最初のスピーチで彼は、ホテルは大きな客船だ、と言った。長期に亘って一緒に働く仲間たちとつまらない諍いを起こさないように、内部の不調和はお客様に必ず伝わるから、という戒めがつづいたと思う。あれはロータスだけでなくどこの企業でも同じだ、と働いていくうちに知った。ひとつの目的のために従業員たちが同じ地点を見つめていること。お客様に快適に過ごしていただくために従業員がどう立ち回ればいいか、即座に考えて動けるように準備を怠らないこと。なお、飛行機の乗務員も「クルー」と呼ばれる。船と同じく。

今日はミールサービスが主だった。国内線で機内食は出ないが、今NALが求めているのは国際線に乗務できるCAで、今回の訓練生もそれを見越して採用されているため、必然的にミールやドリンクのサーブ訓練は日本語と英語で行われた。

その日も何故か添島と組まされた。彼女は本当に、何故採用されたのかと思うほど何も憶えないし英語もてんでダメだった。オブライエンは半ば教育を諦め、ほかの訓練生たちに対して目を光らせる。ということは治真にもオブライエンの目は届かない。添島とは別の理由だろうが。

その日のテストが終わったあと、治真は添島の席まで行って、ずっと思っていたことを尋ねてみた。

「添島さん、CAになるつもりある？」

「あるよ」

　つまらなそうに帰り支度をしながら彼女は答える。

「そっか。せやけど俺、添島さんと一緒に飛ぶの嫌やわ」

「なるつもりはあるけど、半年もつづけるつもりないから、運がよければ一緒にならずに済むんじゃない？」

「……は？」

　これは治真ではない。同じく帰り支度をしていた戸倉である。眉間に皺を寄せ、添島を睨みつけてはいるが、それ以上は言葉を発しなかった。

「私、元CAって肩書が欲しいだけだから」

「何言ってんの？」

　これも戸倉である。添島は机の上で一瞬振動したスマホを手に取り、画面に目を落としながら淡々と言う。

「箔がつくでしょ、元CA。うちみたいなバカな短大の就職課でも紹介されるような職業なのに、男って未だにジジィも輩もみんなCA大好きでしょ。ほんとバカのひとつ覚え、ウケるよね」

　ある一部の種類の女として非常に潔い、と治真は素直に感心したが、感心する間もなく隣で戸倉が振り上げた手を掴むことになる。

「じゃあ、お先でーす」

治真に腕を掴まれている戸倉を一瞥（いちべつ）もせず、添島はスマホの画面を超速でタップしながら教場を出て行った。

「ミスターなんで止めんの⁉　あんな女『部屋とプードルと私』みたいな漫画でしか見たことなくない⁉　ありえなくない⁉」

「知らんわ、何それ」

「ツイッターにしょっちゅう広告出てくるじゃん！　手離してくれる⁉」

手を離すと戸倉は「私たち飲みに行くけどミスターは行かないよね？　じゃあお先！」と一方的に告げて教場を出て行った。やっぱりまだ誤解されている。でもそれを解くきっかけがまったくない。

訓練を終えたらすぐに帰らなければならない、という決まりはない。また、訓練中なので残業扱いなどにもならない。治真はＩＤを首にかけただけの私服姿でシューターへ向かった。以前唐木と飲んだとき、年に一回の乗務資格更新の際、シューターが苦手な人は前日からコソ練をしている、と聞いていた。きちんと降りて着地できないとその後一年間乗務できないから、一定数存在する苦手な人も年に一度は死ぬ気で頑張るのだそうだ。

滑降の方法には二種類ある。直前に飛びあがって尻をつき、その勢いで滑り降りるジャンプ&スライドと、それができない人は最初から座って降りるシット&スライド。本来ジャンプ&スライドのほうが推奨される。動作的にもスピード的にも速いからだ。でもあんなの一発で成功できる人がいるとは思えない。命にかかわる有事の際なら命のほうが大事だから多少の恐怖心は無我夢中でどうにかなるかもしれないが、無我夢中になるほど心理状態が逼迫（ひっぱく）していない「訓練」で、どうしたらいいのか。

人の姿の見えないシューターには、しかし人の気配があった。裏側の階段を上っている足音が聞こえる。明日更新試験のある誰かがコソ練をしにきたのか、と思い治真はエリアに入る扉の前で足を止めた。自分に置き換えて考えればみっともない姿は他人に見られたくないし、気も散るだろう。しかし階段を上がり切った人物の姿が目に入ったとき、思わず「えっ?」と小さな声が漏れた。空調のおかげでその声は相手には届かなかったと見える。

この話の流れだったら当然、添島だと思うだろ。あんなこと言ってたけど実は真面目にCA目指してるちょっとひねくれたツンデレお嬢さんだと思うだろ。違うんだ。オブライエンだったんだ。どっちにしろびっくりだろ。なお添島は訓練センターの前でタクシーに乗り込み「六本木のリッツまで」と行き先を告げているのを先ほど戸倉が目撃しており、LINEに「またパパ活ですかね!!」という怒りの報告がきていた。パパ活ではなくギャラ飲みだった気がする。似たようなもんかもしれないが。

扉の陰から治真は、インストラクター用の作業着（訓練生とは色が違う）姿でシューターの上に立つオブライエンを見つめた。彼女はその場で何度か立ったままジャンプした。しかし降りなかった。一分くらいののち、諦めたように腰を下ろし、座って滑り降りた。

……どういうことだ？

治真はシューター訓練を受けた日のことを記憶から引っ張り出す。彼女はあの場でジャンプ&スライドの実演をしなかった。動画を見せて「これが正しい降り方だ」と指導しただけだった。

……もしかしてオブライエンもできないのか？

滑っている間に加速するため、着地するときはバランスを崩しがちだ。足の裏が接地したら即座に体勢を起こし、前方に走る。オブライエンは即座に身体（からだ）を起こしたが、バランスを崩して前に両手両膝をついた。うめき声まで聞こえてくる。かなり痛そうで、思わず治真は手を貸すために出て行ってしまった。

「大丈夫ですか⁉」

「……ミスター高橋⁉　何をしているんですか⁉」

いやそれこっちの台詞やねんけど。

「前に訓練受けたときに散々だったから、こっそり練習しようと思って来ました」

あのとき、あまりの恐怖に治真は裏返り（うつ伏せ状態になり）、指先をシューターの表面に突き立て、しがみつくように、とんでもなく無様に滑降したのだった。顔面にも擦り傷ができていた。もう、思い出すだけで恥ずかしすぎる。

「よい心がけです」

何事もなかったかのように澄ました顔でオブライエンは頷く。

「オブライエンさんは、もしかして明日が更新試験ですか？」

「そうです。それが何か？」

「……膝、大丈夫ですか？」

この時点でオブライエンはまだ立ち上がれていない。自力で立ち上がろうとしたオブライエンは痛そうに顔を顰め、少し躊躇う様子を見せたが、差し出された治真の腕を掴んだ。

「膝は打っただけです。大丈夫じゃないのは腰です」

精一杯大丈夫そうな顔をして立ち上がり、すぐに腕を離した。

「整形外科には？」

「通っていますけど、後遺症だからこれは治らない。痛み止めを飲みながら生活するしかないんです」

後遺症、という言葉に、96便で赤子をキャッチして骨盤骨折をしたCAの話を思い出したが、その人は地上勤務に移っている。オブライエンはつい先日まで飛んでいた。

「ミスター高橋、まだ配膳前のミールのカートが何キロあるか教えましたが、憶えていますか？」

「百キロを超えることもあります」

「そう。ドリンクも載っている。サービス中、大きな乱気流（タービュランス）に入ったらどうなると思いますか」

「そうならないように運航管理の担当者があらかじめフライトプランを決めているはずです、キャプテンもサービスを中断するようベルトサインを点（つ）けるはずです」

「空の上では予想できないことだってあるんです。私がＴＳＳにいたとき、新人がカートのストッパーを下ろし忘れたことがあった。指導員もそれに気づかなかった。乱気流に入ったのはローマ便のＢ社の大型機で、気づいたときには私のうしろで床に座り込んで泣いている小さなお子様がいらっしゃった。そりゃあ乱気流に入った飛行機なんて、ジェットコースターの何倍も怖いでしょうよ。そのお子様のうしろから、まだミールが半分以上積んであるカートが転がって来たのです。ミスター高橋、あなたならどうしますか」

「……」

まだ若かった（何年前かは不明だが）オブライエンは咄嗟にお子様を飛び越え、転がってくるカートを腰と背中で受け止めた。その衝撃で腰骨に軽くヒビが入り、腰椎（ようつい）をおかしくしたのだという。治真は何も言葉を発せられなかった。

「だから、ジャンプできないわけではありませんよ。怖いわけでもない。痛いんです」

自分の身体の状態から不可能であることを説き、オブライエンは黙ったままの治真に「着替えてらっしゃい」と言った。

「え？」

「練習するためにここへ来たんですよね。あなたのその素敵なTシャツはマルセロバーロンでしょう、擦り切れてしまったらもったいない」

「……よく判りましたね」

「夫が好きでよく買っています、そのデザインの色違いもあります。ミスター高橋は若造のくせに私の夫とお揃いだなんて生意気ですね」

俺はこれ一枚しか持ってません、しかもめっちゃ悩んだ末の清水買いです、と言い返したいのを呑み込み、治真は踵を返すと走って更衣室に向かった。

その日、オブライエンは一時間以上付き合ってくれた。スノーボードならできる、ここは雪山なのだ、と脳に思い込ませて、思い込ませすぎて一度は立ったまま勢いよく横向きに転がり落ちた。よくどこも痛めなかったと思う。

「満身創痍やったもんな、あの日」

「あれさえ克服すれば俺ＣＡとして無敵や思とったからな」

「今は？」

「向かうところ敵なしや、まだ敵の姿が見えへんからな」

すべての訓練を終え、明日は修了式である。結局添島は訓練途中、あと二週間というところで脱落し、退社させられた。タームごとの考査の点数が足りなかったのだ。彼女は口汚くオブライエンを罵（ののし）ったが、オブライエンはそんな彼女に向かって言った。

――それでもあなたがＮＡＬに搭乗したときは、私どものお客様です。ご搭乗をお待ちしております。あなたの今後の人生に希望がありますよう。よい旅を。

「すごいよなあ、サービス業。俺やったらそないな小娘しばきたおしてるわ」

「おまえかて、前に言うとった結婚三十年のクソジジイのことは殴らんかったやろ。立派やん」

「腹立たしいの種類が違うわ」

「あと、サービス業やなくてどっちか言うたら保安業務やねん、ＣＡ」

八月の夜七時の空はまだ明るい。休みだった雅樹が空港までやってきて、ふたり並んで国際線ターミナルの展望デッキから、ビールを飲みながら、飛び立つ飛行機を眺めていた。冷えたビールが丁度よい気候だった。

小野寺に「お父さんパイロットですか」と訊かれた日、治真は軽いパニックを起こし、何も言わずに彼女を置いて走り去ってしまった。以来一度もここに来ていなかった。今の状況では肯定も否定も弁解もできないものの、何か喋りたくてここで待っているのだが、ふたりして３５（さんごー）缶が空になるころ、小野寺の姿が視界に入った。治真の視線を辿（たど）って雅樹が小野寺を見る。

「……ボブ？」

「そう。けど本人にボブって言うなよ」

「奇跡の猫の名前やって言えばええやん」

小野寺がこちらに気づく。治真は軽く会釈して手招きをする。彼女は複雑な笑みを浮かべ、足取り重くやってくる。そして治真の隣にいる人物に気づき怪訝（けげん）そうな顔を見せた。

「こないだはごめんな。なかったことにしてくれる？　忘れてくれる？」

「はい……私のほうこそすみませんでした、いきなりあんなプライバシーなこと訊いちゃって」

隣に腰かけた小野寺は頭を下げたあと、雅樹に向かって「高橋さんの同僚の方ですか？」と訊いてきた。

「いやー、治真と同じ職場とか絶対いややわ」

「なんでやねん」

「おまえ絶対えらいスピードで出世するやろ。比べられたないわ」

雅樹が自己紹介をしようとしないので、治真は仕方なく小野寺に紹介する。

「これ、こないだ言った、うちに住んどう大学の同級生」

「あ、せやった。どうも八谷（はったに）雅樹です、銀座のM.A.DでBAやってます。一緒に住んどるけど治真とはカップルやないから、そのへんの気は遣わんといてな」

なるほどそう言えばよかったのか。約三ヶ月ずっと教場では誤解されたままだった。最初にそう言えばよかったのか。雅樹の言葉に小野寺は目を見開いた顔文字みたいな表情をし、直後「なんだー」と言って笑った。肩の力が抜けたのが見て判った。

「ＢＡさんっていうから、てっきり女の人かと思ってた」

「今は男のＢＡも増えとうで？　うちの新宿店なんか半分以上男やで？」

いや、小野寺が言いたいことはそうじゃない、たぶん。しかしそれをうまく説明できる気がしない。治真は今日小野寺に会ったら訊こうと思っていたことのひとつを忘れないうちに尋ねた。

「小野寺さん、ちょっとだけ蒸し返してごめんやけど、俺のお父さんがパイロットって、なんでそう思ったん？　それ誰かに言うた？」

「……同僚に私が96便に乗ってたことと、高橋さんのことを話したら、その子がネットで調べて同じ苗字だって判って『もしかして親子じゃないか』って」

ばれてるー。治真が無意識に額に手のひらを当てたら、小野寺は弁解するようにつづけた。

「でもそれ以降その話はしてないです。たぶん同僚もそんな話したこと忘れてますし興味ないです。あと、こないだも言いましたけど、私あのとき楽しかったから、ほかのお客さんは怖かったかもしれないけど、私は楽しかったから、もし高橋さんがあのパイロットさんの息子さんだったとしても、何も恨んでないです。それだけは信じてほしくて、ずっと話をしたくて毎日ここに来てたんだけど、会えなくて」

「やっぱむっちゃええ子やん、ボブ！」

「ボブ？」

治真は手のひらで雅樹の頭を叩き、ごめんな、と謝った。

「仕事の研修がタイトやってん。でも明日で終わりや。せやから小野寺さん、連絡先教えてもらえる？」

これが、訊こうと思っていたことのふたつめだった。小野寺は顔を輝かせ、ポケットからスマホを取り出す。画面に表示させたQRコードを読み込んでもらい、一瞬にしてつながった。治真はひとつ深呼吸をしたあと、口を開く。

「今度こそ、さっきの話は忘れて。頼むから誰にも言わんといて。もう戸籍上は親子じゃないねん。それに明日から俺、NALのCAやねん」

目を見開いた顔文字みたいな表情は、やっぱり丸めたスポンジ・ボブに似ている。ただ、治真の中で少しだけスポンジが人に近づいた。

# 第四話

今日は鹿児島⇒羽田便で護送があります、ほかのお客様のケアに充分注意を払うように。

朝一の、卓を囲んだプリブリ（Pre-Briefing）でそんな物騒な注意事項を聞いたのは、治真が四日間のＯＪＴを終え、八日間のコメント期間も終え、ＣＡとして完全に独り立ちした一発目だった。護送。いわゆる「護送車」の「護送」と同じだ。要するに、罪を犯した容疑のかかっている人が警察官と共に乗る。何故その便にまだぺーぺーの俺をアサインしたのだ、スケジューラーよ。いや、フライトの予定は通常どおり一ヶ月前から組まれていただろうが、教育期間が明けてしょっぱなのフライトで護送とか。

「えー、じゃあ私、Ｒ５イヤですー。せっかく男客（ダンキャク）さんいるんだから男客さんうしろにしたらよくないですか？」

なんとなく添島みを感じる、顔だけは激烈に可愛いが腰掛け感溢れる板谷モネという年下の先輩ＣＡが、今日のＣＰ（チーフパーサー）である呉美佳子（くれみかこ）と治真の顔を交互に見て言った。今日の治真のポジションはＬ３だった。独り立ちしたとはいえまだ新人の治真をＣＰの目の届くところに置いておくための配慮である。そして今日の機体はB社製のワイドボディ機なので、通路が二本、扉は左右に五つずつある。

「新人の高橋くんにいきなりそんなうしろ担当させられないでしょう」

CPにもいろいろな種類がいるな、と思う。呉は声を荒らげることもなく、ニコニコしながら板谷に言った。そして言葉をつづける。

「もしR6っていう扉があったら板谷さんにはそっちに下がってもらいたいわね」

「そんな大きい機体飛ばしても赤字になるだけじゃないですかー？」

やはりこのスルースキルと煽りスキルの高さ、めっちゃ添島みを感じる。

護送の際、通路が二本ある機体の場合は一番うしろの真ん中のブロックに座ると聞いている。通路が一本の場合は一番うしろの右側ブロック。なるべくほかの客の目に触れさせないための配慮だ。

「……代わります、自分」

しばし逡巡したあと、治真は自ら申し出た。呉は笑みの貼りついた顔で治真を見て首をかしげる。

「護送って、あんまりないことですよね。経験しておきたいです。変更していただけませんか？」

治真の申し出に呉は、二秒くらいののちR4担当の菱田葉月というCAに向かって「何かあったらお願いね」と言い、ポジションの変更を受け入れた。

以上が三時間と少し前の話である。何事も経験だ。どんな知識も、どんな経験も人生の無駄にはならない。しかし治真はこの時ばかりは後悔、というか、後悔もあるが状況を把握するまでだいぶ時間がかかった。

会社から全ＣＡに配付され、勤務中は携帯が義務付けられているタブレットには、担当する座席表のデータが本部から都度送信される。それぞれの座席に座るお客様の名前、チケット購入時に本人が「男・女」の二択から選んだ性別（トイレは男女共同なのになんでだろう）、過去にトラブルを起こした要注意客であるとか、障害があってヘルプが必要だとか、お子様のひとり旅でドアを出たところで地上係員への引き渡しが必要だとかの注意事項も記されている。上顧客の場合はその顧客ランクも記載される。「〇〇様いつもありがとうございます」みたいな挨拶をしないと不機嫌になる人もいるから、らしい。わかる。これはホテルにもいる。どこの界隈にも「特別扱い」されることに命をかけている人はいる。

鹿児島での機内チェック中、護送もある意味特別扱いだよな、と軽い気持ちで名前を確認した治真はその文字列を見た瞬間、息が止まった。

〝相澤篤弘〟

二年近く前に姿を消した大学の同窓生の名前がそこにあった。

以前、篤弘に訊きたいことがあり、ＬＩＮＥのアカウントを探したら消えていた。機種変更したときに引継ぎに失敗すると消えるよな、と思い電話をかけたがつながらず、長らく使っていなかったフェイスブックにログインしたらそちらのアカウントも消えていたのだった。インスタはやってないので、雅樹に訊いたらしばらくしてから「ない！」と返事が来た。

今の時代、何かしらのSNSに登録していれば、長いこと会っていない人でもなんとなく消息を知ることができる。啓介は毎日ツイッターに食ったものの写真をアップしているし、悟志も頻繁にではないが、出張で行った国の風景写真などをポエムめいた短文と共にフェイスブックにぽつぽつとアップしている。雅樹は一緒に住んでいるので消息もクソもないが、自分のところの新商品をよくインスタにあげている。ほかにも十年以上会っていない元同級生が結婚したり子供を産んでいたりなど、実際の距離は遠いのに、近くにいるかのように状況が判る。逆に身近だった人がSNSから姿を消したら、何事かと思う。ただ、自分も以前、父に掛けられた嫌疑のせいで当時住んでいた地域から姿を消した経験があるため、なんとなく深いわけがあるであろうことは察していた。

治真は千葉から兵庫へ引っ越し、大学進学時には地元の国立に落ちたため、滑り止めで受けた東京の大学に入学した。しばらくは中学高校の知り合いに会ったりしないかヒヤヒヤしたが、幸いにして四年間、誰にも会わなかった。運がよかったのか誰も治真のことを憶えていなかったのか、どちらなのかは判らない。しかし篤弘、深いわけがあるにしても、これはわけが判らなすぎる。こんな再会は予想だにしていなかった。

「どうしたの？　ラバトリーのチェック終わった？」

タブレットを凝視したままかたまっていた治真に、Ｒ４担当の菱田が声をかけてくる。

「まだです、すみません」

慌ててタブレットをジャンプシートのポケットに納め、治真は軽く頭を下げた。

「しっかりしてよー。高橋さん前評判めちゃくちゃいいんだから、ガッカリさせないでよ」

「え、マジですか？」

「ＯＪＴ担当が太鼓判押してたって聞いたけど、私はただのラッキーだと思ってるから。失敗しない新人なんていないから」

働く大人なら一度でいいから「私、失敗しないので」って言ってみたいものだと思う。

「それなら、失敗する前にお伺いしたいんですけど、護送のお客様ってどう扱えばいいんですか？　普通に会話とかしていいんですか？」

「普段どおり。ほかのお客様が動揺しないように極力普段どおり。ただ、たぶん左右か、少なくともどっちかには警察の方がいらっしゃるから、ドリンクサービスで何にするか聞くくらいでマンツーでの会話はできないんじゃないかな。トイレも同行するし」

でもちょっと興味はあるよね、と菱田は含み笑いをし、前方へ戻っていった。

同姓同名の違う人であってくれ、という願いも虚しく、警察官と思われる若い男と不自然なほど近い距離で並んで機内に入ってきた護送対象者の顔は、やはりよく知っている相澤篤弘のそれで、治真は自分でも驚くほど動揺した。まだ誰も乗っていない機内、誰よりも早く一番うしろの席に着いたふたりは、何も知らなければただのゲイのカップルにも見える。警察官と思われる男は治真の視線に気づいてこちらを見ると、軽く目礼をした。篤弘は顔を伏せたままこちらを見ない。どうにかしてこちらに気づいてほしくて、治真は「毛布はいかがなさいますか？」と警察官と思われる男に尋ねた。声が震えなくてよかった。

「お気遣いなく」

「失礼ながら、周りのお客様のためにも毛布をお使いになるほうがよろしいかと存じますが」

腿（もも）の上に置かれた篤弘の両腕の上にはジャケットが掛けられているだけだ。

「ああ、それもそうですね。お願いします」

警察官と思われる男は初めて気づいたかのように言った。もしかしたら彼も護送を担当するのは初めてなのかもしれない。治真はすぐそばのオーバーヘッドに収納してある毛布の束から二枚を取り出して、警察官と思われる男に見られぬよう、ポケットから名刺を取り出すと毛布の下に隠し、一枚を警察官と思われる男に、もう一枚、名刺を下に忍ばせたほうをいちかばちかで奥にいる篤弘に差し出した。そして警察官と思われる男にそれを奪われるまでの約一秒の隙に、治真は篤弘の手の上に掛けられたジャケットの下に名刺を滑り込ませた。反射的に篤弘はこちらを見る。

あっ、と声に出さずに驚いた篤弘の顔を見て、血色が悪くても肌ツヤが失せていても相変わらず激烈にイケメンだな、と変なところで治真は感心した。

「接触しないでください。何かあったら声をかけますので」

警察官と思われる男はにこりともせず、迷惑そうな声で治真に告げ、暗に立ち去るよう命じる。と同時にグループ２の搭乗客が乗り込んできたため、必然的に治真は業務に入らなければならなかった。

普段ならそれほど混まないはずの便らしいのだが、その日は座席の九割が埋まっていた。流れ作業のようにスーツケースをオーバーヘッドに納め傘を預かり毛布とイヤホンを配り、前のほうから順繰りに手荷物の位置とシートベルト装着の有無、背もたれが倒されていないかのチェックを行う。

「シートベルトは締めていただけましたか？」

一番うしろ、ジャケットと毛布に隠れて、篤弘のシートベルトが装着されているのかどうか確認できなかった。

「締めてあります」

警察官の男が治真のほうを向いて言う。篤弘も治真の顔を見る。

むじつだ
声に出さず、口の形だけで篤弘は訴えた。最初から何も疑っていない。しかしそのあと、彼は何か言葉を付け加えた。そして最後にまた「むじつだ」と訴えた。本当は「え？　なんて？」と訊き返したかったが、警察官と思われる男にばれるのもマズいだろう。

「ご協力ありがとうございます」

治真は無理やり笑顔を作り、持ち場のドアの前へ向かった。作り笑顔に関してはプロ中のプロの自信があったが、このときばかりは不自然だったと思う。

＊＊

小野寺茅乃は国際線ターミナルの保安検査場の職員である。ここの職員全員、羽田空港が業務を委託している外部企業の社員で、第一ターミナル、第二ターミナルの保安検査場も同じく、また別の外部企業が業務を請け負っている。したがってそれぞれの会社に転職でもしない限りターミナル間の異動や配置換えはない。

「二ビルで働きたい……」

午前三時半、二時間半の仮眠を終え、トランジットおよび早朝便対応のため持ち場に向かいながら茅乃は同期の岡林にぼやいた。

「あっちは夜になったら帰れるもんなあ」

同じテンションで岡林は言う。そうじゃない。いや、それは事実なんだけれども。茅乃が言いたいのはそこじゃない。

約三週間前、高橋は自身がＮＡＬのＣＡであることを告げたうえで茅乃に連絡先を訊いてきた。頭上に何か硬いものがあったら頭蓋骨が砕ける勢いで茅乃は舞い上がった。しかしそれ以降、一度も連絡が来ない。ＱＲコードでＬＩＮＥアカウントを交換したとき、最初のやりとりで「よろしくニャ」という適当な猫のスタンプが来たきりだ。しかもあれ。企業のキャンペーンで友達登録するとタダでもらえるやつ。

数ヶ月前にすり抜けがあったせいで、保安検査は強化された。Ｘ線に通して不明瞭な部分は荷物を開けて確認し、靴で金属反応があった場合は靴の中まで念入りに検めるようになった。元々五十人にひとりの割合で、何も怪しげなことがなくてもスーツケースまですべて開けて検める全チェックを行っていたのだが、それも二十人にひとりの割合に増えた。二度とあんなことがないように、という上からの圧がすごくて、神経が石鹸みたいにすり減っていって、今のままだとあと一年くらいでもうこの仕事を辞めてしまうかもしれない、とも思っていた。高橋から連絡先を訊かれるまでは。

会って話して連絡先を訊かれて、我ながらびっくりするくらい回復したのだった。今までまったく彼氏がいなかったわけではない。処女でもない。でも、毎日「今日は会えるかな」とドキドキしながら展望デッキに向かい、会えなかったときの「やっぱりな」という落胆と、会えたときの、思わぬ場所で激レアなポケモンをゲットしたときのような歓喜の気持ちは、間違いなく初恋のそれだった。連絡先をゲットしたときは、もうこれでいつでも会いたいときに会える、と思ったのに。空港関係者なら空港内でばったり会って嬉し恥ずかしオフィスラブごっこもできると思ってたのに。

……ぜんぜん会えねえし。ていうかNALのオフィス、二ビルだったし。

空港に馴染み(なじ)がない人には「羽田空港」とひとまとめにされがちだが、主にTSSのオフィスが入り、TSSの飛行機が発着する第一ターミナル（通称一ビル）と、主にNALのオフィスが入り、NALの飛行機が発着する第二ターミナル（通称二ビル）と、茅乃の勤務する国際線ターミナル（通称こくさい）は、直線距離ではそうでもないが、人が移動できる動線で見るとめちゃくちゃ離れている。業務はそれぞれのビル内ですべて完結するので、うっかりばったり会うこともまずない。

今まで判ったことは、高橋はホテルマンからCAに転職した人だということ。96便の機長の息子だが、既に家族としての縁は切れているということ。それを隠してNALに入社していること。連絡先を訊かれた日に、CA訓練を終えたばかりだったこと。あと、同居人は男。

BA(ビューティーアドバイザー)をやっている同居人がいる、と言われたときは頭から水を浴びせられた気分だった。やっぱそうだよな、こんなに人当たりがよくてちょうどいい感じのイケメンなら彼女いて当然だよな、と自分に言い聞かせながら持ち場に戻り、休憩時間がかぶった岡林に「高橋さん、同棲(どうせい)してるBAの彼女がいた……」と報告したのだった。岡林は一ミリの興味もなさそうに「それは残念だったな」とスマホの画面から目を離すことなく答えた。しかし後日、高橋がＮＡＬのＣＡだったことと同居人が男だったことを喜び勇んで報告したら、岡林は尋常じゃない食いつきを見せた。

――それはアレか!? おっさんずラブ的なアレか!?

――違う！ 大学の同級生で、就職したばっかりで宿無しだったから泊めてあげてるだけだって！

――どっちか片方だけがおっさんずラブ的なアレで相手に苦しい片思いをしているパターンか!?

――高橋さんは男にはまったく興味なくて、同居人も合コンしまくりのヤリチンだって！

――なんだよガッカリだよ！ だが気づかないうちに開花してることもあるだろうし、今後の可能性に期待だな！

――期待していいのかな!? 可能性あるのかな!?

――何かあったら報告しろよ！

――ラジャー！

会話の嚙み合わなさにも気づかず茅乃は小躍りをしながら胸を躍らせたが、今のところ何もなさそうである。

いつになったら会えるのかな、高橋さんが国際線も担当できるようになったらうっかりばったりオフィスラブごっこできるのかな。などというよこしまな気持ちは固く封印して仕事をしていたら、今日は欧米人カップルのスーツケースからピンクのファーがついた手錠が出てきた。これ、よく通したな、元の国。

「ユーキャノットブリングディス」

茅乃はぐっちゃぐちゃのスーツケースの中から手錠を取り出し、オーケー？　と念を押した。男はゲートのうしろで自分の番を待っていた彼女か妻かと顔を見合わせたあと恥ずかしそうに頷（うなず）き、そそくさとスーツケースを閉める。持ち込みじゃなくて預けていればよかったのにね。

大きな波が去り、溜まったトレーを重ねてゲートの外に戻していたら、明らかに顔色のおかしい女性が機内持ち込みサイズのスーツケースを引きながらよろよろとやってきて、eチケットをスキャンする直前に、力なく床へと倒れ込んだ。

「大丈夫ですか⁉」

今日はパスポートのチェックとeチケットのスキャンを担当していた岡林が慌てて駆け寄り、声をかけた。

「すみません……」

「医務室行かれます？　出国審査しちゃったら戻るときの手続きがちょっと複雑ですよ？」

そうなのだ。セキュリティチェックを受けて出国審査のゲートを通過してしまうと、その人はもう日本にいない扱いになる。よって、救急車で空港の外の病院に行った場合、いろいろと手続きがめんどくさくなる可能性が出てくる。

「コンサートがあるんです……やっと兵役が終わったんです……会いに行かなきゃいけないんです……」

女性は泣きそうな声でそう言うと、岡林の腕に縋って立ち上がった。そうか、ソウル便の時間か。

「感染症の可能性はありませんか？　熱は？　最近どこか危険地域に行かれました？」

「仕事しかしてません……ずっと……東京にいました……」

岡林は「失礼」と断ったうえで女性の額に手を当てる。直後、裏返った声をあげた。

「体温ひっく！　逆に大丈夫ですか⁉」

大丈夫です、と女性は答え、ポケットから取り出したスマホをスキャナーにかざした。搭乗券が吐き出される。

「入ってから何かあったらすぐに地上係員に言ってくださいね。あと、ソウル便だと軽食しか出ないと思いますけど、予備もカップ麺もあるのでＣＡさんに言えばもらえます。ちゃんと食べて力つけて、コンサート楽しんできてください。兵役終了おめでとうございます」

女性はちょっと涙ぐみ、ありがとう、と岡林の手を握った。

「あれは、医務室に行かせなくてよかったのかね？」

X線でスプレー缶が発見されたため開けたスーツケースの中は、蛍光色のハングル文字が書かれたうちわだらけだった。とくに驚きもしなかったが、あんなに具合が悪そうなのに飛行機に乗って大丈夫だったのだろうか、と思っていたら、X線を担当していた先輩も同じく心配していたらしく、引継ぎを終えたあと、岡林に尋ねていた。

「東京で仕事しかしてなかったって言ってたし、大丈夫じゃないですかね」

「でもあれで感染症とかだったら俺らの責任にされるんじゃないの？」

「それは大丈夫です、ウチらは本人ではなく本人の持ち物の検査担当ですから」

それもそうだな、と先輩は言い、大欠伸をしながら男子更衣室へと消えてゆく。あんなに人に優しくしている岡林を見たのは一緒に働き始めて以来初めてだったため、茅乃も着替えながら素直に思ったことを口にした。

「岡林なら無理やり地上さんに引き渡して医務室に行かせると思った」

すると岡林は着替える手を止め、ものすごい形相で言い返してきた。

「そんなひどいことができるか！　今は前よりも短くなったとはいえ、兵役は約二年だぞ⁉」

「ああ、そうなんだ……」

「繰り返すが二年だぞ⁉　そのあいだずっと待ちつづけたコンサートに行ってはならぬ、なんておまえ言えるか⁉　きっとあの人にとって今日のコンサートだけが生きる支えだったんだぞ⁉　俺には口が裂けても言えないわ！」

「岡林、韓流(ハンりゅう)好きだっけ？」

「三次元のアイドルに興味はない。ただ、いかなるジャンルでもオタクの気持ちは世界共通だから、少なからず判っているつもりだ」

　そういうものか。ゲームと人形のオタクでも判るのか。ていうか三次元のアイドルってなんだろう。アイドルに次元とかあるのか。

　着替えを終え、岡林はこれから何かのイベントに直行するためモノレールに乗るというので、ビル内で別れた。そうだ。曜日感覚がなくなるが今日は土曜日だった。京急の駅に向かいながら、高橋は今日仕事だろうかお休みだろうかとスマホを取り出した。LINEの画面を開いても、相変わらず適当な猫のスタンプがあるだけだ。

　家に戻って風呂に入ったあと、泥のように眠り、約十時間後の午後十時ごろ軽い頭痛と共に目覚めると、高橋からメッセージが届いていた。三十分くらい前だった。

「ポルチーニってクリームソース以外のパスタに使ったことある？」

　画面を開き文字を読んだ瞬間、喜びとガッカリが同時に来た。三秒くらい悩んだあと茅乃は返信する。

「パルメザンと塩だけで和(あ)えたやつは食べたことあります！　お料理してるんですか？」

　一分後くらいに返信が届く。

「ありがとう、だよね。あるよね。雅樹に付き合ってゲームをしています」

「お料理のゲームですか？　なんていうアプリですか？　私もやってみたいです！」

それをきっかけに話題ができるかもしれない、と思って茅乃は食いついた。そしてまた、一分後くらいに返事が届く。

「アプリじゃなくて、なんだろうこれ。説明難しいから一緒にやる？　もし明日休みだったら今から来られる？」

休みです!!　茅乃は思わずひとりの部屋の中で「よっしゃ！」と叫んでいた。

＊＊

都内には午前四時くらいまで営業しているカフェがいくつもある。

「それ！　松の実！　ロン！」

外国人と日本人が半々くらいの、酔っ払いたちで騒がしい店内、治真の捨てたカードを指さし唐木は手持ちのカードを開き、高らかにアガりを宣言する。

「ペンネ、バジル、赤唐辛子、にんにく！」

「えー、ジェノベーゼはペンネやなくてスパゲティやろ、あとロンじゃなくてアガるときはデリツィオーゾ言うてや」

雅樹は不服そうに手持ちのカードを開いた。フジッリと生クリームとアンチョビとイカだった。調理方法によってはどうにかなりそうだが、食べたくはない。

「ペンネでも美味しいんですー。エコの機内食によく出てますー」

得意げにそう言うと、唐木は別に作った隣の山からまたカードを一枚引いた。

「ソーヴィニヨンブランの……よっしゃー！　マリアージュ！」

「唐木さん強すぎるわー」

何をやっているのかまったく判らないと思うので、約十時間前に遡る。

もともと雅樹は「あやとり」と「おりがみ」が得意な男である。彼の実家は年季の入った温泉旅館で、小さいころにパソコンもゲームも買ってもらえなかったため、住み込みで働く祖母世代の女性従業員や出入りの芸妓衆が遊んでくれたのが、あやとりとおりがみだったらしい。その流れで工作も得意で、そもそも何か思いついたら即座にやるタイプの男なので（じゃなきゃ一年間海外を放浪したりしない）、家に帰ってきたとき何をしていても基本驚かないのだが、最近はイタリア料理、というよりもパスタを自分で作ることに凝っており、時間が合うときはだいたい彼の自作パスタを食べていた。そして今朝、篤弘のことを話さなきゃ、と思っていた矢先に言われた。

——ちょっと前に俺、「イタリアーノじゃんけん」いうゲーム考えてん。付き合うてや。

——えーと、何それ。

——最初に「イタリアーノ」言うてからな、あの「グリンピース」と同じノリでな、ニョッキとパルメザンと塊やねん。そんでな、ニョッキがチョキな。パルメザンがパーな。で、塊がグーや。

――まったく判らんのやけど、ルールは普通のじゃんけんと同じなん？

――いや、ニョッキはパルメザンより弱いねん。でも塊はパルメザンよりも強いねん。

――なんで？　どういう仕組み？

――パルメザンチーズが塊になると出しにくいやろ。でも塊出されたら「粉砕！」言うて上から引っ叩けばパルメザンの勝ちや。

――それは筒形の容器に入った粉チーズのことを言うとう？　本来パルメザンチーズの塊は削って使うものやないいん？　あと、粉砕されるの判っとったら誰も「塊」出さないんと違う？

――……ああっ！

という致命的な欠陥の判明によりイタリアーノじゃんけんはお蔵入りし、たどり着いたのが「イタリアンポーカー」だった。名刺用の白いカード（わざわざ買ってきた）においてイタリア料理の食材を思いつく限り書き、トマトやパスタやにんにくなど、調理過程において頻出する食材は多目に用意し、最初に三枚配り、一枚ずつ引いていく。上限は六枚で、それを超えたら必ず一枚捨てなければならない。枚数内で料理ができたらアガり。これをふたりでやってみたら意外と楽しかった、というか、篤弘のことを思い出さずに済んだ。本当は言わなければならないのだろうけど、ネットと新聞を調べた限りでは報道もされておらず、どう伝えればよいのかまだ判らなかった。

――合う酒も考えたいな。治真、バーで働いとったやろ、判らへん？

――研修受けただけやし、もう忘れてもうた。

そこで思い出したのがファーストクラス訓練でソムリエからワインの研修を受けたばかりの唐木だった。ＬＩＮＥをしたら十九時過ぎにデブリ（De-Briefing／事後打ち合わせのこと）終了の連絡が来て、二十時半くらいにスーツケースを転がしてやってきた彼女と合流し、新たに「飲み物」カードを作り現在に至る。

「てか松の実って明らかにババやろ、ジェノベーゼでしか使わへんやん、バジル来てなかったら捨てるしかないやん、なんでイタリアンやのにバジルのカード一枚しかないん、せめて生バジルと乾燥バジル二枚ずつ作ろうや」

「何言うとるん、サムゲタンにも松の実入っとうやん！」

「それイタリアンと違うやん！」

「ていうかアラサーの男がふたりで、休みの日に何やってんのマジで」

雅樹の自作の点数表に三回戦の結果を書き込みながら、唐木は心底呆れた顔をして言った。

「何やってるんですかね、マジで」

そのとき、テーブルの上のスマホが短く振動し、小野寺からの「着きました、どこにいます？」というメッセージが見えた。

「もうひとりの人来た？　ていうか誰が付き合ってくれるの、こんなの」

「唐木さんかて付き合ってくれとるやん」

「ワィンのこと聞きたいからって言われたから来ただけで、これはただのなりゆきだよ！」

「あざーす」

治真は立ち上がり、入り口の辺りできょろきょろと店内を見回している小野寺に手を振り、こちらを見た彼女に手招きをする。

「ボ……じゃない、茅乃ちゃん、いらっしゃい」

やってきた小野寺に雅樹が立ち上がり、傍らの椅子を引いた。小野寺は対面に座る唐木を見ると、ちょっと複雑な顔をしたが、逆に唐木は「あっ」と言って笑顔になる。

「保安検査場の子だよね、国際の」

「え、知り合い？」

治真の問いに小野寺は首を振るが、二秒後くらいに同じく「あっ」と思い出したように言った。

「CAさん、NALの、こないだのすり抜けのときに水とカロリーメイトくれた人ですよね」

「なんや知り合いか、ならちょうどええやん、みんなで仲良くイタリアンポーカーやろうや」

雅樹は嬉々としてルールを説明しようとするが、治真はまだ打ち解けていない小野寺の表情を見て若干の居心地の悪さと後悔を感じた。

「イタリアン？　インディアンじゃなくてですか？」

「あ、それもええな。ガラムマサラも追加しよか」

「雅樹くん、インディアンポーカーの意味判ってないでしょ」

なんの他意もなく、このわけの判らない創作ゲームがいかなるものか、文章による説明が困難だったから思わず呼んでしまったのだが、現時点で午後十一時を過ぎている。自分基準で、まだ二十代前半のお嬢さんを呼び出してよい時間帯ではなかった。


篤弘は五人の中ではリーダー格というか、雅樹以上に思い立ったらすぐにやる、しかも失敗しない、カリスマ性のある男だった。だから会社を作ると言ったとき、彼は数年のうちに大成功してメディアなんかにも取り上げられるだろうと、仲間の世間的な出世を期待した。最後まで詳しい業務内容は教えてくれなかったが、悟志から篤弘が会社を潰（つぶ）したと聞いたときは、遅れてきた、もしくは早すぎるエイプリルフールだと、数日間嘘だと思っていた。

——俺も詳しいことは判らないよ。今どこにいるのかも判らない。でも一応は無事だって。心配しないでくれって。

篤弘の失踪（しっそう）が判ってから四人で集まったとき、悟志は神妙な顔をして言った。

——……あいつ、そうそう死なへんやろうしな。

若干泣きそうだった雅樹はわざとおどけた様子で言い、過去の篤弘の不死身エピソードを懐古した。彼は古着屋で買ったマッキントッシュのコートとスタンスミスという超軽装で富士山に登ったことがある。しかも秋口に、山頂までたどり着いた。死ななかった。あと、五人で箱根に旅行をした際、篤弘の運転するバイクに悟志がタンデムし、ほかの三人は車だったのだが、大平台を下っているとき、三人の乗った車の数百メートル先でバイクがカーブを曲がり切れずに横転した。悟志はバイクから振り落とされ、軽い脳震盪を起こし肩を脱臼する程度の軽傷で済んだが、半分バイクの下敷きになったまま引きずられた篤弘は肋骨を数本折り、脚の肉が刮げ取れるほどの大怪我をした。しかし死ななかった。更に在学中、夏休みでもなんでもないのに「ちょっと中東行ってくるわ」と言って姿を消し、二ヶ月後、意味不明な大怪我をして帰ってきたこともある。

治真が思うに、雅樹が一年間海外を放浪してきたのは篤弘の影響が大きい。元々雅樹は大切に育てられた旅館のぼっちゃん（女系家族なので旅館は姉が継ぐが）で、小学生のころ暇を持て余した婿養子で元バンドマンの父親と共に「海外視察」という名目のもとシアトルで二年間暮らしてはいたが、本人曰く「あのころはまだ物心がついていなかった」らしい。鷹揚に育てられた人特有の無鉄砲な行動力はあるが、当時の彼の世界は狭かった。

――いろんな奴がおるんやなあ、東京。おもろいなあ。

入学してすぐの県人会の会合で治真と雅樹は意気投合し、翌日ふたりで飲みに行ったとき、隣の席に篤弘と悟志がいた。彼らも初めてふたりで飲みに来た様子で、話を聞いている限り治真と雅樹の所属する経済学部とは違う学部だったのだが、かなり面白い音楽談義をしていたため治真から声をかけた。初対面なのに朝まで一緒にいた。べろんべろんで登校し、午前中の授業をぜんぶ寝て過ごし、昼休みにやっと酒の抜けた雅樹の言った言葉が「いろんな奴がおるんやなあ」だ。

その言葉に治真の肩の力は少し抜けたのだった。いろんな奴がおる、だから自分の素性を知る人などいない。

篤弘は死んだわけではない。けれど、偶然にも再会した彼はなんらかの犯罪被疑者になっていた。どうにかわけを知りたいと思い治真は昨日、彼に渡した毛布に名刺を滑り込ませた。通常、お客様に渡すための名刺には会社の大代表の番号とサイトのＵＲＬしか書かれていないのだが、何らかの理由によって必要になったときのために個人のメールアドレスとモバイルが記載されているものも存在する。こちらは、お客様には渡すな、と言われている。そちらを使った。逮捕された人のその後のフローには詳しくないが、連絡をもらえたらいいな、と思ったからだ。おそらく通信機器類は没収されているから、こちらの連絡先は判らないだろう。

しかし彼らが降りたあと、客席周りのチェックをしていたら、名刺は座席の下に落ちていた。こみ上げてきた落胆と苛立ちをどうにか呑み込み、拾い上げた。

「治真、もうカードが足らん。名刺持ってきとる？　使わせてや」

気持ちを落ち着かせるため、長めのトイレに行って帰ってきたら、雅樹に手を差し出された。

「……余り二十枚くらいあったやろ、バジル増やしたか？」

「ガラムマサラって実はあわせ調味料で、家庭によって入れるスパイス違うんやって。知っとった？　インドのスパイス種類多すぎるわ」

もはやイタリアンでもなんでもないやんけ。名刺は財布と名刺入れと両方に入れている。名刺入れは置いてきたが財布は持って来ていたので、束を取り出したら一番上に昨日篤弘に持っていってもらえなかった、ちょっとヨレた名刺があった。

「どうしたの？」

手渡すのを戸惑っていたら唐木が訊いてくる。

「……昨日、お客さんに名刺渡したんやけど、床に捨てられててん、これ」

「ナンパか、ソロデビュー初日にナンパか、やりおるな新人」

「ちゃうねん、昔の知り合いやってんけど、いろいろあって連絡取れへん状況やって、俺は仕事中やったし機内で話すこともできひんかったから、連絡くれいう意味で渡してん。でも降りたあと座席見たら捨てられとった」

護送であること、篤弘であることを伏せて伝えたつもりだった。しかし雅樹と唐木は神がかり的な洞察力を発揮し、同時に口を開いた。

「もしかして篤弘か？」

「もしかして昨日の鹿児島便の護送？」

ジーザス。治真は思わず天を仰ぐ。それを肯定と判断したふたりは顔を見合わせ、先に言葉を発したのは雅樹だった。

「護送？　護送ってなんや、篤弘何したん、どういうことやねん治真」

というか、何故昨日は国際便に乗っていたはずの唐木が国内便の事情まで知っているのか。という疑問は、口に出す前に本人から明かされた。R4担当だった菱田が唐木と同じ金光班の所属らしい。護送の人がめちゃくちゃイケメンだった、何者なんだろう、と班のグループＬＩＮＥに書き込まれていたそうだ。

何がなんだかぜんぜん判っていない顔をした小野寺に対して多大な申し訳なさを覚えつつ、治真は簡潔に篤弘と自分たちの関係と、昨日の出来事を説明した。簡潔にしたつもりだったのだが、話し終えるまで五分くらいかかった。

「……何やったんかニュースにはなってへんから判らん。せやけど俺らの関係ってその程度のもんやったんかなって、無実やー訴えとったけど、なんで捨ててくかな」

自分以上にショックを受けてそうな雅樹は、押し黙ったまま治真の顔を見つめる。聞いてはいけないことを聞いてしまった、という顔をした唐木も所在なげに黙る。そんな中、小野寺は手を伸ばして治真に言った。

「ちょっとそれ貸してください」

治真が言われるまま手渡すと、彼女はトートバッグの中から化粧ポーチを取り出し、鉛筆のような形状の化粧道具で撫でるように名刺を塗りつぶし始めた。

「……あっ！」

そこには白く、文字のようなものが現れた。

「やっぱり。ウチだと護送じゃなくて強制送還の人がよく通るんですけど、ほとんど何も持ち込めないんですよ。特に筆記用具は武器になり得るんで。たぶん隣に警察の人がいたらCAさんに借りることもできないだろうし、護送された経験ないけど、もし私が護送される側だったら友達にもらったもの捨てるとかありえないし」

きっと爪で痕つけたんでしょうね。そう言いながら隅のほうまでくまなく塗りつぶした名刺を、小野寺は治真に返す。治真はスマホのフラッシュを点灯させ、塗りつぶされた面を照らした。身を乗り出して雅樹もそれを覗き込む。

〝おまえ9おやじ〟

「……なんやこれ、治真の親父さんがなんやねん」

「あ、これキュウやなくて『の』か」

――むじつだ。

あのあと、動く唇から読み取れなかった言葉の意味が今判明し、治真の心拍数は倍くらいに跳ね上がった。

――むじつだ、おまえのおやじ。

＊＊

こんな遅くまで付き合わせてごめん、と、こちらが申し訳なくなるほど恐縮する高橋に、茅乃は何度も「ぜんぜん平気です」と伝えた。

わけの判らない創作ゲームは茅乃が余計なこと（インディアン）を言ってしまったため結局一度もできなかったが、高橋の学生時代のことや交友関係を知ることができた。しかも店が閉まったあと、もう少しで始発が動くから大丈夫、と断ったのに高橋はタクシーで家まで送ってくれた。社員寮として使用されていたアパートが取り壊されることになり、仕方なく一ヶ月前に引っ越したばかりの家はあまりにもボロすぎて知られたくなかったため、少し手前で降ろしてもらったのだが、それでも車内でふたりきりという状況は茅乃の心を満たした。

――唐木さんは、高橋さんの彼女さんですか？

思い切って尋ねた問いにも、高橋は「まさか、ただの先輩や」と答えてくれた。茅乃が観察していた限りでは唐木にもまったくその気はなさそうだったし、最初ちょっと警戒したのを後悔した。すごくいい人だったし。

……やっぱり、ＣＡになりたかったなあ。

身長がそれほど高くない茅乃にとってＣＡは体格的に無理だった。高校生で進路を決める際、親からも「あんたみたいになんの取り得もない子がスチュワーデスさんなんて派手な仕事、絶対無理だから諦めて現実を見ろ」と言われていた。せめて飛行機に関わる仕事がしたいと思い、羽田空港の下請け各社に就職実績のある観光系の専門学校に行き、今の会社に就職した。

　でも今日実際にCA職に就く人ときちんと話してみて、仕舞い込んでいた願望が壁を突き破って飛び出してきた。

「のっちー、いるー？」

　高橋の写真があったらいいな、という下心を隠して相互フォローをした八谷雅樹の、茅乃のそれよりもはるかにキラキラしたインスタグラムを過去に遡って見ていたら、階下から自分を呼ぶ声が聞こえてきた。

　東京二十三区内、職場まで三十分以内、駅から徒歩五分以内、しかも戸建て、という好条件に対して、事故物件かと思うほど激安な四万六千円で貸しに出されていたこのボロすぎる家は、鯛焼き屋の店舗と一体型で、事故物件ではないが事情があった。この物件を管理する不動産屋に勤める女子社員がときどきやってきて、鯛焼きを売っているのである。月に一度くらい、と言われていたのだが実際には週に一度だった。しかもその女子社員から、誰にも呼ばれたことのない「のっち」というあだ名を勝手に付けられた。

「木崎さん……今日ちょっと早すぎませんか……」

　まだ午前九時前である。階段を下りてゆくと、木崎は既に仕込みを始めていた。

「今日はねー、ちょっと特別なお客さんが来るんだよー。だからのっちにも手伝ってほしいの。そこの缶詰開けて中身細かくほぐしてくれる？」

そこ、と木崎が顎で示した先にはパイナップルの缶詰が五個くらいあった。

「……パイナップル餡、買う人いるんですか」

「ねー。理解不能だよねー」

昨日というか今日、八谷の言動を見ながら「誰かに似てる」とずっと思っていたのだが、木崎だ。この気安い感じ。


木崎の言う「特別なお客さん」は、以前この家に住んでいたという女性とその夫とその子供だった。現在は海外に移住しており、三歳になる子供の七五三写真の前撮りのために昨日帰ってきたそうだ。茅乃は気を遣って「家に上がりますか？」と尋ねたのだが、夫のほうが元力士らしく規格外に大柄で、木崎の「床が抜けるから上がっちゃダメ！　すぐ抜けるからここの床！」という強い反対により、近所の寺に移動して行った。何故か木崎も一緒について行った。喧騒が去った瞬間、糸が切れたようにほっとした。実家の祖母が編み物の教室を開いていたため、家に誰か他人がいる環境には慣れている。が、今日はひとりになりたかった。

「すみませーん」

ひとりになりたかったのに。高橋とのあれこれを反芻したかったのに。階下から声が聞こえてきて茅乃は仕方なく階段を下る。

「……あれ」

留守にするなら店閉めてけよ、と心の中で悪態をつきつつ焼き台越しに外を見たら、八時間くらい前まで一緒にいた人がそこに立っていた。すっぴんだけど明らかに同じ人だった。

「え、唐木さん、なんで？」

「こっちの台詞（せりふ）だよ、え？　茅乃ちゃんバイト？　いつもの顔の丸い女の子は？」

「いや、バイトじゃなくてここに住んでるんですけど、顔の丸い女の子はお客さんと一緒にお寺さん行ってます。え？　唐木さん、なんで？」

「そうなんだ、ここ茅乃ちゃんが借りたんだ。私はこっから五分くらいのところに住んでるの、今からジム行こうと思って、その前に腹ごしらえしようと思って」

「さっき大量に作って余ったパイナップル餡しかないんですけど、それでもいいです？」

「やめとくわ」

と即答して立ち去ろうとした唐木は、しかし少し考えるそぶりを見せたあと、茅乃に「おなかすいてない？」と尋ねた。

唐木は以前、まだＣＡになる前の高橋に仕事で助けてもらったことがあるという。その後、CAとCA訓練生として再会した。恋愛感情はない。むしろどちらかと言えば昨日初対面だった八谷のほうがいいと思ったそうだ。女子力的に負けそうだから八谷はねえなと思っていた茅乃がその理由を訊いたら、「CAという職業に幻想抱いてなさそうだから」と返ってきた。その言葉が自分に向けて刺された釘(くぎ)のように思え、少し頭が冷えた。

「ねえ茅乃ちゃん、たぶん、高橋君のお父さんのことを知ってた空港関係者って、あなたのことだよね？」

近くにある、客層がシニア一色のコーヒーショップでふたり向かい合って座り、サンドイッチが運ばれてきたあと唐木は茅乃に訊いた。

おまえのおやじ

という文字が浮かび上がったとき、茅乃は脇の下に汗が噴き出すのを感じた。長い付き合いの八谷はもちろん彼の父親のことを知っているだろう。しかし唐木は知らないかもしれない。あのあと高橋は黙ったままペーパーナプキンで名刺をくるんで再度財布に納め、つづきやろうか、と何事もなかったように笑ったのだった。結局ゲームはつづかず、閉店時間まで八谷が、護送対象者に関して唐木と高橋に追及をしつづけた。彼は大学のときに仲が良かったというほかのふたりの男子にもLINEを送り、情報を求めたがそのふたりも寝耳に水だったらしい。

帰ったほうがいいかな、と思って席を立ちかけたのだが、唐木がとくに帰ろうとする様子も見せなかったため、思い直してその場に留まった。おかげでだいぶ高橋の人となりを知ることができた。彼らの話の登場人物は全員、都内の有名な頭のいい大学を出た人たちで、住む世界の違いというか距離を感じた。でも少なくとも彼のほうは茅乃に対して変な距離は感じていないように思える。別れ際にタクシーの中から、何事もなかったように「またね」と笑顔で手を振ってくれたその顔と佇まいにどうしようもなくときめき、彼のために何か自分ができることはないかと考えていた。

高橋の父親があのパイロットだったことを唐木も知っている、と窺われる発言に茅乃は少しモヤッとした。でも先輩だし。仲良さそうだったし。仕方ないことか。

「たぶん私です。私、小学生のときに96便に乗ってたんです、家族旅行で」

「……マジでー!?」

「はい。パイロットさんともお話ししてて、内容も憶えてる。絶対にあの人は薬なんかやってないです」

らしいよね、と唐木は頷いた。彼女が入社したとき既に高橋機長はＮＡＬ本社からいなくなっていたそうだが、ＣＡたちのあいだでは未だにときどき話題に上るという。

「余計なお世話だけど、私ちょっと探ってみたんだ。もちろんＣＡのアクセス権限じゃ重要なことまで調べられないし、うっかり足跡も残せないから、仲のいい副操縦士に話を聞いただけなんだけど」

その若いコーパイが操縦席につく松山便に唐木が乗務した際、羽田に戻ってきたあと運よく飲みに誘われたそうだ。酒が回ってきたころに唐木は尋ねた。

——台湾って沖縄行くくらいの感覚の近さで気分ユルみません？　沖縄便と違って何かあったとき降りられる場所ないですけど。

——たったの四時間だから何かあったら困るけどな。そういう意味ではユルむどころか緊張する。

——ああ、そうですよね。96便のこともありますもんね。

——あの便は機体に欠陥があったらしいけどな。

——……そうなんですか？

——うん。アメリカで半年間Z機のシミュレータテストやってきたキャプテンが「絶対に導入するな」ってずっと反対してたんだって。あの機体、あのあと名前変えてるけど過去十年で二回落ちてるんだってよ。

各航空会社にある訓練用シミュレータと同様、メーカーが各エアラインの導入テスト用に作るシミュレータも実際のコクピットと全て同じ計器を用いる。十年で二回、というのは少ないように思えるが、航空業界的にはあってはならない数字だ。飛行機は絶対に落としてはならない。

——なんでいきなりそんな話？　今日の操縦、別にヤバいとこなかったよな？　タッチダウンも芸術的だったよな？

——あ、いや、今日飛んでてなんとなく外見たらずっと海だなーと思って。

――なんとなく外見てんじゃねえぞCA。仕事しろ。

これ以上追及したら怪しまれる、と思い唐木は話を終わらせたそうだ。誘われた理由が『『ウエストワールド』の今後の展開について予想しようぜ!』だったらしいので、たしかにあまり追及するのは不自然だ。ちなみに茅乃はファーストシーズンで挫折した。

「私、NALっていう会社が好きだし、自分が働いてることに誇りも持ってるんだけど、ちょっとこれは信じられなくて。で、もしかしたら高橋君はそういうこと疑って、何か調べるために入社したのかなって思っちゃって。NALに入社できれば部署はどこでもいいとか言ってたし、人当たりよすぎて何考えてるのかちょっと判んないでしょあの人。だから、どんな行動取るのか予想できなくて本人にはまだ言えてないんだよね」

高橋はNALのCAを経て総合職へ異動する前提での採用だという。自分ではCAだと名乗っていたから茅乃はそれを信じた。しかし唐木の話ではおそらく客室部には二年しかいないらしい。

……知らないことだらけだ。

心の隅のほうがまた暗い色に塗りつぶされてゆく。総合職の人が働くであろうNALの本社は羽田空港ではなくたしか八重洲だ。たった二年間で彼は羽田からいなくなってしまう。連絡先を交換した今でもぜんぜん会えていないが、偶然会えることもなくなる。

「茅乃ちゃんの仕事だとあんまり関わりはないと思うけど、もし何か思い出したら私にも教えてくれる? 自分の勤め先を信じられなくなるって辛いからさ」

「あ、はい。連絡先交換しましたっけ？」

　してないね、と言って唐木は傍らのスポーツバッグを探ると名刺を取り出し、裏に電話番号とLINEのIDを書き込んだ。スマホの充電をし忘れたらしい。手渡された名刺を見て茅乃は驚嘆した。

「すごい、シエさんて言うんですね!?　唐木さん、生まれたときからCAさんになる運命だったんですね!?」

「それマジ就職面接のときから百万回くらい言われてるけど、私が生まれたときCAまだスチュワーデスって呼ばれてたから」

　うんざりした顔で、でも別に嫌そうでもなく唐木は言う。その天職に恵まれた様が羨ましかったので、思い切って茅乃は尋ねた。

「CAさんの身長制限って実際にはどれくらいなんですか？　やっぱり一六〇センチないとなれないものですか？　唐木さん何センチですか？」

「それ昔の基準でしょ。私は一六四あるけど、今は小型機に乗るなら一五五あれば充分だしむしろ大きすぎると動きづらいよ、小型機」

　具体的な数字を聞いて、茅乃は自分の頰が紅潮するのを感じた。茅乃の身長は、半年前の健康診断のときから伸び縮みしていなければ一五五・四である。ギリ行ける。

「……健気だねえ」

　茅乃がスマホを取り出し、高橋からの新規メッセージがないことを確認したあと名刺を見ながら唐木のIDを打ち込んでいたら、孫を見るような顔で言われた。

**

なんのために篤弘はあの場で、自身ではなく治真の父の無実を訴えたのか。いや、自身の無実を訴えたのか、どっちなのか。

「シートベルトをお締めください、恐れ入りますが背もたれをお戻しください」

彼の容疑はなんなのか。自分たちが知らないあいだに何をしていたのか。

「今しばらく電子機器類の使用はお控えください、お膝の上のお手荷物はお手数ですが前の座席の下にお納めください」

客への個別の声がけを終え、自分の担当エリアが問題なく離陸できる状態に整ったことを、サムズアップして前のポジションのCAへと伝える。彼女は頷き、更に前のポジションへと同じハンドサインを送る。

心と身体が乖離しているように感じる。父の無実など最初から判っている。一度も疑ったことはない。それをわざわざ、なぜ、あのタイミングで篤弘は訴えたのか。俺が名刺を回収していなかったらどうするつもりだったんだろう。口から出したのにいつまでも味が残ってるような、しかもそれが美味しくないガムだったときのような、言葉通りの後味の悪さが胸の中に蟠る。でも身体も口も正常に機能している。この乖離具合が気持ち悪い。

今日は羽田⇩伊丹⇩札幌(さっぽろ)ステイである。シートベルトサインが消えてサービスに入るためにジャンプシートから立ち上がったとき、ＣＰからのコールがあった。定位置にいた全員がインターフォンを取る。

「伊丹に着陸できなくなりました、現在関空へダイバートできるか返事を待っているところです。管制の判断次第では羽田に戻ることになります。まだサービスには入らないで」

ダイバートとは、当初の目的地以外の空港に着陸することを意味する単語だが、実際に現場で使用されるのは初めて聞いた。

「何があったんですか？」

機械的なＣＰの声に対し、囁(ささや)くような戸倉の声が聞こえる。お客様に余計な心配をかけないための配慮だろう。

「貨物機がランディングに失敗して現在Ａ滑走路で消火活動を行っているそうです、詳しいことはあとでまた」

通話が切れ、ＣＡたちも一斉にインターフォンを戻す。今日はＬ４を担当する治真はオーバーヘッドを確認しながらギャレーへ向かい、Ｒ４担当者と落ち合った。戸倉である。同期訓練生と初めて同じフライトを担当した。まだ訓練終了からそれほど経ってもいないのに、夏休みにしか顔を合わせない親戚(しんせき)の子に会ったような懐かしさを覚える。

しかも戸倉。心強かった。

「大丈夫かな。ミスター今までの担当でダイバートあった？」

「いや、ない。関空も今キャパオーバーやろうし、無理やろな」

二週間くらい前に起きた集中豪雨で大きな被害を受け、現在関空は滑走路が一本使えない状態にある。伊丹には滑走路が二本あるが、A滑走路はエプロン（駐機場）に面しており、B滑走路に着陸したとしてもスポットに入る際、火災が起きている地点にもよるが、間近を通ることもある。

まもなく再びコールがあり、羽田空港に引き返す旨を伝えられた。直後、機長からのアナウンスもあった。大阪国際空港で火災が発生したため、当機はお客様の安全確保のため羽田空港に引き返します、申し訳ございません。そのアナウンスが流れるや否や、搭乗客たちは一斉にスマホやタブレットを取り出し、SNSの画面を開いた。動画などの大容量の通信はできないがWi‐Fiの飛んでいる機体で、治真は「行ってくれないと困る！」とゴネるサラリーマンの客に頭を下げつつ、ちらりと手元の画面を覗き込んだ。貨物機の塗装が施された窓のない機体の右翼がバッキリ折れて煙の上がっている画像が開かれていた。

「……お客様」

「なんだよ！」

「もしよろしければそのスマホ、お借りしてよろしいですか」

「なんでだよ！」

「わたくしども、セキュリティ上の問題で外と通信ができないんです、だから先ほどの機長アナウンスのほかに情報がないんです。伊丹で兄が誘導係をしているんです。状況、確認させていただけませんか？」

　感情が表に出ないよう、治真は手のひらを強く握り、頭を下げた。サラリーマン客は少しガスが抜けたのか、落とすなよ、と言って最新型のｉＰｈｏｎｅを治真に差し出す。治真はそれを両手で受け取り、画面を凝視した。

　……間違いない、この機体はＺ１６２－２５０だ。主翼から吊り下げられた、メガキャリアの採用機体ではあまり導入例のないＲ社製のターボファンエンジン、他社の物と似てはいるがよく見ると微妙に角度の違うウィングレット。あれ以来ずっと捜していたＺ１６２－２５０だ。しかしニュース記事の中にも、機体のペイントにも、どこにもその文字列の記載はなかった。


　翌朝の札幌⇒仙台便にアサインされていた担当ＣＡはその日のうちに全員デッドヘッド（ＣＡとしての乗務はせずに移動のため搭乗する）で札幌に向かった。ホテルにチェックインしてひとりになった途端、治真はベッドに倒れ込んだ。札幌便はＯＪＴ中に何度か担当したが、ステイは初めてだ。東京に比べるとだいぶ涼しかった。寝転んだまま、ぜんぜん使っていないツイッターを久しぶりに開く。伊丹空港、と検索して出てきた投稿に貼られた画像をひとつひとつ開き、自分の記憶に間違いがないか照らし合わせた。海外のカーゴサービスのロゴが入った機体。このロゴは羽田でも何度か目にしたことがあるが、治真が見てきた限りZ機は使用されていなかった。スワイプをつづけて航空マニアの投稿を探す。誰か言及している人はいないか。

無意識に息を詰めて親指を動かしていたら、部屋のチャイムが鳴った。

「ねえミスター、『うらら』のラーメン食べに行こう……ってなんでまだ制服なの、着替えなよ」

ドアを開けたらそこには着替えた戸倉が立っていて、治真の首から下を見るとぎょっとした様子で咎めた。

「うらら、そんなに美味しくないって噂やで」

「うん、先輩たちも全員そう言って付き合ってくれないの」

「俺ならええんかい」

「だってミスターなら割り勘でしょ。もしクソ不味かったら私が奢ってやってもいい」

なるほど。先輩だと奢らなければならないのか。このままひとりでいたとしても飯食わねえな、そうしたら明日の業務に支障が出るな、と判断し、治真は「着替えるから一分待ってて」と言ってドアを閉めた。

戸倉も札幌ステイは初めてだという。有名な割には美味しくないとCAたちのあいだで噂のラーメン屋は、ネットの口コミに書かれた情報ほどは混んでおらず、すんなり店内に入れた。

「こないださー、添島みたいな先輩と一緒になってさー」

業務上酒は飲めないのでウーロン茶で乾杯したあと、もはや出来上がっている様相で戸倉は言った。

「俺もこないだそういうのと同便したで」

「やっぱ一定数いるんだねー。『私今日はR2がいいですー』って、無理やりポジション替えさせやがったの。なんでかと思ったらそのエリアにディセンバーズのアイドルグループが乗るんだったの」

どこかで聞いた感じだが、治真は口を挟まず話を促す。

「もちろんCPは『あなたはL5でしょ』って断ったんだけど、昔そのアイドルがうちの国際線乗ったとき、ビジネス担当がふたりともアラフィフで、『ババアしかいねえじゃん！』って暴言吐いたらしいのね。その日のR2もそこそこ貫禄のあるお姉様で、添島、じゃない、その先輩『若くて可愛い子のほうが喜ばれますよー？』ってぬかしやがったの。自分で『若くて可愛い子』って言うか普通!?」

「ありえへんなあ」

「でしょ、ありえないでしょ。マジびっくりして、終わったあとOJT担当の先輩に、あれが許されるのか訊いたんだけど、その添島もどき、査定めちゃくちゃいいんだって」

「え、なんでなん？」

「わざとアナカン（大人が同伴しない小児旅客）とか小さなお子様連れとかお年寄りとか身体の不自由な人とか、とにかく会社に名指しで『お礼のお手紙』を書いてくれそうなお客様がいるエリアを選り好(え)んで担当するんだって。そんでそういうお客様に対してはそりゃもう手厚いサービスをしてさしあげるんだって。結局査定するのは現場じゃなくて本社じゃん？　名指しでお礼のお手紙とかメールとか来たら評価に直結するじゃん？　あざとすぎない⁉」

むっちゃ頭ええな、と治真は素直に感心した。

「その先輩の名前憶えとる？」

「板谷ナントカだよ！　忘れもしない！」

やっぱり。てか半分忘れとるやん。苦笑いが漏れたとき、ラーメンが運ばれてきた。割り箸(ばし)を割り、レンゲにスープを掬(すく)って口に運んだ途端、脳汁的なものが溢れた。

「うっま、何これ」

「なんだよ美味しいじゃん、先輩たちどんだけ舌肥えてんだよ」

美味しいと思えたことが嬉しかった。篤弘の護送を目撃してから十日が経っていたが、何を食べてもあまり味がしなかったのだ。

「誘ってくれてありがとな、美味(うま)かったわ」

奢ろうとしたら断られたため自分のぶんだけ支払い、治真は戸倉と並んで店を出る。

戸倉が先輩に聞いた話では、板谷は所謂「花形班」と呼ばれる、パリ・ニューヨーク便を担当する班に異動するためにポイントを稼いでいるそうだ（班長の名前が花形なわけではない）。花形班は容姿端麗、成績優秀、要領もよくないと所属できないらしい。そこを目指す向上心があるあたり、サラリーマンとして立派だ。添島っぽいとか思ってすまんかった、と治真は心の中で謝罪した。しかも彼女がＲ５担当を嫌がってくれなければ、治真は篤弘とコンタクトを取れなかった。謝罪どころか感謝である。

「いろんな人がおるなあ」

「ミスター、ホテルで働いてたならもっといろんな人見てきてるでしょ」

「見とるけど忘れるようにしとる、いちいち憶えてたら潰れるわ」

「でもきっと、ミスターに何かしてもらったお客さんのほうは、ミスターのこと憶えてると思うよ」

「俺は名指しで『お礼のお手紙』もろうたことないけどな」

「そうなの？　私はホテルの人にお手紙書いたことあるよ、大学受験のために泊まったとき」

ひとりで思い出話をつづける戸倉の声は、意味を持たず治真の耳を通り抜けてゆく。ホテルで働いていたとき、お客様からの感謝が欲しいと望んだことがなかった。気付かないふり、忘れたふりをしていただけでやはり欲しいものはずっとひとつだった。コクピットに座ること、そこでスラストレバーを握ること、旅客機を飛ばすこと――この会社でパイロットになること。

戻ったホテルのエントランスでキャプテンとすれ違った。治真と戸倉は立ち止まり頭を下げる。にこりともせずに歩み去ってゆくその背中を見ながら、靴の中で指を丸める。

今も気づかないふりをしている、たぶん。

部屋に戻って風呂に入り、明日のフライトに備えて寝ようとしたとき、珍しく啓介から着信があった。もう寝なきゃいけない時間だし、雅樹だったら無視するところだが、珍しかったので治真は通話ボタンを押した。

「今平気か？　どこにいる？」

「札幌。どうしたん？」

雅樹とは県人会で出会い、篤弘と悟志とは飲み屋で知り合い、啓介とは六本木のクラブで知り合った。友達がDJをやるイベントがあるから来てくれ、と、知り合って三日目くらいに篤弘から頼まれて、そんな不良の遊び場（イメージ）に足を踏み入れたこともない治真と雅樹は、ドキドキしながら「東京の奴らに舐められんように」精一杯イキって店のドアを開けたのだった。

たぶん声をかけてきたのは啓介なのだが、慣れない場所に対する緊張もあいまってすこぶる悪酔いしていたふたりにはその記憶がなく、気づいたら早朝のマクドナルドで見知らぬ人（啓介）に介抱されていた。

――タクシー乗せようと思って財布見せてもらったけど、お金足りなくて乗せられなかった。もう大丈夫？

――あ、ありがとうございます……。

――ウチの学生証、病院タダになるし闇金でお金も借りれちゃうから。ああいう場所だと財布スられることもあるから、ウォレットチェーンとかつけたほうがいいよ。

　ウチの学生証、という発言で、同じ大学に通う学生だと判明した。しかも同学年だった。大学構内で目にする新入生特有のガチャガチャした感じがなく、クラブみたいな場所に来るにしては服装がやたらと地味だな、何者なんだろうな、と思っていたら隣の雅樹がその疑問をストレートに口にした。彼は同学年だが既に二十歳を超えていた。イベントには篤弘つながりではなく、出演していた女性パフォーマンスユニットを観に来ていたらしい。ものすごく綺麗な言葉に置き換えたが、略述すれば服装に無頓着な二浪のアイドルオタクだった。二浪したのは趣味でアプリ制作をしていたせいで勉強時間が足らなかっただけらしく、元々の頭脳はずば抜けていた。

「そっか、札幌か、じゃあ今からこっち来いとか言えないな」

「なんなん、雅樹ならうちにおると思うで、連絡してみ」

「いや、雅樹に伝えるか伝えないかは治真が判断してくれる？　篤弘、たぶん冤罪だぞ」

　直後、電話の向こうの背後が女の嬌声で溢れ、何も聞こえなくなった。喧騒が収まったあと治真は尋ねた。

「なんでそう言い切れるん、なに啓介、今どこ？」

「池袋のキャバクラ。半年くらいずっと口説いてる子がいるんだけど、まあこれがもう芸術的にいいおっぱいで」

「電話切っていい？」

腕をジャケットで隠された生気のない篤弘を見て、こっちがどれだけ動揺したか。目視した情報を転送できるならしてやりたい。いいおっぱいに喜べる心境じゃないんだよこっちは。

「あ、それはちょうどいい、また五分後にかけなおす」

じゃあな、と言って啓介のほうから通話を切られた。そしてきっかり五分後に再び着信があった。今度は背後が静かで音声も鮮明だった。会計を終えて店を出たらしい。以下、彼の話を全文書き起こすと超長くなるので、要点を箇条書きにする。

・指名の女の子（A子ちゃんとする）は以前、会員制の高級ラウンジに勤めていた。

・そのお店で仲の良かった同郷の先輩（B子さんとする）の指名客に、なんか偉い人の息子って人がいた（Cさんとする）。

・ある日B子さんが店に来なくなった。キャストが飛ぶことはよくあるから普段なら気にしないんだけど、電話もつながらないし、気になって見に行ってみたら部屋は引っ越したあとだった。

・それなのに偉い人の息子であるCさんは普通に店に来てる。他のキャストも誰もB子さんのことを気にしてない。
・水商売でテッペン取ってやろうみたいな気概がぜんぜんないA子ちゃんは、そのラウンジが気持ち悪くなり、普通のキャバクラに移籍した。
「長いねん、前置きが。篤弘どこやねん」

「待て。まだ先が長い」
・A子ちゃんはその後もいくつか店を変え、何店目かでB子さんに再会した。
・あのときはどうして黙って辞めてしまったのかと尋ねたら、B子さんが助手席に乗っていたCさんの運転する車がひき逃げをしたのだという。しかもCさんは飲酒運転で、被害者は後日死亡した。
「もしかしてそのCさんが篤弘なん⁉」
「だから待てって」
・飲酒運転を知っていながら止めなかった同乗者も同罪であることを知ったB子さんは怖くなり、スマホを解約して引っ越した。
・先日B子さんのところに、番号を教えていないはずのCさんから連絡が来た。その内容が「あんとき逃げた〝犯人〟、捕まったから安心していいぞ」で、心底ぞっとしたからもう青森に帰ってスナックやろうと思うんだけどA子ちゃん一緒にやらない？　って誘われたから、私もそろそろ青森帰ってB子さんのお手伝いしようかな。そしたら啓介たん青森まで来てくれる？

「で、やっと本題だが、その存在しない『あんとき逃げた〝犯人〟』が篤弘だ」

「……話の流れからそれは判るんやけど、なんなん？　そんな替え玉逮捕みたいなことほんまにできるん？　ひき逃げ死亡事故の検挙率ってたしか九割超えるやろ？」

「ドラマみたいな話だと思うよなあ。でも実際いるんだよ、そういうことできる人が」

今から画像送るから見て、と言って啓介はいったん通話を保留にした。治真はマイクの付いたイヤホンを取り出し、スマホにつなぐ。間もなく届いた重すぎる画像を開くと、そこにはスーツ姿のぜんぜん知らないおじさんたちの集団が写っていた。

「こんなときに画像間違えんなや、オッサン誰や、しかもこれ何メガあんねん」

「合ってるよ。それ、中心の人、人民新党が政権取ってた時代の国交相だよ。名前は山村一朗太(やまむらいちろうた)。聞き覚えない？」

「……どういうこと？」

「うしろの、左端で見切れてる男、これが篤弘だと思う。マジでねえ、ＡＩにイチから学習させてってねえ、動画から何から片っ端から突っ込んでねえ、今日やっとマッチしたんだよ。探すの大変だったぜー」

左端で見切れている男を探した。顔の三分の一しか写っていないその男は、中心にいる男と同じくダークグレーのスーツ姿で髪の毛が黒くて短かった。

「……これほんまに篤弘か？」

「今までの画像検索なら弾かれるレベルの見切れっぷりなんだけど、うちの会社、某国警察からの依頼で今そういうのを探せるアプリケーション作ってんの。まだテスト段階で違法スレスレだからアルゴリズムは明かせないんだけど、A子ちゃんの言う『なんか偉い人』が山村一朗太だって判ったあと、B子さんのこと助けてあげられないかなーと思って息子の写真探してたらなぜか篤弘がマッチしたんだ」

アルゴリズムは明かせないと言ったが、簡単な仕組みだけは教えてくれた。インターネット上にオープンにされている画像や映像はもちろんのこと、各クラウドサーバに保存されているデータや防災カメラ、防犯カメラ、過去に放映されたが既にリンク切れしているニュース映像データ（ただしネット上にデータがある場合に限る。クローズドネットワークでもどこか一箇所インターネットに繋がっていればいい）などに一斉検索をかけることが可能だという。使い方次第では各家庭のPC内に保存されている画像や個人のスマホ内のデータも検索可能になる。ここが違法スレスレで、というか現段階では明らかに違法で、通信を行うため先方のシステムにあらかじめ穴を開けておく必要がある。その「穴」を開けるためのマルウェアは現在流通しているセキュリティソフトが使用する検索エンジンでは検出できない仕様になっており、バレたらサイバー犯罪として間違いなく社会的に大問題になる。しかも日本国外の警察組織へ納めるために開発しているシステムだ。

現段階ではまだ「学習」が必要で、基本は人の骨格で判断するため、たとえば骨を削る整形手術などをしていた場合はマッチしなかったり、もともと画素数の低い画像や軽い映像データで髪型が変わっていたりするのもマッチしないそうだ。答えが判っている場合はひとつひとつ紐づける「学習」を施す。以前啓介は失踪した篤弘を捜すために篤弘の画像データを大量に突っ込んでＡＩに「学習」をさせていた。当時の彼は茶髪のソフトアフロで鼻にピアスを開けていた。

「で、山村のふたり隣にいる男がひき逃げした山村の息子。さっきＡ子ちゃんに写真見せて確認したから間違いない」

「さすがやな啓介……いや待て、ほんなら篤弘見つけたのは副産物なん？　ほんまはＢ子さんのこと助けたかっただけなん？」

「まあ……Ｂ子さんもいいおっぱいしてるから、ワンチャンあるかなと」

「ガッカリや！　ワンチャンおっぱい揉みたいだけならソープに行けや！」

「北方謙三かおまえは！　最初からおっぱい出されても意味ないんだよ！　キャバクラは難易度がめちゃくちゃ高いギャルゲーなんだよ！　うまく攻略できたら生身の女とセックスできる超高性能なギャルゲー、肉体のある恋愛シミュレーションゲーム、男にとって最高のアミューズメントなんだよ！」

「知らんわ！　俺明日早いねん！　明日名古屋ステイで明後日羽田帰着やから、羽田着いたらもっぺん連絡するわ、教えてくれてありがとな！」

「おまえだっておっぱい好きだろうが！　チンコかおっ」

まだ啓介は何か言っていたが、いよいよ寝ないとヤバいので通話を切った。

画像を見返して、啓介すげえな、と改めて感心した。篤弘を見つけたそのアプリケーションでは写真から「人間関係」まで割り出すそうだ。単体では見つけられない画像でも、写真がふたり分あればヒットする可能性がある。おかげで今回篤弘の画像が見つかった。一秒ほどの映像から切り取られたというその画像のタイムスタンプは、約一年前だった。この画像の中の篤弘は、ＳＮＳから消えて、連絡先も消してから一年後の篤弘だった。生きていた、普通に、彼は東京にいた。

まだぜんぜん意味が判らない。他人を自分の身代わりにして罪をかぶせられる立場の人を訴えてもまず勝てないだろうし、今の段階では篤弘を救う術がない。そして篤弘本人が救われることを望んでいるのかいないのかも判らない。無実を訴えたあの言葉も、残された名刺に刻まれた文字列を信じるならば、自身ではなく治真の父親の無実を訴えたものだった。

「……わからん」

気づけば声が漏れていた。わからん、ほんまにわけが判らん。酒飲みたい。でも飲めへん。六時には新千歳空港に着いていなければならない。

そのままスマホを握りしめて寝落ちしていたらしく、けたたましいチャイムの音に起こされた。はっと覚醒し手元の画面を見たら、時計表示は五時四十分を過ぎていた。

「何やってんのミスター！　なんでまだ私服なの！」

ドアを開けると、既に髪の毛をセットし制服を身に着けスーツケースを傍らに持った完璧にCA仕様の戸倉がすごい形相で立っていた。

「私もう先行くよ！　ブリーフィング六時十分からだからね、遅れないでよ！」

そうだった、新千歳の動線がまだ判らないからショウアップ前の五時半に待ち合わせて一緒に行こう、と言われていたのだった。

「ほんまごめん、先行っとって、絶対間に合わすから」

治真が恥も外聞もなくシャツを脱ぎながら謝罪すると、戸倉は怒り続けるかと思いきや意外にも笑った。

「マジウケる、ミスターがポカするの初めてじゃん。ザマーミロ！　足の小指ぶつけて遅刻して先輩たちに叱られろ！」

潑剌とした表情で朗らかに呪いの言葉を吐き、戸倉はスーツケースを引いて小走りに去ってゆく。穿いていたデニムを脱ぎながらクローゼットから制服を取り出してベッドの上にそれを放り投げた瞬間、マジでベッドの脚に左足の小指を強打した。声にならないうめき声をあげてうずくまり、治真は数秒痛みに震える。

……頑張れ俺。

そして六時九分、爆走したせいで心臓バクバクなのを笑顔の下に押し隠し、治真は爽やかに「おはようございます」と頭を下げブリーフィングの卓についた。向かいに座る戸倉は憎たらしい顔で舌打ちをした。

# 第五話

これまでシドニー⇕ロンドン間に直行便は飛んでいなかった。何故か。遠いからだ。そしてその長距離を旅客を乗せて「安全に」飛べると判断された機体がなかったからだ。航空機を飛ばすためには燃料が必要で、飛距離が長くなれば大量の燃油とそれを積載するためのタンクが必要になる。機体の重量が増せば燃費は悪くなりコストの面でバランスが取れない。一万三千キロ以上、時間にして二十時間弱を途中給油なしでコストパフォーマンスよく飛ぶ、その条件をクリアする機体を、旅客機シェア九割以上を占めるメーカー二社が製造できなかった。二〇一八年十月にシンガポール航空が就航させた、シンガポール⇕ニューアーク便が現在の世界最長の直行便であり、そこが限界かと思われていたが（実際に二〇一三年版の資料ではシドニー⇕ロンドン便は「悲願でありこの先も不可能」と明記されていた）、カンタス航空は現在、それを上回る距離の、悲願でもあったシドニー⇕ロンドン直行便、飛距離にして一万七千キロを二〇二五年に就航させる予定でA社とB社から機材の選定を行っている。

キャリア（航空会社）が旅客機を新たに導入する際、通常は長期に亘（わた）る機材計画を行う。航空機の値段は最近各キャリアが採用を始めたA社の二階建て大型機が一機約四億四千万ドルで、昔からある小型機でも最低一億ドル。企業にとって決して安くはない買い物だ。ただし丁寧にメンテナンスを行っていれば五十年飛ぶ。昭和四十三年に初就航、そして現在も各メガキャリアで使用されつづけているB社の小型機は、世界的に大ヒットしたおかげで製造数一万機を超え、後継機の登場によりそろそろＮＡＬでは引退させるらしいが、今のところ各社バリバリ現役である。訓練センターの当該機のモックアップは歴代の訓練生たちに酷使されたおかげかボロボロで、何故かそこだけ薄暗く、付近にはなんとなく酸っぱいにおいが漂っていた。しかも幽霊が出るという噂まであった。

そんな昔の機体のモックアップはあるのに、ＮＡＬの訓練センターにはＺ１６２のモックアップもドアも存在しない。ＣＡが当該機の訓練を受けた話も（治真が自分から訊いていないからだが）耳にしていなかった。機体の導入に当たってどのような計画が行われたのかも、治真の立場ではそうした資料を見つけることはできなかった。

「黎明期はパイロットが航空機を買っていた」。これは航空マニアや関係者の間では地味に浸透しているジョークである。何がどう、どこらへんがジョークとして面白いのか馴染みのない人にはぜんぜん判らないであろうこの言葉は、航空技術が発達し規制緩和が行われ、ただ「国の威信をかけて飛行機を飛ばす」「人や貨物を遠くに輸送する」だけではなくなった各航空会社の、機材計画の複雑さを揶揄するものだ。航空会社が新たな機材計画を行う際、二〇一九年現在、多くのキャリアにおいて決定権を持つのは財務担当である。高度成長〜バブルの時代はエンジニアが決定権を掌握していたが、時代と共にそれは事務方や更に上のほう、経営陣へと移行していった。

……もし今でもエンジニアに決定権があったら、NALのフリート（機団）の顔ぶれは違ったのだろうか。日本における過去最悪の収賄事件として世間を賑わせたロッキード社も、A社やB社と肩を並べて世界中の空港に旅客を運んでいたのだろうか。

「いや、アーノルド・シュワルツェネッガーとシルヴェスター・スタローンは別人よ」

「両方ダイ・ハードのオッサンやろ」

「それはブルース・ウィリス。雅樹すごいたくさん映画観てんのになんでそこの区別はつかないの。そもそもブルース・ウィリスは頭だけで区別できるだろ」

恐ろしいことに雅樹はロッキード事件を「ロッキーの事件簿」だと思っていたらしい。ロッキーさんがじっちゃんの名にかけて様々な事件をパンチ一発で解決する映画だと、ある意味とても観てみたくもある勘違いをしていた。

「俺が好きなのはベネックス、ベッソン、カラックスの路線やねん。男がムキムキのオッサンの肉弾戦見て何が楽しいねん」

「ミッション：インポッシブルは全部観てたよな？」

「あれは毎回ヒロインのセレクトが最高やし、エマニュエル・ベアールおったし。あと音楽もアガるやろ」

雅樹の出身高校は兵庫県の中でも一、二を争う私立の進学校である。治真たちの出身大学は合コン人気ナンバーワンの、医師や弁護士や素性がよく判らない金持ちを量産する歴史ある私立大学だ。

「おまえ、意外とバカだったんだな……」

しみじみと啓介が言い、悟志も憐憫の表情を浮かべ頷いた。

「否定はせんけど、おまえらと得意分野が違てるだけや。おまえらだってルージュとグロスとティントの区別つかへんやろ」

憮然とした面持ちで雅樹は言い返す。彼の理想の女はメルシー・ラ・ヴィに限定したシャルロット・ゲンズブールである。貫いてるなと思う。

ロッキード事件に関してはちょっとネットで調べればわんさか情報が出てくるので記述を省くが、事件の名前が独り歩きをしているため知らない人も多いと思うので、念のため、ロッキード社、現ロッキード・マーティン社は航空機を作っていた／いる会社である。

――人民新党政権の時代に山村一朗太が国交相だったってのが気にかかって。

そんな悟志の言葉をきっかけに、別々の会社に勤める社会人の男同士が集まるにはそれほど久しぶりでもなく四人で集まった。啓介が夜から出勤とのことで、西麻布のヌーベルシノワで個室ランチ、というお洒落なＯＬさん（イメージ）みたいなチョイスは啓介本人によるものだ。既に季節は秋も深まり、個室の窓の外には冬の気配が漂う。

国内線で一ヶ月実績を積み、とくに大きなミスもなく、班長の海老名鈴からの推薦も出たので、近いうちに治真は国際線の実地訓練に入る予定だ。治真の所属する海老名班はフランクフルトと上海を担当しているため、初フライトはおそらくそのどちらかになる。

保安面を無視してサービス面だけ考えれば、CAの業務は治真が勤めていたホテルに比べるとキツくない。ただ、女性社員にはキツいだろうなと思う場面が多々ある。ヒールのついた靴や、保安業務、肉体労働には不向きな制服（ホテルも同じだが、少なくともロータスではトランスジェンダーの従業員を考慮し、そうでない人もパンツかスカートかを選べた）、若い女だと思って不必要に難癖をつけてきたり馴れ馴れしく話しかけてくる中年〜高齢の男性客。何度か彼女たちを助けた。男なら若くてもあまり難癖はつけられないし、食い下がってくる客をにこやかに黙らせるスキルも治真にはある。お客様からもCAたちからも、ありがとう、と言われると悪い気はしなかった。もっと男のCAを採用すればいいのになあ、などと考えもした。が、今日、四人で集まり我に返った。所属する箱は、切望していた箱だ。しかしその箱の中で、自分は壁に阻まれて行きたいところに行けないでいる。ほかの三人は少なくとも自分で望んだ仕事をしているのに、治真だけ周回どころではない後れを取っていることに焦りを感じた。

「話戻そうや。人民新党が与党やった時代ってもう十年以上前やろ。なんで篤弘そんな人んとこで働いてたんや。将来性あるか？」

理不尽にでもなくディスられていた雅樹は軽くテーブルを叩き言った。

「それは、たぶん親とのつながりとかだと思うけど。あいつの父親もたしかどっかの雇われ社長だったし」

「あーせやな。なんだかんだ言うてボンやしな、篤弘」

「でも親とのつながりで拾ってもらったならSNSやら電話番号やらを捨てる必要なくない？ そもそも親つながりなら息子の身代わりに逮捕させなくない？」

「そこが解せないんだけど、ひとまず今は篤弘のことは置いといていい？ 問題ふたつに分けよう」

唯一、篤弘と連絡を取っていた悟志が「置いといていい？」と言うのはちょっと薄情な気もするが、どんな予想をしてもどうにもならないことなので、三人は頷いた。

「まず、なんで俺が山村一朗太が国交相だったことにひっかかったか、だけど、さっきも言ったとおり収賄事件的なことが起きたんじゃないかと思うんだ、Z社と当時の総理大臣とのあいだで」

Z社はZ162を製造したアメリカの航空機メーカーである。現在は旅客機市場からは撤退し、リース用の小型機などを製造しているらしい。が、詳細は不明である。

「いや、さすがにバレるやろ、同じ轍踏まんやろ」

「警察にバレてても報道されなければ庶民はそれを永遠に知らない。分けて考えようって言ったけど、篤弘の件で判っただろ。国会議員の息子がひき逃げして人ひとり殺してても、逮捕も報道もされてないから誰も知らないんだよ。啓介がキャバクラ通いしてくれてたおかげで今回俺たちはそれを知ったけど、啓介がそのキャバ嬢にハマってなかったら俺たちだって何をどう調べればいいのか判らなかったよね」

「……たしかに。キャバ嬢さまさまやな」

「そこは俺さまさまじゃないの？」

悟志は現在、ある程度の年齢の日本人ならば誰でも名前を知っている大手の総合商社に勤めている。中でも出世する率の高い営業部門である。大学時代からうすうす感じてはいたが、人がコミュニティや企業の中で立身出世するためには、どれだけ有能であろうとひとりでは無理だ。実力に加えて必ずコミュニケーション能力と上へ行くための梯子である人脈が必要になる。父親や卒業生の人脈を駆使して半分くらいコネで商社に入社した悟志は、更にそこから世界を広げていた。

「で、当時のＺ社とＮＡＬの企業情報を取り寄せてみました、東京データリサーチから、プラチナランクの」

「え、東京データリサーチのプラチナランクって一件取り寄せるのに百万くらいかかるやつじゃなかったっけ？」

「うちの会社、法人契約してるからある程度融通きくんだ。仲のいい営業さんに頼んでこっそり社内案件にしてもらった」

情報は機密であり財産だ。だから企業はこぞって情報セキュリティ対策に大金を投じ、社員にコンプラ教育を施す。中でも東京データリサーチのような、合法的に企業の情報を売ることを生業(なりわい)にしている会社が、金や思想に左右されることなく中立の立場で独自に調査をした情報は、企業が新規取引を行うにあたって非常に重要な資料となる。

「マジか、すげえ。プラチナランクの情報ファイルとか初めて見る。たしか社員の個人情報とかまで載ってるってやつだよね」

「個人情報っつっても管理職以上の最終学歴と誕生日と家族構成程度だけどな。でも俺らもそのうち載ると思うと恐ろしいよな、調査会社」

個人情報に限らず、受動的に学校や塾の授業を受けているだけだった多くの若者がそうであるように、少年時代の治真もすべての情報はインターネットを通じて無料で入手できると思っていた。しかしそれは大間違いだった。無料で入手できる情報は物事のほんの上澄みか、情報提供者の曲解、脚色、誇張などを包含したものがほとんどで、事象の詳細や真相、深層を得るには自分の足を使うか、もしくは深層を知る他者に金銭を払う必要があったのだ。父が糾弾されたとき、何が起きたのか目の前の画面とキーボードでは何も判らず、まだ十代だった治真は立ちはだかる情報の壁の前で立ち尽くすしかなかった。あのころの自分のふがいなさと無力さを思い出し、悟志さすがだな、と改めて感じた。治真の頭では、調査のためにそういった資料を取り寄せることまで考えが及ばなかった。

「うっわ、めっちゃ豪華やん」

悟志が鞄から取り出した、ファイルというには分厚く、見た目が豪華すぎる二冊の製本されたペーパーを見て一同は驚く。

東京データリサーチが販売するプラチナランクのデータは、今どき珍しく「シリアルナンバー入りの製本された紙のファイル」に限られており、コピーを取ろうとすると真っ黒になる（トナーがすぐに切れて迷惑）、写真を撮ろうとするとモワレが出て文字が消えてしまう、特殊な地模様の入った加工紙を使用しているそうだ。しかも使われているインクは印刷後一年くらい経つと薄れてきて、二年で完全に読めなくなるという。コピーの方法は「写本」しかない。平安時代かよ。

「情報提供料百万円って、紙代とちゃうん……うわ、ほんまや！　まったく読めへん！　テクノロジーの進化えっぐいな！」

スマホのカメラレンズをファイルの上にかざした雅樹が本気で驚いた声をあげる。

「どこもかしこもデータ化、ペーパーレス化が進んでるのに、最終的に重要な情報って絶対に紙なんだよなあ」

啓介も骨董品（こっとうひん）を触るような手つきでページの表面を撫（な）でる。

「データはバックアップ取っとかな下手したら消えるからな、けど紙も火い点（つ）けたら燃えるよな」

「やっぱり一番確実なデータ保管の方法は石板なのかもしれないね。どれだけ堅牢なクラウドを作ってそこに情報を保管してても、世界中でとんでもない磁場が発生して通信障害が起きたり、発電もできなくなったら誰もアクセスできなくなるし、アクセスできないインターネットはただの無だし」

「せやな。ロゼッタストーンも石やなかったらこの時代まで残らんかったやろうし、ブッダが実在した証拠も仏舎利の石やったらしいしな」

「おまえのその知識の偏りはどういうことなの」

俺さっきから一言も喋ってへんな、と治真はこのあたりで気づいた。さきほど治真の目の前を通り過ぎて行った会話が数十メートル先から戻ってきて脳内で処理された結果、慌てて治真は悟志に向き直って頭を下げた。

「ありがとう悟志、うちの親父のせいで手間かけてしまって」

三人の会話が止まる。三秒くらいののち、大仰にため息をついた悟志は両手を治真の肩に叩きつけ、言った。

「……Come on Haruma, we're crew, right?」

そうだった、この男はこういうノリだった。本来〝Friends〟があるべき場所に入っていた〝Crew〟という、いつも仕事の現場で使用されている単語に治真は、フレンズと言われるよりも心が解れるのを感じた。

＊＊

久しぶりに、というかあのロサンゼルス便以来初めて、オブライエン美由紀と現場で顔を合わせた。ＮＡＬではインストラクターをしているＣＡにも年に二度の乗務が義務付けられている。国際線にも乗る人だと一度は国際線で、もう一度は国内線だ。その日は国際線、シンガポール便だった。クルーの面子（メンツ）を見る限り確実にオブライエンはファーストクラス担当なのだが、紫絵もこのフライトで二度目のファーストを担当する予定になっていた。初回はＣＰ（チーフパーサー）が班長の金光、そしてちょうどいいロングフライトで、更に優しいお客様が多かったため何事もなく終えられたが、今日はシンガポール。微妙に短い。

「あなたは、ええと」

ブリーフィングの卓に集まったあと、オブライエンは紫絵の顔を見て笑顔を作り、あからさまに「見たことあるけど誰だっけ」という表情を見せた。

「金光班の唐木紫絵です。先日ファーストクラス訓練を終えたばかりです。よろしくお願いいたします」

「ああ、そうでした、唐木のシーエーさんでしたね」

オブライエン、おまえもか。

今日のＣＰの海老名鈴はおそらくオブライエンよりも年下なので、若干やりづらそうにブリーフィングを進める。オブライエンをうしろに下がらせるわけにはいかないという配慮か、今日の紫絵の担当はビジネス、Ｒ２になった。そういえば高橋治真は海老名班に配属されていた。一緒に働いて海老名は彼にどんな印象を抱いたのだろう。

ブリーフィングを終え、二ビルから国際へ移動する専用バスの中で海老名と隣り合った紫絵は、それとなく訊いてみた。

「男客(ダンキャク)の高橋さん、どんな感じですか?」

「あれ? 知り合い?」

「彼がお客様だったときに一度ガッツリ担当しまして、そのあと私がファーストクラス訓練を受けていたときに訓練センターで偶然」

「あらやだ運命。高橋君ねえ、むかつくくらい完璧(かんぺき)よ。スタッフ全員にあのレベルの教育が施されてるなら、これから海外行ったとき必ずロータスに泊まるわ私、って思ったくらい」

思いもよらぬ大絶賛ぶりに紫絵は半分憎らしく、半分誇らしく思いながら尋ねた。

「そこまでですか?」

「うん。いきなりお客様からのお礼メールも届いてたし、上のほうから『早く国際線に回せ』って言われたから、来週一発目のフランクフルト便で国際線デビューさせるの」

「え、コメント期間終わって一ヶ月ちょっとですよね? 私が入社したころは一年後から移行訓練でしたよ?」

「たしか去年からそういう方針に変わったはずよ。とにかく国際線で飛べるスタッフを増やすために、有望な子はすぐに国際線で飛ばすの。だから最近だとイニシャル訓練からドアもモックアップも全部の機種の訓練するのよ。ですよね、美由紀先輩？」

誰だ美由紀って、と思ったら斜め前に座っていたオブライエンが振り向き「そうです」と答えた。

「全部の機種ではありませんが、Ａ社の大型機を含めた主だった機種のドアとモックアップは訓練させています。ミールサービスも。だから最近の新人で優秀な子ならいつでも国際線で飛べますよ」

「そんなに人材増やしても、ハードのほうはあるんですかね？」

「離職率がねえ……。機体は既に何機かはリースで調達してるって話ですよ」

そうこうしているうちに国際線ターミナルに着いたので、外向きの顔を作り、紫絵はオブライエンのあとからバスを降りた。


というのが一週間前の出来事で、高橋が国際線デビューするフランクフルト便が飛ぶ日、紫絵は空港スタンバイ（誰かが急病などで飛べなくなった場合に代わりを務めるため、出勤して制服を着て決められた時刻まで待機する日）だった。だいたい十回に一回くらいの割合で稼働する。次のステイが決まっているバンコクのレストランをネットでチェックしながら、今日あたりヤバいかもなあと思っていたら、悪い予感ほど当たるもので、本当に呼ばれた。

「ごめんなさいねえ、ありがとうねえ」

申し訳なさそうな顔をして手を合わせる海老名がCPを務めるブリーフィングの卓には既にほかのクルーたちが揃っていて、中には高橋もいた。

「とんでもないです、金光班の唐木です、よろしくお願いいたします。ていうかこれ、班フライトですよね？　仲間外れにしないでくださいね？」

紫絵の言葉に、ほかのCAたちが軽く笑ってくれて紫絵のほうもほっとした。

自己管理を徹底しなければならない職業だが、不可抗力もある。今回乗務できなくなったスタッフは、今まで普通に毎日食べていた朝食のピーナツバターでいきなりアレルギーを発症し、今朝病院に運び込まれたそうだ。

「アレルギーに限らず、もし機内でなんらかの病気を発症しちゃった場合、やっぱり本当に引き返すんですか？」

セキュリティゲートを通ったあと、高橋が訊いてきた。国際線の機内食では、サイトや電話で直接チケットを予約した人に対してはある程度のアレルギー対応（事前に用意して積んでおく）ができるが、団体で予約をしているツアー客だと、代理店の対応にもよるができないことが多い。

「不思議なことに、かなりの高確率でドクターが乗ってるんだよねえ、国際線って」

「え、唐木さん『お医者様はいらっしゃいませんか』アナウンスやったことある人ですか？」

「ありますよー」

仕事モードだと関西弁一切出ないんだな、とおかしなところで感心しつつ紫絵は答える。

「協力してくれるものですか？　有事の際に責任取りたくないって人のほうが多そうじゃないですか？」

「意外としてくれる。ただ、お医者さんだけじゃどうしようもなくて、引き返した便に乗ってたこともある」

しかもそれが乗務ではなくデッドヘッドだったため、結局担当する予定の便には間に合わなかった。

転校生みたいな気持ちで班フライトのクルーたちとパイロットを交えた機内ブリーフィングを始めたとき、機長の六宮（ろくみや）が「今日は男客さんいるのかー」と高橋を見て目を細めた。高橋はその言葉を受け、姿勢を正すと、

「本日から国際線に乗務させていただきます高橋です。至らない点も多々あると存じますが、どうぞよろしくお願いいたします」

と、警察や自衛隊の訓練かのような礼儀正しさで挨拶（あいさつ）を返し頭を下げた。

「しかもデビュー戦か、頑張ってね」

パイロットという人種にはわりと気難しい人が多い。機内ブリーフィングに出てこない人もいるし、特定のCPとしか喋らない、というか喋れない人もいる。そんな中でもこの六宮は気さくで、ステイ先ではいつも美味（おい）しい店に連れて行ってくれる、まだバブ

ル時代の名残が抜けきらない人物なので、CAたちに好かれていた。初日が六宮で高橋はラッキーだ。

その日の担当は、欠員を補う形でのR5だった。久しぶりにこのポジションに来た。反対側のL5にはOJTインストラクターを務める先輩と、名札の上に「訓練中」のバッジを付けた高橋。機体は国内線でも同じものを使っているため、ドア操作やギャレーの使用方法などは問題ない。また、後方には空席がいくつかあり、ミールサービスも余裕を持って行える。高橋にとっては余裕のデビュー戦だろうなと思っていた。

しかし離陸直後、まだベルトサインも消えていない、機体が南へ方向転換をしているようなまさにそのとき、高橋がベルトを外して立ち上がり、前方へ歩いて行くのが見えた。安全運航上、CAでも本来はベルトサインが消えるまで立ち上がってはならない。

……トイレは乗る前に済ませとけ！

いや、この機体だと最寄りのトイレは後方だ。何事か。

高橋は少し行ったところでしゃがみ込んだので紫絵の頭の高さからそれ以上の行動は観察できなかった。

クルーレストで仮眠を取ったあと、下に降りてゆくと入れ違いに休憩に入る高橋と鉢合わせた。お疲れ様です、と言って梯子を上ろうとする彼を呼び止める。

「さっき何したの、離陸直後」

あのあと彼の頭が見えたのはベルトサインが消えた直後だった。紫絵はドリンクサービスのためにギャレーへ直行したため、何があったのか判らなかった。

「搭乗直後からあからさまに様子のおかしいお客様がいて、なんとなく薬物中毒なんじゃないかなーいう顔色の悪さと挙動不審さだったから、女の人より俺が行ったほうが安全だろうなと思って。ちゃんと水野（みずの）さんに許可は取りました」

水野さんとはOJT担当のクルーだ。

「別に責めてるわけじゃないけど、なんだったの？」

「過敏性腸症候群って、ご存じですか？　トイレに行けない状況にいるとおなか壊しちゃう、ざっくり言うとそういう病気なんですけど」

「聞いたことはある」

「それだったらしくて、軽くパニック状態で過呼吸起こされてて」

「ああー……言霊（ことだま）だねえ」

「ねえ、まさか病人の話をした矢先にいきなりとは。でも危険人物じゃなくて安心しました。トイレに一番近い席が空いてたので、海老名さんに確認してからそちらに移動してもらいました」

意外と知らない人が多いのだが、飛行機の座席は本来、移動しないほうがよい。空席の多い便の場合は重量のバランスを考えて席を空けている。機体が地面から離れたあと、航空路に入ってからなら移動しても大丈夫だが、ベルトサインが消えるまではできれば移動しないでほしい。

という情報をそのお客様は知っていたらしく、旅行代理店手配のチケットだったため座席も選べず、余計に緊張が増していたそうだ。

「アナカンも障害をお持ちの方も護送も担当したし、あとは妊娠中のお客様を担当したら一周するんやけど、国内線でも一度も妊婦さんがいるポジション担当してなくて」

「あらかじめそういう情報は入ってくるし、あなたは極力外される方向なんだと思うよ。こんだけ女がいるんだからわざわざ男子に担当させないよ」

「……ああっ！　なに、そういうことやったん!?　そういうの男女差別って言われへんの？」

「差別じゃなくて男女の役割分担でしょうよ。さっき自分で言ってたじゃん、危険そうな人だから女の人より俺が行ったほうがいいって。本当に危険人物だったらその判断は正しかったよ、男相手だと少しは怯むから」

紫絵の言葉に高橋は納得したようなしてないような表情を見せたあと、一呼吸すると、休みます、と言って梯子を上っていった。

薬物中毒、という言葉が高橋の口から発せられたとき紫絵は一瞬背筋が寒くなった。自分の父親が同じ疑惑で空を飛べなくなっているのに、軽々しくその言葉を口にするのか。いや、中毒ではなくただの「使用」か。それでもこっちが焦る。

現地時間の午後五時前、ホテルにチェックインし、とりあえずジャージに着替えて化粧を落としたら高橋からLINEが届いた。六宮が連れて行ってくれるらしい今日のレストランのURLと、参加するかどうかを確認するものだった。班フライトにひとり部外者というのもちょっと居心地が悪そうだな、と思ったが、海老名班のクルーたちがそんな紫絵に気を遣ってくれているのも判り、三秒くらい悩んだあと参加すると返した。既読が付いた数十秒後、また通知があった。

「もし疲れてなければ夕飯前にお茶しませんか？」

本当はビールが飲みたかったが、夕飯前だからお茶でも仕方ない。フランクフルトは一年以上ぶりなので、外出の誘いを断る理由はなかった。

明日のフライトは二十時半過ぎである。ＮＡＬでは現在、乗務の二十四時間前から飲酒は禁止となっているため、お酒は今日の二十時半までに飲み終わってなければならない。したがって始まりも早い。夕飯のレストランがハウプトヴァッヘ駅の近くだったので、同駅近くの城のようなスターバックスに向かい、紫絵は高橋と並んでコーヒーを買った。

「まさかこんなに早く同じ便を担当することになるとは思ってなかったです」

夕方だということもあり十一月のフランクフルトは既に晩秋の気候で、高橋は一度テラス席に出たあと諦めたような顔で店内に戻ってくると、既に紫絵が確保していたテーブルの向かいに腰掛け、苦笑交じりに言った。

「私も、あなたがこんなに早く国際線デビューするとは思ってませんでしたよ」

呼び出されて変なカードゲームをやった日以来、休みが合わずにプライベートでは会っていなかったのだが、同居人の八谷とは何度か連絡を取っていた。というか新商品の紹介メッセージが来るので返事をしがてら近況などを報告し合っていたのだが、Z機に不具合があったらしい、という話は八谷にもしていなかった。本人には今ここで明かしたほうがいいのかなと思いあぐねていたら、高橋はさらりととんでもないことを言った。

「夕飯の時間までわりとタイトなんで結論から話しますけど、俺もしかしたらクビになるかもしれないです」

「へぇ……え？　はぃ⁉」

さらりと耳を通り過ぎていったあと猛スピードで戻ってきた「結論」に、紫絵の声は裏返る。

「友達がいろいろと父の周辺のこと調べてくれて、そしたら明らかにこれは会社が不正をしたんやろうなって点がいくつか見つかってしもて、近いうちに社長に直談判しようと思ってます。いち社員でしかも中途で入ったばっかりのCAが社長とサシで会えることなんて一生ないだろうから、自分のクビ賭けて社長室に奇襲かけよかと」

「え、ちょっと待って、え？　あなたものすごく賢くてソツがないタイプなのに、どうしてそういう極論になっちゃうの。もう少し上手いやり方あるでしょうよ、ちゃんと時間かけて考えなよ」

「時間かけらんないんですよ。護送で担当した友達がたぶんまだ勾留されてるんです。助けなあかんし」

「ごめん、話がぜんぜん見えない。護送って、こないだの鹿児島便のよね？　その友達関係あるの？」

あのとき、おまえのおやじ、という文字列が名刺を塗りつぶしたら現れた。何かしら関係はあるのだろうが、今の時点で紫絵には理解ができない。

＊＊

ＮＡＬの一次面接の連絡が来た日に自分が客として乗ったロサンゼルス便に乗務していたＮＡＬのＣＡと、今、ステイ先のドイツで茶をしばいているという事実。まだ一年も経っていないがあの日を思い返すと感慨深い。

悟志が入手した東京データリサーチの資料およびネット上に散らばる残骸のような過去の報道記事のアーカイブを四人で吟味した結果、以下のことが判明および推測された。

・前提として、山村一朗太が大臣を務めていた国土交通省は航空事業に対しても影響力を持つ

・人民新党が与党だったのは五年間だが、ＮＡＬがＺ社の機体を導入し、96便の事件が起きるまではその五年間に収まる

・同じ時期、山村一朗太が兄と慕っていた人民新党の元幹部がNALの取締役に名を連ねていた

・しかしNALの公式サイトにもネットのアーカイブにもNALのWikiにも彼の名はなく、一般人である治真たちが調べた限り東京データリサーチの該当年の資料にしか名前が残っていない

・Z162は96便事件の翌年、NALの機団から姿を消している

・そもそもエアラインが新機種を導入するときは大々的にリリースを出しお披露目イベントのようなものもするのに、Z機に関してはそういった類の記録がなかった

・Z社はアメリカ合衆国に登記があるが、創業者も経営者一族も元共産圏の地域の人

黎明期にはパイロットが航空機を買っていた。しかし今、パイロットは自分の裁量で航空機を買えない。航空機を選ぶのは操縦桿を握ったことのない経営陣だ。ブラインドが下ろされた向こう側ですべてが決まり、ブラインドのこちら側の人間は雇われている以上彼らに従うほかない。パイロットならばフリー転身もありえるが、CAはどこかの富豪にスカウトされて、プライベートジェットの専属CAになるくらいしかフリーになる道がない。それも厳密には「フリー」ではないし。

父は絶対に薬物など使用していない。ならば96便に使用されたZ機の一部になんらかの不具合があったのではないか、という疑念は、先日の伊丹で貨物機がランディングに失敗した画像を見たときに強くなった。貨物を預けていた企業への保険金の支払いは莫

大だったろうが、これも保険会社側が公にしていないのか、まだ試算が出ていないのか、ほとんど報道されていなかった。そして一般人にとっての「些細な事件」は時間が経てば風化してゆく。

「……言おうかどうか、すごく迷ったんだけど」

治真がことのあらましを伝えたあと、唐木は一呼吸してから重い声で言った。

「なんですか？」

「その前にまず教えて。あなた何のためにＮＡＬに入社したの？　ロータスのほうがたぶんお給料も労働環境もいいよね？　なんで？　お父さんの復讐のため？」

つづいた言葉がだいぶ物騒で、思わず治真は笑ってしまう。

「いやまさか。パイロットになりたかったからです。大学の就活のときは、父のことがあったから母の猛反対に遭って、母も入院するほど病んだ時期があったんで、エントリーシートも出せなかったんですけど、俺が受けた今回の中途採用の方式だともしかしたらパイロットになれる道もあるかもしれないと思って」

話してなかったっけ、と今までのやりとりを思い出しつつ治真は答えた。

「父が会社を悪く言ったことは一度もなかったし、一緒に暮らしてたときは同期の訓練生と一緒に撮った写真とか家に飾ってありましたし、俺も入ってみて現場レベルやとホンマいい会社やなあ思ってます。だから絶対、なんらかの事情があったんやろうなと」

治真の返答を聞いていた唐木の表情は徐々に解れていった。そして最後には、よかった、と安堵の顔を見せた。

「意外と単純な理由だったんだ」

「パイロットの息子がエアラインに就職するのなんて、パイロットになりたいか航空オタクかのどっちかでしょ」

「そう考えるにはあなたは事情が複雑すぎるよ。ずっと気になってたもん」

唐木は眉間に皺を寄せ、だいぶ冷めてしまったコーヒーを半分くらい一気に流し込む。

いい人だな、と治真は思った。


翌日の夜、羽田便は機材の到着遅れと整備のリチェックで合計三時間遅延した。NALで働き出して以来ここまでの遅延を経験したのは初めてで、時間が経つにつれてどんどん気が滅入ってゆく。できればフライトの前は薬を飲みたくなかったのだが、枕との相性の悪さによる寝不足と緊張性頭痛で吐きそうだったため、治真は食後に鎮痛剤を飲んでいた。既に数時間経っているがぜんぜん効いていない気がする。

――96便に使われたZ機、詳しくは聞けなかったけど、シミュレータテスト受けに行ったパイロットが「絶対に導入するな」って反対してたんだって。

あのあと唐木が明かした言葉が頭から離れない。それでも薬の副作用で眠気には抗えず、待機中のステーションコントロールでうつらうつらしていたら六宮が隣の椅子を引き、声をかけてきた。

「体調悪い？　昨日もほとんど食べてなかったよな？」

「あっ、すみません、大丈夫です。ちょっと寝不足で」

慌てて姿勢を正し、頭を下げる。昨日の食事中、なんだか六宮からやたら観察されている気がした。男性ＣＡが珍しいのか、はたまた治真みたいなのが好みの同性愛者なのか、どういう理由で見られているのか判断がつかずモヤモヤした。悪い人ではなさそうなのだが、隣に来られると緊張する。

「初めての国際便は緊張するよなあ。しかもロングだし。高橋君、どこからの転属？いつ戻るの？」

「いえ、自分はＣＡ採用の中途入社です。今年の初めくらいに男優遇を匂わせる内容で募集されていたので受けたら受かりまして」

「ああ、あれか。でもたしかそのあと内勤になる前提の募集じゃなかったっけ？」

「やっぱり内勤限定ですかね」

「なに、ＣＡつづけたいの？　根性あるね」

パイロットになりたい。そう言ったらこの人は鼻で笑うだろうか。治真は結局何も答えず笑顔だけ作った。答えたくない問いには笑っておけばだいたいの相手は黙る。六宮は二秒くらいじっと治真の顔を見返し、己も人好きのする笑顔を作ると名札を指さして訊いてきた。

「高橋君、下の名前それジーマって読まれない？」

「ときどき言われますね」

「お母さんがその字でハルコとかなの？　何て名前？」

「いや、母はエミです」

「タカハシでエミってめちゃくちゃ普通だな。どんな字書くの？」

「普通なんですけど、字はちょっと珍しくて。さんずいにカタカナのエの『江』に未来の『未』です」

　流れで言ってしまってから、はっとして自分の迂闊さに口を噤んだ。六宮は、治真の持つ語彙では言い表せない複雑な、ただ、簡単に表せばなんとなく泣きそうな顔をして、テーブルの上で拳を握る。

「……やっぱり。江頭2：50の江に未確認飛行物体の未。昨日からなんとなくそうじゃないかと思ってたんだけど、君、高橋機長の息子さんだね。笑った顔がそっくりだ」

……観察されてた理由、それだったか。治真は二割くらい安堵しつつ、やはり泣きそうな気分で、英語とドイツ語と中国語の話し声がぶつかっては消えてゆく天井を仰いだ。と同時に、そろそろ機内へ移動の時間だと海老名が告げに来たため、何と言えばいいか判らなかった治真は席を立ち、何か言いよどむ六宮に会釈をしてその場を立ち去った。

数十秒後、頭痛が増し心拍数が跳ね上がった。どうしよう。どうしたらいい。


　治真の母は二十六歳で結婚し、二十八歳のときに治真を産んでいる。父は二十九歳で結婚し、三十一歳で父親になった。結婚式には両方の友人や同僚が大勢参列していたという。江頭2：50のくだりは母が自分の名前を説明するときのネタだった。母が人の親になった年齢と現在同い年の自分が、結婚して子供をもうけることを微塵も想像できないのは、ある種の恐れがあるからだと思う。

父が摂取したと報道された「薬物」の名前は非合法なものではなく、当時はぎりぎりグレーで、医師によっては処方もするタイプのものだった。だから疑惑による逮捕には至らなかったものの、薬物という言葉が世間に与えるインパクトは、合法、非合法に関係なく治真の家族を蝕み、母の心を壊し、最終的に家族の絆そのものも壊した。

どちらかといえばひょうきんな母親だった。人付き合いが好きで面倒見もよく、家に帰っても両親が働いてて誰もいない、いわゆる鍵っ子のクラスメイトを家に連れていくと、いつもより張り切って夕飯を作り振舞う、そんなタイプの人だった。

初めて家にテレビカメラが向けられた日、母は気丈に振舞っていた。が、次第に弱っていった。治真も、学校ではうまくやっていたはずなのに、その「うまくやっている」様を快く思っていなかったらしい教師や生徒たちから判りやすく迫害に遭い、幼少時から「うまくやる」ことに長けていた治真は初めての経験にどう対処すればいいのか判らず、結果、母と同じように弱っていった。母子ともに戦う気力も余力もなかったから、逃げるしかなかった。

航空機が「落ちそう」にはなったが、落ちることなく目的地に着いた」だけなら、いくら操縦が荒っぽくても「事故」にはならない。しかしあのとき、クルーのひとりが骨折し、CA職を辞さなければならない後遺症が残った。空の上では「怪我人が出る」イコール「事故」と判断される。だから96便は「航空事故」という扱いになり、不自然なまでに大きく報道された。

羽田に着いたあと、六宮から「ふたりで話をしたい」と呼び止められたが、治真は万引きを咎められた中学生のように「すみません」と繰り返し、その場から逃げた。控室で制服から私服に着替え、いつもより重いスーツケースを引いてバスに飛び乗り国際線ビルへと戻った。

ボブ（本名を忘れた。ええと、あ、小野寺だ）に会いたかった。現場に居合わせ、お父は悪くないと、一点の曇りもなく断言してくれるのは彼女だけだ。

足早に向かった展望デッキに、しかし彼女の姿はなかった。そもそも連絡先を交換しているのだから、いるかどうかＬＩＮＥのひとつでもしてから来ればよかった。治真はスマホを取り出しＬＩＮＥを開き、下のほうに埋もれた「ボブ（検査場小野寺）」とのトークを探す。

今日は出勤してますか？　休憩は何分後ですか？

その文字列を入力している最中に面倒くさくなって、勢いで受話器のマークのボタンを押した。十秒後くらいに通話がつながった。

「高橋さん？　どうしたんですか？」

明らかに寝ていたであろう腑抜けた声に焦れ、治真は我ながら理不尽すぎる問いをぶつける。

「なんでおらんの？　俺いま帰ってきて国際の展望デッキおるのに、なんでおらんの？」

「え、今日は出勤日じゃな……、どうしたんですか、なんかあったんですか」

「会いたいねん、小野寺さん」

自覚なく口をついて出た言葉が耳に入った途端、なに言ってんだ俺、と冷静になった。しかし言い訳をする間もなく「行きます！　今すぐ行きます！　国際の展望デッキですね！」と返ってきてしまい、慌てて治真はそれを遮る。

「ごめん忘れて、どうかしとった。寝てたのに起こしてごめんな」

「寝てないです、目をつぶって横になって布団の中で意識を失っていただけです、私が会いたいから今から行きます」

「人はそれを睡眠と呼びます。申し訳ないし、そしたら俺がそっちの近く行くわ。最寄り駅どこやっけ？」

数秒後、地下鉄の御坊寺です、と返ってきた。前回送っていったときはタクシーだったので判らなかったが、羽田から電車で三十分くらいの下町だった。

＊＊

仕事に遅刻しそうなときですらこんなにスピーディーに行動することはないのではなかろうか、と我ながら感心する勢いで茅乃は布団を畳み掃除機をかけ、顔面に化粧水と乳液を叩き込んだ。そしてパジャマ代わりにしている雑巾（ぞうきん）みたいな高校指定の芋（いも）ジャーから、外出に耐えうるスポーツブランドのジャージに着替えている最中、別に家に来るとか言われてねえな、と我に返った。そもそもこの家、人を、ましてや好きな男を招き入れて大丈夫な家じゃない。

　それでも無駄にポットに湯を沸かしたりトイレを磨いたりしていたら、四十分くらいのち、駅に着いたとＬＩＮＥが来た。迎えに行きます、と返し、ポケットに財布とスマホと鍵を突っ込んで家を走り出る。

　入り口が二つしかない小さな駅の階段を上がったところで、スーツケースを携えた高橋が立っていた。遠目に見てもオーラが灰色だ。

「お待たせしました、大丈夫ですか？」

　駆け寄って声をかけると、振り返ったその顔には若干髭（ひげ）が生えていて、労働のあとがまざまざと残っており余計疲れて見える。

「大丈夫や、言うて」

「はい？」

「……いやごめん、なんでもない。飯食った？　この駅初めて降りたんやけど、カフェとかある？」

「商店街の奥に客層がだいぶ高齢なコーヒーショップならあります。あとはうどん屋と蕎麦屋とラーメン屋と客層の悪い大衆酒場くらいしか」

「まだ酒の時間やないし、コーヒーショップでええ？」

　午後九時は間違いなく酒の時間だと思うが茅乃は黙って頷き、歩き出した高橋の隣に小走りで並んだ。商店街の地面が石畳っぽいため、スーツケースの車輪が結構な音を立てる。

「高橋さん、そのスーツケース、貴重品入ってます？」

　家まであと十メートルくらいのところで茅乃は尋ねた。

「いや、入ってない、着替えとかしか」

「じゃあ、重いでしょうし、今から行く店も狭いから、うちに置いてってください」

　商店街に面した鯛焼き屋の店舗を「うち」として手で示したら、高橋はぽかんとした顔でその店構えを数秒眺めた。

「……実家、山形やなかったっけ？」

「いや山梨です。ここは実家じゃなくて私が家賃を払って借りている家です。どうぞ」

　店舗横のドアを開け、受け取ったスーツケースを玄関に置く。高橋は珍しそうに中を覗き込み、「こういう家って賃貸に出るん？」と、なぜか嬉しそうに訊いてきた。

「出るんですよ。事故物件とかじゃないんですけど、事情があって家賃めちゃくちゃ安いんです。もういいですか？　閉めますよ？」

玄関の剝げた砂壁と裸電球が恥ずかしくなり、茅乃は無理やりドアを閉めた。ＣＡに比べたら茅乃の給料はおそらくかなり安い。以前偶然遭遇したとき唐木の持っていたバッグはプラダで財布はグッチだった。そんなもの、茅乃が何年働いても買える気がまるでしない。きっと高橋もうちの三倍くらいの家賃の部屋に住んでるんだろうな、と思ったら恥ずかしかった。

コーヒーショップは相変わらず、地元の高齢者たちで半分くらいテーブルが埋まっている。席に座り、たいして美味しくもないコーヒーを少し飲んだ高橋の表情から、うっすらと疲労が和らいだように見えた。

「今日はどこだったんですか？」

会話の糸口を探し、茅乃が尋ねると「フランクフルト」と意外な答えが返ってきた。

茅乃がバカみたいに口を開けて何をどう訊けばいいのか迷っていたら、高橋は「言うてなかったっけ？　国際線乗り始めたん」と何でもないことのように言った。なんで私は出国のとき検査場にいなかったのだ。ＮＡＬのフランクフルト便は一日二便。ＣＡが乗り込むのは一時間前。休憩に入っていたのか。思い出せない。しかし、そんな偶然の遭遇を期待しなくても今その相手は目の前にいるではないか、と我に返る。しかも「会いたいねん」とまで言われた。あの瞬間の覚醒の仕方はすさまじく、音声を録音して目覚ましのアラームに使わせてほしいほどだった。

　本人を目の前にして、会いたいねん、を脳内でエンドレスリピートし内心ニヤニヤしていたら、先に高橋が口を開いた。

「そのフランクフルト便のキャプテンに、俺が親父の息子やって素性バレてん。俺明日からどうなるんやろ」

　自嘲気味に口元を歪ませながらコーヒーカップに唇を付ける姿がちょっとびっくりするくらい絵になっていて、話の内容を理解するのに二秒くらいかかった。

「……え!?　どうして!?　だって会社の書類とかぜんぶ偽造してるんですよね!?」

「偽造とか言うのやめて。戸籍独立しとるから法律上では父親おらんし俺。母親の名前と俺の顔でバレてん、父親そっくりやーって。さすがに顔変えることまでは考えんかったし、変えたくないしなあ」

　変えないでくれてよかった。でもきっと違う顔でも好きになっただろうな、とも思う。

茅乃はなんの根拠もなく「大丈夫です」と言った。

「高橋さんは大丈夫です。明日からも大丈夫です。もし高橋さんがそれを理由に会社辞めさせられたら、私全力で会社を呪いますから」

「……ありがとう」

　素性がバレたことにより、自分でも信じられないほど動揺し、パイロットから「話をしたい」と言われても逃げてきたのだという。茅乃は高橋の父親の無実を信じている。しかし自分が当事者だったら真実を知るのは怖いかもしれない。逆に真実を知らない人に追及されるのも、治りかけたかさぶたを剝ぎ取られるようで痛いだろう。

……でも、もし自分だったら、当時のことを知っている人から話を聞きたい。

と、正直に口にしたら高橋は「だよな」と諦めたような笑顔で頷いた。

「自分でもなんで逃げたのかよう判らんねん。ステイ先で一緒に食事したときはいい人やってんけど、その『いい人』の顔が本当なのか外面(そとづら)なのか判らへんくて、何言われるのか怖くて、たぶん」

「……それ、高橋さんも同じだと思いますよ」

「はい？」

「外面よくて、いい人に見えるけど実際のところ何考えてるか判らないって、会社の人にはそう思われてますよ、高橋さん、たぶん」

実際にそう言っていた唐木の名前は伏せた。しかし思い当たるフシはあったらしく、少し考えるそぶりを見せたあと「ああ……そういうこと」とひとり納得していた。

なんのためにわざわざ自分に会いに来たのか、訊きたかったけど茅乃は我慢した。どんな理由にせよ会いたいと思ってくれただけで嬉しい。

「……最近、何しとった？」

どうやって沈黙の壁を破ろうかと悩んでいたら、高橋のほうが先に口を開いた。

「仕事と、英語の勉強してました」

「ああ、そうか、外国人観光客増えてるもんな」

俺もそのおかげでこんなに早く国際線乗らせてもらえてるし、と高橋はつづける。

「それもあるんですけど、転職しようと思ってて」

「え!?」

そんなに驚くことだろうか。意外にも驚愕の表情を見せた高橋に、茅乃のほうが驚く。

「なんで？　やっぱ身体キツいから？　二十四時間連続勤務やもんな。辞めたら何やんの？」

「それは……まだ内緒です、ごめんなさい」

以前この店で唐木とお茶をしたあと、茅乃は本気で転職を考え始めた。身長一五五センチでもＣＡになるのは可能だと言われた。ＮＡＬやＴＳＳ本体は無理でも、ＬＣＣや地方のＮＡＬの系列会社なら採用される可能性がある、まだ若いんだから挑戦だけでもしてみたら、と唐木は茅乃に助言をしてくれた。翌日、茅乃はフリマサイトで英語の教材ＣＤと「ＣＡになるための本」みたいなものを何冊か買い、以降仕事明けの日と休日は一日二時間と決めて勉強をしていた。若いころから夏場の野外フェスに通っていたせいで肌はそばかすだらけ、スキンケアにも留意したことがなかったので、こんど八谷のいる化粧品売り場に行ってお化粧の基本を教えてもらおうとも目論んでいる。

「でも、今の職場から逃げるわけじゃないです。嫌いじゃないし、身体キツいけど仕事は楽しいし。ただ、今のうちに挑戦しなきゃいけないことにも気づいたっていうか」

高橋が二年間で別の部署に行ってしまうかもしれない、という話を以前聞いた。たった二年でいなくなってしまう、とそのときは思った。しばらくのち、好きなアイドルの復帰を「二年間も」待ったソウル便のお客様を見たことを思い出した。捉え方次第で時間の経つスピードは変えられる。だから二年間、真剣に転職活動を頑張ろう。もしかしたら二年後には高橋と同じ景色を見られているかもしれないから。

「……偉いなあ。俺ぜんぜんダメや、逃げてばっかや」

「ダメじゃないです。話のレベルがぜんぜん違いますから、高橋さんは逃げていい人なんですよ。でももし私なら真実は知りたいっていうだけです。私は高橋さんのお父さんのこと信じてるから」

ありがとう、と高橋はまた言った。

「話したら少し整理がついたわ、いや、ついてへんけど、なんか、よかった、話せて」

ちょうどふたりともコーヒーのカップが空になった。高橋は席を立ち、ものすごく自然な動作で、立ち上がろうとした茅乃の椅子を引いた。ジェントルマン。

正味三十分と少ししか一緒にいられなかったが、会えた、会いたいと思ってくれた事実だけで茅乃は満たされていた。これで転職活動もっと頑張れる。一時的に会えなくなるだろうけど、その距離を犠牲にしてでも転職活動は今やらなきゃだめだ。

名残惜しく感じながらも家の前で鍵を出して扉を開け、スーツケースを取り出そうとしたらうしろから何故か高橋が入って来た。玄関はめちゃくちゃ狭い。人がふたり立ったらもうすし詰め状態である。スーツケースは私が外に出すから大丈夫ですよ、と言おうとしたら、うしろから羽交い締めに、違う、抱きしめられていた。

「……まじか」

背中に感じるぬくもりは今までの人生で経験してきたあらゆる喜びを軽く凌駕するのに、よりによって、口から出た言葉がそれか、自分。

「やっぱ、いなくならんといて」

耳のすぐうしろで絞り出すように高橋が言う。だめだ、このままだと脳とか身体とかいろいろ溶ける。そしてこの状況をきちんとオペレートするための知識と経験と技術が今の茅乃にはない。

「あの、いなくなるつもりはないんで、とりあえず、いったん、リリースしてください……」

陶酔と共に間欠泉のように噴き出すときめきと動悸息切れをどうにか落ち着かせ、茅乃は高橋の手を解いた。振り返る勇気もなくそのままの体勢で茅乃はつづける。

「あの、私、こういうの慣れてなくて、さっきコーヒー飲んだばっかりですけど、よかったらあがってお茶でも、あの、別に下心があるとかではなくて、純粋にあがってお茶でも。ええと、昨日の残りですけど鯛焼きもあります、二十個くらい」

「二十個!?　鯛焼きが!?」

「鯛焼き屋なんです、この家」

うしろで高橋が笑う気配があった。身体が離れる。

「じゃあ、ご馳走になります。お邪魔します」

「どうぞ、ボロい家ですが、おあがりください」

出る前に掃除をしておいてよかった。


嗚呼そしてめくるめく夜を過ごし憧れの朝チュン!!

ではなく日付を跨ぐ直前くらいに高橋はスーツケースを転がして帰って行った。そもそもこの家、たぶんセックスしたら崩落する。大通りまで付き添い、高橋の乗り込んだタクシーの、小さくなってゆくテールランプを手を振って見送った。

結局、高橋には茅乃が何に転職しようとしているのか速攻バレた。ローテーブルの下に「CAになるための本」を転がしたままだったからだ。二階に上げ、座布団を出して座らせたら足にその本が触れたらしく、彼は「なんやこれ」と言って中身をぱらぱらと捲った。

——なんでもないですー!!

——え、何、転職ってCAなん？ なんで隠したん？

慌ててその手から本を奪い取ろうとしたが、高橋は身をかわし、うしろ手に隠してこちらを凝視する。

――私みたいな専門卒で凡庸で愚鈍な人間がＣＡになんて、なれるかどうかも判んないし、言いたくなかったんです！　高橋さんみたいなエリートには判らないです！

――そういうもん？

その答えに茅乃は、やっぱりこの人とは住む世界が違うな、と感じた。会話の相手に凡庸とか愚鈍とか自虐されたら「そんなことないよ」って言う、普通の人は、というか茅乃の所属する世界の人は。あとエリートとか言われても「そんなことないよ」って謙遜する、茅乃の生きている世界側の人は。高橋は否定も肯定もせず本をテーブルの上に戻した。そして改めて茅乃のほうを向き直り、言った。

――取り乱してごめん。けど小野寺さんがあそこからいなくなると思ったら、なんていうか、当たり前にそこにあるものがなくなる感じっていうか、だから、もしよかったら、俺と付き合ってください。

何を言われているのか本気で判らなかった。おそらく高橋も自分が何を言ってるのか判ってなかったと思う。実際、高橋は以下のように言葉をつづけた。

――失礼な言い方やと思うけど、正直、今は小野寺さんのことが好きなのかどうなのか自分でもよう判らへん。いなくなったら嫌だ、っていうただの我儘なのかもしれへん。だから返事は転職が決まってからでいいです。……伝わってる？

――……はい。

という個人的にはものすごい出来事があったのに、翌日出社しても、茅乃は岡林にそれを報告する気になれなかった。好きだなあと思っていた男に「付き合ってくれ」と言われて嬉しくないはずがない。でも、なんか違った。そして数日経っても茅乃の日常はそれまでとまったく変わらなかった。相変わらず高橋からプライベートな連絡は来ない。正式には付き合ってないからかもしれないけれども。おかげで茅乃は勉強に身が入らない。告白めいたことをされてから約二週間後、やっとLINEが来た。

こないだ話したパイロットと会話をしました。

長いから今度会ったときに話します。

＊＊

フランクフルトから戻って五日経った朝、班長の海老名に「六宮キャプテンが高橋君と話をしたいって。あなたメール届いてない？」と言われた。届いてはいる。社内メールなら、どんな立場でも名前を検索すれば連絡先が出てくる。「高橋」も大勢いるのでときどき間違いメールが届いたりする。六宮からは帰国した二日後にメールが届いていた。「先日のステイは楽しかったね。よかったらドイツビールを飲みに行こう。代々木に美味しい店があるんだ、いつが暇だい？」というような内容だった。父のことに一切触れていないのは社内メールが監視されているからだな、と思った。入社したとき、人事の女性に「ランダムに検閲されてるから、見られて困るようなことは書かないように」と言われていた。しかしこの内容は不倫がしたくてたまらない中年男性のようでちょっと笑える。それなりの覚悟のいる面談になるだろうから、返してはいなかった。自分に届いただけなら「届いてませんよ？」としらを切れたが、海老名経由で話が来てしまったら断れない。

結局ふたりが日本にいて、休みが一致したのは二週間後だった。指定された代々木の店に電車で向かっている最中、小野寺のことを思い出した。

そこそこモテる人生を送ってきているため、自分から女性に交際を申し込んだのは初めてだった。治真にとって彼女は、いうなれば毎日通る場所にあるお地蔵さんやお稲荷さん、もしくは神社の狛犬のようなもので、実際に会った回数はそれほど多くはないが、そこにいて当たり前になっていた。視覚による認識も、スポンジから人間、人間から「可愛い女の子」に変わりつつあった。これが恋愛なのかどうかは、自分から人を好きになって付き合った経験がないので判らない。ただ、いなくなったら困る、とあのとき咄嗟に思ってしまった。日常の当たり前が当たり前じゃなくなるのは恐怖の一種だ。だから、いなくならないという確証が必要だから「付き合っている」という絆がほしい。

今は。

——いいと思うよ？

と唐木は言った。一昨日のフライトも偶然一緒だったので、帰りに飲みに行き、六宮の話をしたついでに小野寺のことも、自分がどんな心情で交際を申し込んだのかも明かした。CAへの転職を考えているらしいことはプライバシーだなと思ったので伝えないでおいた。

——意外。女の人ってこういうの「最低」って思いそうやのに。好きでもないのに告白とかバカにすんじゃねえぞ、みたいな。

——うん。でも私たちCAじゃん、NALの。個人の人間性よりも社名と職業のほうで判断されがちじゃん。合コン相手も官僚とか芸能人とかスポーツ選手とか正体不明の成金とか、地位も年収も人脈もある人たちばっかりで、ヤツらは「NALのCAとの合コン」に来てるわけだから、私たちも相手の年収とか職業とかでジャッジしがちになるの。もちろん音楽で食っていきたいヒモとか役者になりたいヒモとか養ってる子もいるよ。でもめっちゃ少数だし、どっかの金持ちに見初められて別れる確率のほうが高い。

——そういう価値観って「スチュワーデス」時代の遺産やと思ったけど、今でもそんな感じなんや。

——CAをキャリアパスとして考えてる堅実な子はかなり増えてるけど、やっぱりまだ「CAになって玉の輿」を狙ってる子も少しはいるかな。だから別に高橋君のこと最低だとは思わない。むしろ打算がピュアすぎて羨ましいくらいだよ。お地蔵さんだと思ってもらえるの、素敵じゃん。

……素敵か？　雰囲気ですげえ適当なこと言ってないか？

店に着いたら既に六宮は来ていた。まだ約束の夜七時の五分前だ。慌てて治真は、サラリーマン客でがやがやした店の一番奥のテーブルに早足で向かう。

「お待たせしてしまって申し訳ありません」

「大丈夫、僕が早すぎた。というわけで先に始めさせてもらってるよ」

テーブルの上には既にヴァイツェングラスとソーセージの盛り合わせが載っていた。

パイロットもＣＡも翌日が休みの日でないと酒を飲めない。二日間の休みが合致するのは珍しい。

「もう一度確認させてもらうけど、君は高橋機長の息子さんの高橋治真君だね」

治真のビールが運ばれてきて乾杯をしたあと、いきなり六宮は核心に斬り込んで来た。

「……はい。先日は動揺してしまって、申し訳ありませんでした。ただ、今はもう親子の縁は切れてます。両親は離婚して俺は母のところに行ってますし、成人したタイミングで母とも分籍しています。入社時に提出した戸籍を検(あらた)めていただければ親子関係にないことはご確認いただけると思います」

なんと答えるのが六宮にとって正解なのか。治真は返答できるだけの事実を述べる。

しかし六宮はなんだかぜんぜん関係ないところに食いついた。

「前も思ったけど、ＣＡ訓練受けただけの人とは別の種類の礼儀正しさだよね。転職前には何やってたの？」

「ホテルで働いていました。日比谷の、ロータス・オリエンタルという」

「なるほどね！　そりゃ礼儀正しいわけだ。日本のは泊まったことないけど香港はいいホテルだったねえ」

「ぜひ日比谷のほうにもお運びください。メインバーの、日本酒を使ったカクテルが美味しいですよ」

六宮はその間もじっと治真の顔を観察していた、ように感じた。ときどきこういう人いる。心の奥深くまで見通そうとしている人か、ただ単に目の前のものを凝視する癖がある人。たぶん六宮は前者だろう。やがて感情をまったく見せない笑みを浮かべ、六宮は尋ねた。

「……高橋治真君、君はなんでうちに来たの？」

「先日もお話ししたとおり、募集が出ていたからです。ただ、内勤したいわけではなくパイロット養成のほうに行くことができるなら、希望を出したいと思っています」

この先きっと何度も同じ説明をする羽目になるのだろう。新卒時には母の猛反対に遭って応募ができなかったこと、父が自分の将来を考えて離婚を選択したこと、など、何故今だったのかを簡潔に説明すると六宮は表情を歪ませた。それはおそらく憐憫とか無念とかそういった種類の感情によるもので、彼にとって治真が、得体の知れない相手、ではなく身近な人に変わった瞬間だった。

「……僕は君のお父さんのことをよく知っています」

「父の顔と私の顔が似ていることを知っていて、更に個人的に会いたいとおっしゃるくらいですから、よくご存じなんでしょうね。最初は同期の方かなと思ったんですが、父の同期生の集合写真に六宮さんはいらっしゃいませんでした。知人のＣＡの話によれば、六宮さんは父よりもかなり年下、ということは父が教育を担当したパイ訓か、ずっと同じ機種を担当されていた方かと。合ってますか？」

一気に問うたら六宮は眉尻を下げて肩をすくめた。

「合ってます。ただ僕はちょっと特殊で、高橋キャプテンがハワイのベースに異動するタイミングで教官が替わったんだ。だから高橋キャプテンにお世話になったのは実質三ヶ月くらい。それでも大切なことは山ほど教えていただいた。改めてありがとうございました」

「それはぜひ父に伝えてください。携帯の番号は変わってますけど、何故か社内メールにまだアカウントがありましたんで」

ここまで来てもまだ、六宮が自分のことをどう思っているのか判断がつかなかった。だから治真は六宮が何か言う前に再び口を開く。

「私が航空事故を起こしたパイロットの息子だと、会社に報告してくださっても結構です。ただ、信じていただけないかもしれませんけど会社を恨んではいませんし、近いうち社長に会いに行こうと思っているので、それまで待っていただければ。できれば」

「報告はしませんけど、時間が経てばそのうちバレると思うよ。この先国際線がメインになるよね。高橋機長の顔を知っているパイロットなら絶対に『似てるな』って思うから。あと社長に会いに行っても無駄だと思う。高橋機長はあの日のフライトでヘルスチェックをパスしてる。機内での薬の服用は、隣にコーパイがいるかぎりできないし、台湾くらいの距離なら普通はトイレにも行かない。実際あの日のコーパイからはヘルスチェックのあとトイレに行っていないという証言も取れてる」

「……」

「間違いなく、君のお父さんは無実です。機長の同期のパイロットや僕みたいに世話になったパイロットは、あのあとみんなで君のお父さんの無実を主張しました。ただ、ヘルスチェックのエビデンスも取ったし、同乗したクルーたちの証言も集めた。ただ、社長レベルに話をしたところでどうにかなるものではなかった。高橋機長はそれを判っていて、自分から罪をかぶったんだ」

淡々と、六宮はそこまで説明して残りのビールを喉に流し込んだ。治真の胸の内で、目の前の男の言葉はまだ処理できなかった。彼が本当のことを言っているのか疑わしいという気持ちがある。ただ、疑わしいけれどほかの結論を導き出す材料もなかった。

「……当時、Z社からの贈賄はありましたか？」

「……たしかに、そういう噂はありました。そこまで調べたの？」

「素人なりに、友達が協力してくれて。当時国交相だった山村一朗太と同じ派閥の元議員がNALの取締役に名を連ねている時期がありました。人民新党は共産圏寄りの政党です。一存でZ社の機体を導入しようとしていても不思議はない」

「……」

「社長レベルではどうにもならない問題なら、俺はどうしたらいいですか。もうどん詰まりや」

喉が渇いた。一度だけ口を付けて放っておいたビールのグラスからは泡がぜんぶ消えていて、それを口に運んだら吐き気がするほど苦かった。

「君がもしパイロット訓練を受けるようになったら」

しばらくの沈黙ののち、六宮はまた治真の目をまっすぐに見て口を開く。

「まず同期訓練生とは家族同然になる。ライバルじゃなくて家族。同期は蹴落とす対象ではなく、共に助け合って育っていかなければならない存在なんだ。全員がパイロットになれるようにある意味、実の兄弟みたいな絆が生まれる」

「そういう話は聞いています」

「パイロットとしてシップに乗るようになったら、今度はクルーが一時的な家族。万が一の事態になったとき、力を合わせなければ乗り越えられない」

万が一の事態になったとき、俺の家族は壊れたけどね。そう思ったが治真は黙って話を聞いた。しかし疑似家族に関しての話はそこで終わりだったらしく、六宮はいきなり話をまとめた。

「明日も休みだよね。もし予定がなかったら、本人に会って聞いてみるといいよ。君はきっと疑い深いだろうから、僕からいくら話を聞いても信じられないと思う。あと、君のお父さんのメールアカウントが残ってるのは会社の怠慢ではなくわざとだよ。連絡を取ろうとしている社員を監視するために。だから電話番号が変わっているなら僕は高橋機長と連絡が取れないし、今から口裏を合わせることもできないから。僕に話を聞いたって言えばいい。もう君も三十歳なら何を聞いても受け入れられるだろうし」

「二十八歳です、まだ」

「似たようなもんじゃないか」

「違いますよ、まだぴっちぴちの若人ですよ」

「男は三十過ぎてから本領発揮するもんだからね、若さは自慢にもならないね」

ふたりとも、それ以降「高橋機長」の話はしなかった。俺はどうしたらいいですか、の答えが「父に会いに行け」ならそうしよう、と、治真は二時間ほどのち六宮と別れたあと、明日会いに行って大丈夫かを確認するショートメールを父に送った。


朝早く出かける準備をしていたら雅樹が起きてきて、昨晩の顚末を伝えると「俺も行く!」と言い出した。休みらしい。

「名古屋やで? 新幹線で片道一万円くらいかかるで? 俺おまえの分の交通費出さへんで?」

「それくらい自分で出せますー。ええやん、ナポリタンのマウンテン食い行こうや」

「それただの山盛りナポリタンやんけ。マウンテンのナポリタンやろ」

平日だから普通のサラリーマンは仕事をしている。父には昼休みなら時間を取れると言われたので、一時間くらいは会える予定である。現在、父はＮＡＬの子会社のチケット予約センターで仕事をしている。一応それなりの待遇は受けているというが、どんな気持ちで仕事をしているのか、周りがどんな視線で父を見ているのか、考えると居たたまれなくて突っ込んだ話はこれまで一度もしてこなかった。

　国際線シフトが入ったせいで雅樹とはあまり顔を合わせておらず、したがってしばらく話もしておらず、品川から乗った新幹線の中で久しぶりにバカな会話（ナポリタンには「シャツに飛ぶ系」と「飛ばない系」「うっかりすると飛ぶ系」などの分類があるなど）をし、その流れで小野寺に交際を申し込んだことも伝えた。すると雅樹は眉間に皺を寄せ、断言した。

「おまえそれ間違いなく振られるパターンや」

「なんで!?」

「転職しようと頑張ってる女性に『いなくならんといて』とかただの足枷やんけ、重すぎるわ」

「転職はしてくれてええねん。止めるつもりはないけど、つながりは断ちたくないねん」

「それ。『してくれてええ』とか何様目線や。東京出てきて立派にひとり暮らししとる働く女性やろボブ。おまえと対等やろ」

　たしかに。雅樹の言葉は腑に落ちた。小野寺が自分に好意を持っているであろうことはうっすらと感じていた。だから、もう少し芳(かんば)しい反応を期待していたのだが、あのときの彼女の表情は喜びよりも困惑のほうが色濃かった。そういえば唐木も、お地蔵さんは羨ましいと言ったが小野寺がどんな返事をしてくるかの予想はしていなかった。

　ひととおり喋ったあと、雅樹は巻いていたストールを頭からかぶると電池が切れたみたいに寝始めた。治真は雨が降り始めた窓の外を眺める。父と最後に会ったのは大学を卒業した直後だった。自信に満ち溢れた表情で空を飛んでいたころに比べて見るからに精彩を欠いた父を直視できず、あのときも一時間くらいで別れたのだった。

　ＮＡＬの中途採用で最終面接に呼ばれたあと、初めて母に報告した。新卒の年からずいぶん経っていたので、あのときのようには取り乱さなかった。むしろ謝罪された。私が反対したせいで何年も無駄にさせてごめんね、と。ロータスで働いた時間は決して無駄ではなかったから、謝らんでええよ、と治真は答えた。

　名古屋駅に着くころにもまだ雨は降りつづいていて、眠りこけていた雅樹を起こし、下車して桜通口(さくらどおりぐち)のタクシー乗り場に向かう。十一月下旬の雨は冬の冷たさで、スニーカーの爪先から浸透してきた雨水が足先を凍えさせた。栄(さかえ)駅の近くで雅樹を降ろしてから父に指定された大きなビルの入り口に着いたときは、既に十二時直前だった。

　エントランスホールで待っていたら、昼休みの開始と同時にどっとエレベーターから人が吐き出されてきた。彩度も明度も低めの人々を見て、今の職場のほかは勤務時間が不規則なホテルでしか働いた経験のない治真は、普通の企業ってこうなんだな、と半ばそれほど外見が変わっていないことに安堵した。

圧倒された。しばらくののち、エントランスホールに父の姿が見えた。最後の記憶から

六宮さんと会った。お父さんは間違いなく無実だと言われた。ならば何故あの報道を甘んじて受け入れ、離婚をしたのだ。

どう見てもふくよかな人向けなボリュームのランチセットを前に、治真はなるべく感情が昂らないよう父に問うた。名古屋の喫茶店、ちょっと人の胃袋と消化機能を過信していると思う。

「六宮君、今どんな感じ？　元気だったか？」

「得体の知れない感じのオッサンやったけど、元気です」

「……すまなかった、迷惑をかけて」

父はテーブルの上に両手をつき、頭を下げる。そんな姿は見たくなくて、心を覆っていた、感情を漏らさないために築いていた壁が少し欠ける。

「謝らんで。何があったのか、本当のこと教えてください」

俺もう二十八だから。もう少しで三十だから。それなりに社会の仕組みも判ってきた年頃だから。治真の言葉に父は嬉しそうに、寂しそうに目を細めて笑った。

「あの便に使用されたあの機体、本当は導入すべきじゃないことは社長もご存じだった。でもあのとき、会社には導入しなければならない理由があったんだよ」

通信会社の現NTTや鉄道の現JRがもともと公共企業体だったように、航空事業もかつて半官半民だった。TSSが民営化された今でも当時の組織図の影響は色濃い。旧官庁や国営でなくても、大手ゼネコンなども国の部署に近く、彼らは主に国からの仕事を請け負っているいわば「国という企業の一部署」である。TSSが元半官半民企業として存在するため、創業時より民間のNALは国とはなんのしがらみもないはずだった。

しかし、Z社の機体の導入が決まる直前でTSSが会社更生法を申請した。これはもしかしたら、TSSの「新しい機体なんか導入してる場合じゃないですよ」というパフォーマンス、危険回避だったのではないかとNAL社内では噂されている。実際に決算のほうもひどかったらしいが、あのタイミングで破産を申請しなくても国からの資金投入は可能だった。結果、日本の航空会社としてその機体の受け入れを急遽(きゅうきょ)NALが行わざるを得なくなった。そして96便の事故が起きた。

「……なんでお父さんがかぶらなあかんかったの」

「関西弁、板についてるな」

「茶化さないで。真面目に答えて、お願いやから」

ぼろぼろと感情の壁が崩れてゆく。むき出しになっていく心が痛い。

「会社員だから、だな」

「バカなの？」

「バカだと思われるだろうけど、お父さんじゃなくてもほかのキャプテンでも同じことをしてたよ、守らなきゃいけなかったから、会社を」

「なんで」

「お父さんが罪をかぶれば、会社は無傷でいられる。当時まだＴＳＳは完全に立ち直っていなかった。そんな中で『危険だと判っていた機体を導入して乗客を危険にさらした』なんて報道をされたらＮＡＬの柱まで折れる。社会の仕組みが判ってきた年頃なら、サラリーマンとしてどんな対応がベストか判るだろ。ＴＳＳとＮＡＬが同時に崩れたら日本の航空事業は終わるんだ、そういう会社なんだよ、ＮＡＬは」

「でも」

　なんでお父さんじゃなきゃいけなかったの。

　社長は悪くない、と父は言う。企業ではときとして社長の言葉よりも取締役会の決定のほうが力を持つ。機体の導入は、取締役に名を連ねていた元議員の一存で決定された。Ｚ社と国との間で贈収賄があったことは明白で、社長は最後まで取締役会の決定に抗った。しかし誰も真実を調べなかったし報道もされなかった。そして事故が起きたあと、彼は父を社長室に呼び、「上」から降りてきた事故収束までのシナリオを伝え、目の前で床に額を打ち付け土下座した。

　機長、高橋健一殿、守ってさしあげられなくてまことに申し訳ございませんでした。

　たまたまあの便の機長が自分だった。たまたま96便の機体がＺ１６２だった。それでも父は「キャプテン」だったから、すべての責任を負わなければならなかった。そして社長は「社長」だったから、社員ひとりのパイロット生命よりも、会社全体を守らなければならなかった。

上の命じたシナリオどおり、96便の事故は「パイロットの薬物使用」というセンセーショナルな文言ばかりが原因として報道され、報道する側もそれを受け取る側も機体性能には目を向けなかった。やがて父は職を追われた。せめてもの償いか現在の雇用先は社長が用意したもので、終身雇用および退職金、嘱託勤務まで保障されているという。

「会社は、家族だから」

父は言う。六宮が「同期は家族だ」と言ったのと同じニュアンスで。

「俺だってお母さんだって家族やろ」

「だからまたこうして会えてるだろ」

「お母さんは知ってるの？」

「知らないよ。知らせるつもりもない。でも『あなたが無実だってことだけは判ってる』とは言われてる。お父さんはその言葉を信じてるし、今でも支えにしてるよ」

パイロットとして充分空は飛んだ。またあの上空三万フィートの痛いほど青い空を見たくなったら客として飛行機に乗ればいい。そう言うと父は腕を伸ばして治真の頭を撫でた。初めて自分が泣いていることに気づいた。

「……俺、国際線乗ってるんだ、今」

治真は手の甲で涙を拭い、苦くて硬いものを呑み込むようにひとつ深呼吸をしたあと告げた。

「え⁉　早くないか⁉」

「ホノルル便のときは連絡するから、お母さんと一緒に乗りに来て」

「……判った。そしたらまた三人でジャックインザボックス行こうな」

ハワイで暮らしていたころ大好きだったハンバーガー屋の名前に、治真は拗ねた声で抗議する。

「もっといいもん食わせろよ、ケチ」

頭を撫でていた手が拳に変わり、軽く額を突いた。

ＳＡＫＡＥ　ＮＯＶＡのＨＭＶで合流した、心配そうな雅樹の顔を見た途端、肩や膝の力が抜けてゆくのを感じた。

「腹減ったやろ、飯食い行こう、な」

駆け寄ってきた雅樹は自分より高いところにある治真の肩を抱き、歩き出す。

「いや、むしろ食いもん見たない、フリスク二粒くらいしか入らへん」

「ひとりで何食うたん！」

「久々に感動の再会を果たした親父と飯食ってん！」

「ならしゃーないな」

歩き出した雅樹の腕を解き、ありがとうな、と治真は言った。

父の言い分は、彼の息子である治真には到底納得できないものだった。でも、同じ企業に勤める者として、呑まなければならないものでもあった。時計の針を巻き戻すことはできない。国ぐるみで証拠を隠蔽されているなら、治真ひとりが糾弾しても「上」がその訴えを握りつぶすのは造作もないだろうし、何より時間が経ちすぎている。96便の事件なんて誰も憶えてない。悲しくて虚しくて、経過した時間の分だけ確実に老いた父の見せた笑顔に翳りがなさすぎて、本当は泣き叫びたかった。実際、雅樹がいなかったら泣いていたと思う。

「俺らの考察、合うてたか？」

「合うてた。ドンピシャや」

「さすがやな、俺」

「おまえ何もしとらんやんけ。啓介と悟志のおかげやろ」

「横から応援してたやん。どうするん、これから」

「どないしょうな」

外に出ると雨は完全に止んでいて、僅かだが空に光があった。

「せっかく来たし、雨も止んだし、熱田神宮でも行っとくか」

「そうやなくて」

「判っとる。まだ結論出されへん。せやから見守っといて」

「……口は出すで」

「出し過ぎたら追い出すで。ていうかおまえそろそろ家賃半分払えや。もう払えるやろ」

「とりあえず熱田神宮行こか！　何祈る⁉」

そそくさと歩みを速めてあからさまに話題を逸らす雅樹を、治真も足早に追いかける。競歩みたいになって、しまいには走り出して、赤信号に捕まったところで息を切らして立ち止まる。

いつか、正しい行いが為されることを。

「……篤弘の釈放祈らんとな」

「せやな！　いやそれ祈ってどうこうなる問題か？」

「祈らんよりマシやろ」

時間が経ち過ぎていると思っていたが、時間が経っているからこそ可能なこともあるはずだ。でも今それを考えるのは治真にはキャパオーバーで、ひとまずここは神様に預けたあと、東京に戻ってから口しか出さない隣の男と、ほかのふたりのクルーたちにまた助けてもらおうと思った。

# 第六話

都心のソメイヨシノが開花するころ、悟志から結婚の予定があると連絡が来た。秋から冬にかけて挙式を予定しているが、おそらく式は親族のみ海外なので日本でやる予定のパーティーだけ出席してほしい、とLINEのグループトークに届いた。

「相手どんな人？」

「一年くらい前に合コンしたTSSのCA」

悟志の答えに、以前聞いた唐木の言葉は真実なのだなと実感する。そして彼が結婚式をする時期には世界情勢が落ち着いていることを切に願う。

年が明けて一ヶ月ほど経ったころ、治療薬のない疫病が流行(はや)り始めた。疫病はまず日本を含む東アジアを中心に多くの感染者と死者を出し、約一ヶ月後、欧州と米国で爆発的に広がった。

不要不急の外出を控えるようにと政府から要請が出たため、国内外の移動に飛行機を利用する旅客は激減し、欧州各国への渡航制限もかかり、それに伴って便数も減ったため、NALは客室乗務員の約半数を一時帰休させた。その中に治真も含まれていた。

——貴様大丈夫か？　すごい災難でかなり災難だな。エドワードも心配してます。

ＮＡＬが半数以上の客室乗務員の一時帰休を決定、と各メディアが報じた日、転職後初めてラムから電話がかかってきた。ラムに転職先を話した覚えはないのだが、エドワードから聞いたのだろう。一時帰休と言っても完全に休みになるわけではなく、ＣＡはランダムに乗務する。つまりフライトの本数が減るだけである。治真も十日後には予定が組まれている。

——そっちこそ国に帰らなくて平気なの？　家族心配してない？

——シンガポールもう入国できないし、チャリンコで通勤してるだけのほうが安全。ディスィンフェクタンとマスクあるか？　昨日兄者から送られてきた。少しなら分けてあげられますぞ。

なんのアニメを観てるんだ今は。真剣な声で心配そうに訊いてくるラムの言葉に、笑ってはいけないと奥歯を嚙みしめ、「ありがとう、大丈夫」と答える。海外から来ているスタッフはだいたい徒歩一時間圏内に住んでおり、ラムもたしか清澄白河在住のため、頑張れば自転車通勤が可能だ。

——それで、貴様も会社命令でナウオンバカンスか？

——バカンスではないけど、明日から休みだね。

——じゃあロータスに遊びに来い。エンプロイープライスにしておいてやる。

——いや、従業員価格でもペントハウスは無理だって。一泊で四ヶ月分の給料だよ？

――ペントハウスは夏まで埋まってる。でも出迎えはエドワードがしてたし、ドアの前にはガードがいてルームサービスもゲストが連れてきたメイドがやってるからホテルのスタッフたちは近づけない。どこの誰なのかも知らされてない。こんなのはじめて！

――ほんまに駆け込み入国する人おるんやなあ、どこの富豪やろなあ。

――東京、どこもレジデンスやペントハウスはフルだそうよ。私は部屋埋まってるから出勤しなきゃいけない、だがしかし仕事ない。間もなく暇で悟りそうです！　遊びにきて！

というやりとりが行われたのが二日前。結果、今まさにロータスのラウンジで治真と雅樹は、悟志とLINEで言葉を交わしている。メインエントランスに立っていたカザフスタン人のドアマン、たしか名前はドミトリだったたか、彼はマスクとゴーグルとゴム手袋を着用したうえサーモキャプチャーと消毒液を手にし、治真の顔を見ると「クビになったか？　今は雇う余裕ないぞ」と笑いながら手に消毒液をふきかけた。元気そうでよかった。

世界中の様々な企業がワンフロアまるごと「テレワーク用に」長期で借り上げているらしく、しかしエドワードの判断で「うちのスタッフの安全を守るため」にテレワーク滞在のゲストたちの部屋の外への外出は基本許されていないらしく、客室係とルームサービスは地獄のように忙しいそうだ。ラムも朝晩はそちらに駆り出されているという。

いつもは予約が取れないアフタヌーンティーなのだが、今日の客入りは半分以下で、仕事モードが完全にオフの私服姿のラムも同席していた。彼女が同席していないと従業員割引が利かないから、と言われたがたぶん本当にヒマだったのだと思う。

「友達、金持ちか？」

ティーポットから二杯目の紅茶を注ぎながらラムが割と真剣な顔をして訊いた。

「たぶん俺よりはサラリーいいと思うけど、なんで？」

「日本のエアラインのキャビンアテンダントと結婚できる日本人の男は金持ちだけだと聞いたから」

間違ってはいないけれども。言葉にされると苦笑いしか出ない。

「今から来る友達がその金持ちか？」

「いや、その人は今ファブリックの買い付けでインドにいる。今から来るのは違う人」

「今から来るのは何をしている人か？」

「たぶん今は無職やけど、元々はなんやセレブな服屋の店員。シャネルやっけ、グッチやっけ、なんやっけ？」

「◯ィオールや」

即答した、向かいに座る雅樹の表情には心なしか緊張が窺える。治真も内心ドキドキしていた。顔を合わせて、最初になんて言えばいいのか、まだ正しい答えが見つかっていない。

昨年名古屋で父と話した十日後、たいして寒くもないのにクリスマス商戦真っ只中で街中が祭りのようなロサンゼルスにステイしていた日、社内メールで社長秘書の渕上（ふちがみ）という男から連絡が来た。帰国したら連絡をしてほしいという内容だった。六宮の顔が浮かんだが、彼は報告はしないと言っていたし、その言葉は信じたかった。

帰着後のデブリーフィングを終えてひとりになってから、メールの末尾にある番号に電話をかけた。電話口に出た渕上は思っていたよりも声が若く、事務的にこのあとの予定の有無を確認してきたので、あとは家に帰るだけだと伝えると、本社に来て自分を訪ねるように言ってきた。

本社ビルに着いたのは受付スタッフが既に帰宅している時間帯だったため、無人のデスクに設置されている電話の内線番号を押して渕上に到着を伝えた。そして指定された階に向かった。

エレベーターホールには渕上と思われる男が待っていて、治真のスーツケースと上着を「お預かりします」と言って半ば奪っていった。

――お疲れのところ御足労いただいてすみません。ご連絡申し上げた渕上です。

――滅相もございません。客室乗務員の高橋です。

上っ面の愛想なら俺のほうが上手（うわて）や、と、同じ人種の匂いをかぎ取った治真は無駄に対抗心を抱く。が、それも数秒でしぼんだ。社長に奇襲をかけて事情を聞き出そうと目論（もくろ）んでいた自分の浅はかさを、面恥（つらはじ）と共に思い知った。エレベーターホールから数十歩、ものすごく厳重なセキュリティを突破しないと、そもそも社長室のあるエリアにすら立ち入れない構造になっていた。指紋と虹彩によって解錠するドアを渕上が慣れた様子で開き、更にその先にはトークン式のナンバーロックが施されたドアもあった。

――私も詳細は知らされていないのですが、社長から高橋さんをお連れしてほしいと命じられまして、スケジュールを調べさせていただきました。一時間ほど会食の予定をずらしましたので、社長は在室されています。こちらへどうぞ。

そう言って姿勢よく歩みを進める社長室のフロント（という言葉があるのかどうかは知らないが）には、八台のデスクがあった。まだ残って何かの作業をしているスタッフも数人いる。どう頑張ってもここは突破できなかったわ。

社長室の扉自体はアナログで、渕上はインターフォンを押すと「高橋さんがお見えです」と告げ、扉を開けて治真を中に入れた。

リノベーションはあったかもしれないが、ここが、父が社長に土下座をされた部屋か。小指の先程度の感慨を胸に、治真はデスクの向こうで立ち上がった背の高い男を見た。年齢はたしか六十五歳のはずだが、彼の見た目がそれより若いのか老いているのか治真には判断がつかなかった。ただ、一万人以上の社員の命と生活を背負う、トップに立つ人間の威厳や凄みみたいなものはその眼光や佇まいから見て取れた。

――客室部の高橋治真です。

閉まったドアを背に治真は頭を下げる。

——井岡です。疲れてるだろうに、来てくれてありがとう。どうぞこちらへ。

社長の井岡は部屋の窓際にある応接セットのソファを示した。こういう場合はどっちに座るのが正解なんだろうと思いながらも治真は指示された、おそらく上座に腰かける。

——あなたの父上、高橋元機長からあなたについてメールが届きました。

前置きとか世間話とか、そういう類の言葉は一切なく、井岡は切り出した。

——まさかご子息がうちに入社しているとは知りませんでした。大きな声では言えませんが、新卒でも中途でも内定を出す際には必ず身上調査をしています。どうして父上の情報が漏れたんでしょうね。

——96便の事件のあとに両親が離婚をしておりまして、私も成人するとき母と戸籍を分けたからです。

——……そうでしたか。

井岡はそこでいったん言葉を途切らせる。おそらくこの機会を逃したら二度と社長とタイマン張る、じゃなくて、ふたりきりで会話などできないだろうと考え、治真は思い切って訊いた。

——父のメールには何が書かれていたのでしょうか。

——息子のことを頼みます、と。余計な気づかいは不要だが、自分のような思いをさせないでほしい、と、そのようなことが。

——それで社長はどのような返信をされたのですか？

——誠意ある返信をするために、今日あなたに来ていただきました。

父は井岡に、自分が何故パイロットを辞さなければならなかったのか、当時の概要を息子に明かした、とも伝えていた。井岡はまず治真に、この会社になんのために入社したのかを尋ねてきた。採用時の役員面接では社長は不在で、専務の面接が最終だった。あのときの半ば舌先三寸の志望理由をトレースするべきか逡巡したが、結局治真はシンプルに「ＮＡＬのパイロットになりたいからです」と答えた。

——私が応募したのは客室乗務員の募集でしたが、二年勤務したら転属の希望を出せるかたちでの採用方法でした。僅かでも希望があるなら挑戦したかったからです。

言い終わったとき、インターフォンが鳴り、渕上がティーセットの載ったトレーを手に部屋へ入って来た。ローテーブルに置かれたカップに、良い香りの立ち上るコーヒーが注がれる。

——なぜパイロットになりたいと思ったんですか？

渕上が立ち去ったのを確認したあと、井岡は尋ねた。

——質問でお返しして申し訳ありませんが、社長は子供のころの「将来の夢」に明確な理由がありましたか？

——……「社長になる」とは書いてありましたね、小学校の文集に。でもその当時何を考えてそう書いたのかは正直憶えていませんね。

——私は明確な理由を自覚する前に、96便の事故によって将来の夢を一度断たれています。ほかの業界で五年働きました。それでも諦めきれなくて、かつての父と同じNALのパイロットになりたくて、僅かな希望に賭けてNALのCAに応募した、というのは社長のおっしゃる「なぜ」の答えにはなりませんか？

井岡は表情を緩ませる。そしてテーブルからカップを取りまだ熱いであろうコーヒーに躊躇なく口を付けた。治真も「いただきます」と断ってからカップを手にする。

——今のあなたに言っても醜い自己弁護にしか聞こえないでしょうが、……今でもずっと模索している。あなたの父上のパイロットとしてのキャリアを私が奪ってしまった。そのうえ、あなたの家族まで壊してしまったことを今日知った。あのときもっと自分が賢くて発言力や実績があったら、権力に従うだけではなくほかの方法を見つけられていたかもしれません。

この部屋に入ってから初めて、形式的ではなく素に近い井岡の声が聞けたと治真は感じた。そこで終わりではないと思ったので黙って先を促す。

——当時はまだ就任して間もないころで、その人事に社内の反対も少なからずありました。内部の混乱も収められず、付け入る隙を与えて権力に屈してしまった青二才だった自分を、今思い出しても殴りたくなる。あの屈辱を二度と繰り返すまいと、この十五年間、自分なりに身骨を砕いてきたつもりです。

——かなりお若かったと伺っております。たしか五十歳で社長に就任されたんですよね。

五十歳は普通に考えるとおじさんだが、経営者としては井岡の言うように青二才として扱われるのだろう。還暦をとうに過ぎた、国の偉い人たちと肝胆相照らす仲の取締役群を相手に単身で戦うには彼は若すぎた。身骨を砕いてきた結果、今ならきっと同じ申し出を受けても突っぱねるだろう。言葉の端から僅かに窺えた、井岡の心中に今なお生きつづける慚愧（ざんき）には憐情（れんじょう）すら覚えた。

――あなたが希望するなら、二年待たずに異動できるように手配します。ただしやはり適性検査は受けてもらわなければならない。適性がなければ違う部署で勤務してもらうことになりますが、どうしますか？

半分くらいに減ったカップをソーサーに戻し、井岡は探るような目をして訊いてきた。

――それは父の言った「余計な気づかい」にほかなりませんよね。

治真も、熱くて一口しか飲めなかったカップを戻す。井岡の提案は望んでいたはずの言葉だった。啓介たちに会ったとき、仲間内で自分だけ置いていかれていることに気づき、早くパイロット養成コースに行かなければと焦燥感に駆られた。しかし今この場で喜んで彼の提言を受け入れてしまったら、父の無念を踏み台にした自分を一生許せないだろう。

――お申し出はありがたいです。でもそれで社長と私になんらかの貸し借りが生まれるのも回避したいので、予定どおり二年間客室部で働いたあと、正しいルートで挑戦させていただきます。

——判りました。ありがとうございました。これで高橋機長のメールに返信ができる。

あ、と治真はそのとき思った。自分のキャリアパスのことはさておき、これはもしかしてすごくもったいないことをしているのではないか。上に立つ者は間違いなく上に立つ者同士のネットワークを持っている。話を終えたとばかりに立ち上がりかけた井岡に向かって、治真は前のめりに声をかける。

——あの。もしその「余計な気づかい」を私以外の方面へ転用していただくことができるなら、ひとつお願いがあります。お時間は取らせませんので聞くだけ聞いていただけないでしょうか。

——聞ける内容ならば。

——今、私の友人がひとり逮捕されています。報道は一切されていませんが、調べた限りではたぶん逮捕の理由は山村一朗太の息子が起こしたひき逃げ事件の身代わりです。二ヶ月前に担当した鹿児島⇒羽田便で偶然、その友人が護送されるのを見ました。もし無実の友人を救う方法をご存じでしたら、教えていただけませんか？

治真の問いかけに、それまで表面上は静穏を貫いていた井岡は、ゴルゴ13か出陣の武士かのごとく、眼光炯々（けいけい）、薄い唇を結んで眉間（みけん）に深く皺（しわ）を刻ませた。

あのあと、父からは「息子よ、君は社長に何を言ったのですか？」とメールが来た。

父の話によれば、彼のアカウントが本社のリストに残っていたのは六宮の言う「監視用」ではなく、父と社長が直に連絡を取り合うためだったらしい。一年に一度必ず「不自由はありませんか」という、半ば生存確認みたいな連絡が来ているという。

――無実の人を救う方法をご存じないか訊いてみただけです。大学の友達が身代わり逮捕されてる、今。

――治真、おそろしい子！

――社長のほうが百万倍恐ろしかったわ。お父さん、そういう漫画読むんだ。

――昔お母さんに読まされた。あれ結局完結した？

――俺もお母さんに読まされたけど、まだだと思う。

社長からは、一筋縄ではいかない息子さんですね、と言われたらしい。治真はＣＡ採用ではなく総合職採用、しかもＮＡＬはごりごりの日本企業なので、そう簡単には解雇されないだろうという根拠のない賭けだったのだが、あのとき社長は眼力で人を殺せそうな顔をして「方法が見つかったらまた連絡します」とだけ言った。父の事件のあとの十五年、彼がいかなる戦地を生き抜いてきたかが一瞬で見て取れる老練の表情で、あーこれ触れたらあかんやつやったなー調子こいて余計なこと言うてしもたなー俺クビやなーロータスまた雇ってくれへんかなー、と、身体半分くらい蜂の巣になって治真は部屋を出たのだった。

結局クビにはならなかった。連絡もなかった。しかし今日、篤弘がここに来る。昨日、インドにいる悟志から「篤弘が娑婆に出たとのこと」と連絡があり、ひとまず入手したという携帯電話の番号が送られてきた。慌てて啓介にも連絡をしたのだが、返信は「先月から例のツールの納品と動作テストで某国に来てたんだけど、疫病騒ぎでしばらく帰れない、ていうかホテルから出られない、出たら撃たれる」と悲惨なものだった。「必ず生きて帰って来いよ」という言葉を、冗談ではなく本気で使う日が来るとは予想もしていなかった。

「篤弘、ホテルの入り口で止められてるって」

そろそろ着くころだろうか、と思っていたら悟志からＬＩＮＥが来た。

「マスクしてないのと、あとホームレスに間違えられてるらしいから、誰かマスク持って迎えに行ってあげて」

なんてことだ。

雅樹に「行く？」と尋ねたら「どんな顔して会えばいいか判らん」と拗ねた声で言われたので、仕方なく治真が席を立った。

「ラム、マスクの予備ある？ 兄者から送られてきたって言ってたよな？」

「一枚二百円で売ってやる」

「意外と良心的だな」

ラムが「じゃあ二千円にしとく」と言って鞄の中から取り出した、このご時世、あらゆる布製品の中で何よりも価値のある個装の不織布マスクを受け取り、治真はエレベーターを下った。人気のないエントランスで、たしかにホームレスに見えなくもない上下スウェット姿の篤弘と、アルコールスプレーを銃のように構えたドミトリが言い争っているのが見えた。さすが徴兵制度のある国出身の人。スプレーボトルなのに様になってる。

「ドミトリ！」

治真が慌てて駆けてゆくと、ドミトリはこちらを見て「おまえマスクしろよ！　感染者出たらドアの責任になるんだぞ！」と鬼の形相で叫んだ。

「上で茶しばいてたんだよ、その人俺の友達だから通してあげて。ホームレスみたいに見えるけど実は全部グッチの服だからそれ」

ドミトリは篤弘に向き直ると信じられないという顔をして「本当か!?」と訊いた。篤弘は治真の差し出したマスクを受け取り、装着しながら「友達なのは本当です」と答えた。

「でも服のブランド名はGとUしか合ってない」

「それでももうちょっとどうにかなったやろ、なんでよりによってそれ選んだん」

言い終わるか終わらないかのうち、篤弘は腕を広げると倒れ込むように治真に抱きついてきた。

「また会えてよかった、いろんな意味で」

「こっちの台詞や、鹿児島便で名前見たとき目玉飛び出るかと思うたんやで」

治真も篤弘の背中に腕を回し、その存在を確かめた。ハグしたのなんて卒業式以来で、彼が痩せたのか太ったのかも判らなかった。

「俺の父親、反社のフロント企業の社長だったんだ。そこが『順』の起点な」

雅樹の「何がどうして今こうなってるのか、きちんと順を追って話せ」という詰問に、篤弘はそう口火を切って雅樹をはじめ一同を黙らせた。何故かラムも「反社」という判りにくい言葉を「やくざね」と半分くらいは理解していた。

篤弘は小さいころから、自分の家が世間的にどういう立ち位置にいるかを自覚していたそうだ。子供のときから周りには「悪い仲間」がたくさんいた。彼らが順調に半グレ予備軍へと育っていく中、このままだと自分までその渦に呑み込まれると焦りを感じた篤弘は、中学卒業後の進学先を決める際、地元から逃げるため親に「留学させてくれ」と頼んだそうだ。三年間で戻ってくることを条件に、わりと簡単に許可は下りた。

帰国後、入学した大学で治真たちと出会い、篤弘は嬉しかったのだという。

「地元だと親父の会社のことで人から距離置かれて、留学先でもやっぱりアジア人差別はあって、これは地域にもよるんだろうけど、だから大学入って、自分のバックグラウンド知らない人間と付き合うのってこんなに気が楽なんだなって」

「大学に地元の人間おらんかったん？　実家たしか港区やろ」

「中学まで違ったの。大学進学率めちゃくちゃ低いエリアだったの。それに実家ももうない」

卒業後に一度は企業に就職したが、結局彼は親に引き戻された。

「表向き起業するって言ったけど、別の会社が必要になってそこを俺が任されただけ」

「結局業務内容教えてくれんかったよな。何の会社やったん？」

「人材派遣業だけど内容は知らないほうがいいと思う。俺もできれば知りたくなかったから」

篤弘の父親の「上にいる人」と山村一朗太がお友達だったらしく、篤弘が新しく会社を任される際、一度だけ「上にいる人」と父親と共に、山村一朗太と食事の卓を囲んだ。そのとき何故かZ社の話題が一瞬出たそうだ。話題の中心は海外の新薬の治験に関するものだったが、話の半ばで「またZ社のようなことになったら今度はどう対処するのか」という発言が「上にいる人」の口から出た。篤弘はそのとき即座には新薬と航空機メーカーがどう結びつくのか判らなかった。後日、96便の事故が起きたときの与党が人民新党、かつ国交相が山村だったことを思い出し、使用機材を調べた。当時導入したばかりのZ社のものだった。

山村にとって「人材派遣業」が必要なくなったタイミングで、篤弘はそのまま彼に雇用してくれるよう願い出た。大学生のとき彼は趣味と実益を兼ねてナイトクラブ的な店でアルバイトをしていたことがあり、若い女の扱いにも中年の男の扱いにも慣れているし英語ならば通訳もできる。いつか自分も先生のような政治家になりたい。傍に置いてもらえませんか。そう頼み込んだら事務所のスタッフとして雇用してもらえた。自身の経験から綺麗な仕事をしている人間ではないことは判っていたため、もし何かあったとき、万が一にも友人に被害が及ばないよう、個人情報になり得るものはすべて捨て、余計な情報を与えないよう連絡も絶った。

「……なんで？」

そこまで黙って聞いていた雅樹が思いつめた顔をして口を挟む。

「何が？」

「なんで携帯もSNSもぜんぶ消したのに悟志だけとは連絡取ってたん？」

「悟志だけは暗記してたから、メールアドレス」

「俺のも暗記しとけや！」

「いや、なんかすげー長かったじゃんおまえのメアド」

「普通に『Le_Fabuleux_Destin_d_Amelie_Poulain アンダーバー俺の誕生日』アットマークやん！　『アメリ』の原題やん！　むっちゃ憶えやすいやんけ！」

「サブカルの扉の前に佇む童貞かよ、憶えられるわけねえわ」

篤弘の話を聞いていた限り、彼が山村のところに行ったのはZ社の話がきっかけである。彼がそこに何か関係があるとは思えない。だとしたら彼は治真のために行動を起こしたという理由しか見つからない。

「……なんで？」

治真は数秒前の雅樹と同じ問いを口にした。篤弘はたしかに危険を好むタイプだった。

学生時代、闇カジノのバイトを治真と雅樹に紹介してきたのは彼だ。今思えば父親の筋の仕事だったのかもしれないが、それまで働いていた彼が、他の仕事をしたいからとふたりに引継ぎをしたのだった。ありえない服装での富士登山も、大怪我をして帰ってきた中東ひとり旅も、彼が好きこのんでやったことだ。しかし「万が一にも友人に被害が及ばないよう」などという物騒な想像をしてまで何故そんな虎の穴に身を投じたのか。

　今度は篤弘はその意図を説明せずとも理解したらしく「おまえ、俺の命の恩人だから」と答えた。

「そんな大層な恩着せた憶えないねんけど」

「五人で箱根行ったとき俺がバイクこかして大怪我したの憶えてるだろ。あんとき悟志は脳震盪（のうしんとう）起こしてて、啓介は血い見て倒れて、雅樹は泣きながら吐いてて、治真だけが冷静で、救急車呼んで応急処置してくれたの。あんな状態だったけど俺うっすら意識あったの。結構な大怪我だったから、止血してなければ危なかったかもしれないって医者に言われたの」

　たしかに、あれはちょっとした地獄だった。人ってこんなに脆（もろ）いんだ、と他人事（ひとごと）のように思いながら着ていたシャツを裂いて圧迫止血したのを思い出す。

　篤弘は、こいつに何かあったら必ず助けて借りを返そう、と決心した。後日、治真の父親が過去に96便の航空事故を起こしたパイロットだという話を打ち明けられた。きなくさい話だな、と長いあいだ記憶に引っかかっていたそうだ。

「スリルは最高だったけど、そう簡単じゃなかったわ」

しみじみと篤弘は言う。そんな篤弘に雅樹は不貞腐れた顔で抗議する。

「簡単も何も、ぜんぜん判らへんわ。俺かて恩人やろ、おまえが勝手に中東行ったとき代わりに講義出て出欠カード出してたの俺やねんで」

「おまえ学籍番号間違って出しただろ、全部。あれで俺何個か単位落としたんだぞ。恩人どころか敵だわ」

山村の事務所や屋敷に出入りするようになり、篤弘はZ社と人民新党とのつながりや金銭授受を証明するデータか何かがないかを、隙を見ては探した。が、自身が関わった人身売買のような人材派遣業の仕組みとその背後にあるものを鑑みれば、彼が自分に不利になる証拠を残しているわけがなかった。ただし後日、山村が金と人と制度に付随する紙類をこねくり回して異例の速さでPMDA（医薬品医療機器総合機構）の審査に通って認可された新薬の副作用で速攻人が死に、古くからいる秘書が「第二の『高橋機長』が必要になりましたね」と言ったのを篤弘は確かに耳にした。このときは厚労省の誰かが責任をかぶらされたという。

「すげえ壮大なスパイごっこができて治真に恩も返せる、俺も楽しいしうまくいけば治真も助かる、これ一石二鳥じゃね？　ってノリと勢いだったんだけどね、まさかバカ息子の身代わりにさせられるとは思ってもなかったわ。俺ならうまく逃げ切れると思ってた、甘かったわ」

その後、篤弘の父親の「上にいる人」が暴対法でしょっぴかれたと同時に篤弘の父親もどこかに身を隠さざるを得なくなり、篤弘自身も山村とは縁もゆかりもない存在になったため丁度いいとばかりに、所轄で細々と捜査のつづいていた山村の息子が起こしたひき逃げ事件の犯人に仕立て上げられた。篤弘は事前にほかの秘書、というか何度かセックスした女性からその事実を告げられ「逃げて！」と言われ、パスポートが切れていたためとりあえず九州まで逃げたのだが、逃亡生活一ヶ月弱で捕まった。捜査をつづけていた所轄も警視庁の「上のほう」も、篤弘が替え玉だと認識していたという。

「だから、マジでなんで娑婆に出られたのか未だに理由が判らないんだけど、治真おまえ、なんかした？」

本当にそんなことあるんだ、アメリカのドラマみたいだな、と思いながら話を聞いていた治真は、話を振られて我に返る。自分ではない誰かがたぶん何かした。が、詳細を聞く機会もないだろうし、何をしたのか知るのも怖い。

「なんもしとらん。でもとにかくまた会えてよかった、無事でよかった、ホンマに、いろんな意味で」

「俺もなんか恩売りたいねん！　あ、ならここの代金俺が払うから恩感じてや？」

「それは学籍番号の件でチャラな」

「その前に家賃払えや。俺しばらく給料四割減なんやで」

どうやって篤弘を娑婆に出したのか、という大きな疑問を残しつつも表面上はだいたい真相が明かされ、男三人がぎこちなく距離を測りながら再会を喜んでいるところに、難しい顔をしたラムが「ちょっと待て」と口を挟んできた。

「じゃあ貴様、見た目だけではなくマジでホームレスなんじゃないか？　家ない、仕事ないですね？」

「ていうかさっきから訊こうと思ってたんだけど、こちらの、歯に何か着せてあげないと駄目な感じの方はどなた？」

「ここの従業員で元同僚のラムです、シンガポールの方です」

今まであまり考えたこともなかったが、たしかに彼女の歯はいつも衣（きぬ）を着ていないというか全裸だ。ここに現れた篤弘を見た彼女の一発目の言葉は「とてもイケメンですね！」で、二発目は「しかしホームレスのようですね！」だった。

「そう、じゃあラムさん、『貴』と『様』はどっちも良い意味の漢字だけど、日本語では組み合わせると罵倒（ばとう）だからね？　しかも俺ら初対面よね？」

「All right then, 貴殿、アメリカで住んでいた場所はどこですか」

「そう来るか。ニュージャージーです」

イエス、と言ってラムは指を鳴らす。何かの拍子に指を鳴らす人を肉眼で初めて見た。

ニュージャージーはアメリカ合衆国における、日本の首都圏で言うところの埼玉である。橋を渡ってマンハッタンに足を踏み入れるためには通行手形が必要だと言われている（十年後にこれを読む人へ。二〇一九年にそういう映画があったんです）。

「東側には慣れてますね。しかもセレブな接客の経験者ね。ニューヨークに新しくロータスがオープンする、今年の秋。リクルートしてるから応募しろ、ミスターホームレス」

「は⁉」

「今の日本で再就職ができるなどと思いあがりなさんなよ。貴殿はイクスカンね。でも海外ならごまかせる。しかも治真の友達ならエドワードも安心する」

「え、エドワード異動すんの⁉」

イクスカン、という単語が理解できなかったがひとまず驚きが口をついた。

「そう。彼は私をニューヨークに連れていこうとしている、でも私は恋人が日本にいるから行きたくない。だから貴殿は早急にレジュメを書け」

バータイムが始まると同時にラウンジから追い出され、ラムはルームサービスの応援で仕事へ、ほかの三人は治真の部屋へと向かった。テレビ電話を使って五人で宅飲みをしている最中、突如ラムの言った「イクスカン」が「ex-convict（前科者）」の略だと理解した。厳密に言えば篤弘は受刑者ではない。したがって前科は付いてない。だから篤弘は気にするなと笑うだろうが、彼の人生に逮捕歴を作ってしまった事実が、治真にとってはあまりにも重かった。


都心のソメイヨシノが散り始めるころ、二ヶ月ぶりに小野寺と会った。珍しく、というか初めて彼女から「会いたいです」と連絡が来た。便数が減ったため最近はシフトが変わったらしいが、彼女はまだ国際線ターミナルで働いている。換気の悪いカフェやレストランはできれば避けたい、と言われたので近くのインドカレー屋でテイクアウトをし、明らかに人の減った川沿いのベンチでふたりで食べた。念のため距離を一メートルほど空けて座った。

社内で何が行われたのかは明かしていない。しかし父が本当に無実だったことはあのあと電話で話していた。自分のことのように喜んでくれた。

「なんかこれ、ひとりフェスのふたり版って感じでいいですね」

ナンを一口大に千切りながら晴れた空を見上げ、小野寺は楽しそうに言う。

「単純に『ふたりフェス』じゃダメなん？」

「それでもいいです。あ、じゃあ一緒になんか聴きます？」

ワイヤレスだから離れてても平気ですよ、と言って小野寺は鞄からイヤホンを取り出そうとしたが、治真は止めた。

「なんかこの静かさがまだ珍しいから、このままでいい？」

少し前まで外国人日本人問わず観光客がたくさん訪れていたこの隅田川沿いの遊歩道は、今は世界が終わったかのように静かだった。太陽の光を穏やかに反射する水上には観光船の往来もない。

「お友達、本当にホテル応募するんですか？」

カレーを食べ終えた小野寺はフリスクを嚙み砕き、マスクを装着したあとこちらを向いて尋ねてきた。

「うん。たしかに逮捕歴があると日本での就職は難しいだろうからって。あのホテル、基本アジア人を優先して雇ってるから多分雇ってもらえるんじゃないかな」

「そっか、羨ましいなあ」

ため息のような小野寺の言葉に、治真の心は痛んだ。

彼女は転職を決意し、それに向けて全力で頑張っている最中、疫病によってすべてをひっくり返された。このままだと破綻するかもしれないと一部で噂されているＴＳＳやＮＡＬなどのＦＳＣに限らず、地方の空の移動を主とするＬＣＣもこの先一〜二年間はＣＡを採用しないだろうと言われている。

治真はしばらく休業扱いになったが、唐木は今後も常勤する人員として現場に残っている。彼女の話によれば、独身でひとり暮らしで体力のある、比較的若い中堅スタッフが選別されたのだろうという。今は乗客が十人くらいしかいないフライトもあるそうだ。飛ばすだけ赤字である。

「まさかこんなことになるなんて思ってなかったなあ」

無理に明るく振舞っている小野寺の様子が不憫で、治真はかける言葉が見つからなかった。転職が決まったときに返事をくれればいい、と条件を付けた交際の申し込みも宙に浮いたままになっている。

「何年後になってもええやん、挑戦すればええやん。小野寺さんも東日本大震災のあと日本がどんだけの速さで持ち直したか見てきた世代やろ。もちろんまだ被災地は元通りとはいかんやろうけど、今度も必ず持ち直す、だから大丈夫や」

苦し紛れに絞り出したのは我ながら薄っぺらい慰めだった。案の定小野寺はこちらを睨みつける。

「簡単にそういうこと言わないでくださいよ！　高橋さん、休業してから羽田に来ました⁉　飛ばない飛行機がお墓みたいに並んでるエプロン見ました⁉　飛行機、ぜんぜん飛んでないんですよ⁉　あれ見たら大丈夫だなんて思えませんよ！」

出会ってから初めて、声を荒らげる小野寺を見た。即座には適切な言葉を返せなかった。

自宅待機となる直前はまだ結構な便数が飛んでいた。しかしそのあと入国する便も出国する便もより少なくなり、ニュースの記事で小野寺の言う「お墓」状態の駐機場の写真を見たとき、少なからず不安は覚えた。

「男の人は何歳になっても転職できていいですよね。でも私、女だから。とくにCAなんて三十過ぎたら経験者じゃなきゃ絶対就職できないから。何年も待ってる余裕ないんですよ！」

マスクで顔が半分隠れているので、彼女が今本当はどんな顔をしているのかは判らない。でも眼の縁が赤くなっていた。マスクの下では唇を噛みしめているのだろう。

女だから。男だから。無理だから。ダメだから。

最初に就職した会社が、見た目と素質と語学・コミュニケーション能力があればどんなセクシュアリティの人間もフラットに雇っていたため、社会におけるその区分けをあまり気にせずに働いてきた。ラムを初めて見たときはティーンエイジャーの少年だと思ったし、顔に化粧を施して働く男性も、あのホテルには何人もいる。

「……判ってあげられなくてごめんな」

「いえ、私も、高橋さん何も悪くないのに、ごめんなさい」

小野寺は鞄からティッシュを取り出すとマスクをずり下げ、音を立てて洟をかんだ。

治真はしばらくの沈黙ののち、思い出したことを口にした。

「……俺、唐木さんと、ＮＡＬに入社する前に一度会うてるん。これ話したっけ？」

「前に唐木さんから聞きました、機内で助けてもらったって」

「そっか。そんとき唐木さんがファーストで難儀しとった客が、香港だか中国だかの大富豪やってんけど、小学生くらいのお子様連れやったん。そのお子様が、戸籍上の性別は男の子なんやけど中身は女の子で、将来はＴＳＳのＣＡになりたい言うとったん、女性用のＣＡの制服着て働きたい言うて」

「……」

「俺そんとき、なれるよー、着られるよー、働けるよー言うて、君が大人になるころには俺ら大人がそういう社会にしとくでー言うて、俺にできることはしよう思ってるけど、十年後の日本で外国籍の男の子が日本の航空会社で女性ＣＡになろうとするのと、今の日本で女性の小野寺さんがあと五年くらいＣＡになろういうて頑張るのと、どっちがしんどいやろな」

そこまで言って、しまった、と思った。思い出して頭に浮かんだことを述べただけなのに、これじゃ小野寺を責めているみたいに聞こえてしまう。

「ごめん、別に小野寺さんとその子を比べてどうこう言うてるわけや決してないねん。仕事に性別や年齢の括りはある程度必要や思うけど、俺が働いた限り、ＣＡの仕事内容には性別の括り必要ないねん。年齢の括りも、誰かが言うとったけど三十代の女性まだギャルやねん。ただ、日本のエアラインが最近まで若い女性ばっかり採用してきたいう慣習があるせいで小野寺さんがそう思うのも仕方ないのは判る。デリカシーなくてごめん、ほんま」

小野寺は地面を睨みつけるようにして黙っていた。雅樹の「おまえそれ間違いなく振られるパターンや」という言葉が鮮明に蘇る。振られるどころかこれは人間関係も壊してしまったかもしれない。俺としたことが。何をやってるんだ。

「……高橋さん、前に私に付き合ってくださいって言ってくれたとき、いるのが当たり前なだけで、私のこと好きなのかどうかは判らないって言いましたよね。あれ、今でもそう思ってます？」

沈黙ののちの小野寺の発言に、治真は「終わった」と思った。相手から聞かされるとまことにデリカシーの欠片もない。そこは嘘でも「好きだ」と伝えておくべきだった。

しかしそれはやはり嘘にほかならないので、治真は項垂れて頷いた。

「私、高橋さんのこと、会ったときから素敵だなって思ってました。好きなんだとも思ってた。でも私とは住む世界が違う人なんだなって痛感したことも何度かあって、やっぱり好きと素敵は種類が違うなあって気づいて」

「せやな」

「だから、私たちもしかしたら同じなんじゃないかって、今、ちょっと思いました」

だから、ごめんなさい。とつづくはずの言葉が、なんだか少し違う方向に曲がったため、治真は顔を上げて小野寺を見た。

「……はい？」

「さっきの言葉聞いて、やっぱり高橋さん素敵だなと思いました。住む世界が違うからこそ、私が考えもしないことを知ってるし教えてくれる。イタリアンポーカーとか」

「それ考えたの俺やない、雅樹や」

「私にとって高橋さんは『素敵な人』で、高橋さんにとって私は『当たり前にそこにいる人』なんですよね。そこに『好き』がないのは一緒ですよね。ならいいんじゃないかって思ったんです。私、正直もう今は頑張れない。あのお墓みたいなエプロンとガラガラの搭乗ロビー見ちゃったら、頑張るだけの気力が保てない。こんな気持ちをひとりで抱えてるのしんどすぎる。だったらしばらくは、素敵な人にとって当たり前にそこにいる人でいたいです」

「……」

「それじゃダメですか？　私が高橋さんに救いを求めるのはダメですか？」

ダメじゃないです。治真は間髪容れずに答え、抱きしめるにはちょっと距離が遠かったため手を伸ばし、腿の上に置かれていた小野寺の手を強く握った。


「え、付き合うん⁉　見る目ないなボブ！」

こちらもシフトが減って給料も減っている、当面の家賃も渡してくれなそうな雅樹に報告したら、居候の立場も弁えずひどいことを言われた。いざとなったら彼の実家に請求しようと思う。しかし実家の旅館も今は苦境に立たされているだろう。どうしたものか。

「断るつもりやったらしいで、最初は。でも話してるうちに気が変わったんやって」

「はー⁉　なんでおまえばっかモテるん、ホンマむかつくわー、チンコ乾く暇なさそうでむかつくわー」

昨日は帰ってきたら雅樹が寝ていたため、翌日の報告となった。朝の慌ただしい時間帯によくこれだけ口が動くなと思う。

「ていうか治真、休業やなかったん？　なんでこんな朝早く出かける準備しとるん」

洗面所で治真が髪の毛を整えていたら、うしろからシャツをかぶりながら雅樹が訊いてきた。

「今日から四日飛んでまた休みや。おまえこそそろそろ休まれへんの？」

「うちは明日からビルごと閉まる。その準備でこんなに朝早く集まらされてん。今日のうちに予約してくれたお客様全員に電話かけなあかんねん」

珍しくふたり揃って家を出て、足早に駅へと向かった。駅でお互い「気いつけてな」と言い合って別れ、電車の中で少し寝たらあっという間に第二ターミナルに着いていた。今日これから羽田を出たら伊丹⇒鹿児島、明日は鹿児島⇒羽田⇒福岡、明後日は福岡⇒羽田⇒松山（まつやま）、その翌日が松山⇒羽田で、家に帰れるのは三日後である。

二週間も経っていないのに、なんだかとても久しぶりにブリーフィングの卓を囲んだ気がする。今日はナローボディの小型機なので、ＣＡの数も三人と少人数なのだが、告げられた搭乗客数も悲しくなるほど少なかった。それでもブリーフィングの最後にＣＰ（チーフパーサー）は「こんなときだからこそ、笑顔を忘れないようにしましょう」と念を押した。

社長の井岡には、二年間きっちりＣＡとして働いたあと正規ルートでパイロットに挑戦すると宣言してしまった。今の治真の仕事はＣＡ以外の何物でもない。そして今の小野寺にとって治真は、厄災から目を背けるために逃げ込んだトーチカのようなものだろう。一年～数年後、もし各社でＣＡ採用が再開され、本当に好きと思える仕事に就けたら、彼女は治真に別れを告げるかもしれない。それはそれで構わないと今は思う。

望むものを全て手に入れられる人は少ない。意図せずに被疑者になってしまったり、抗（あらが）えない力でもって無理やり梯子（はしご）を外されるケースもある。小野寺の望む場所へとつづく梯子を既に上りきったところにいる治真は、彼女に寄り添う以外何をしてやることもできない。ただ、ここへ来られなかった人がいる事実を胸に刻み、誠心誠意務めを果たせば、少しは自分も相手も救われるような気がする。気がする、だけだけど。

今の俺の仕事は、ＣＡ以外の何物でもない。

搭乗前のセキュリティチェックを終え、ＣＰと共にドアの前に並ぶ。ドアが開きボーディングが始まる。最初のお客様をお出迎えするために、治真はネクタイを整え背筋を伸ばし、自分史上最高の笑顔を作る。

## 主な参考文献


・『ボーイングVSエアバス　熾烈な開発競争　100年で旅客機はなぜこんなに進化したのか』谷川一巳（交通新聞社新書）
・『航空用語厳選1000　わかりやすい！面白い！　航空知識を楽しく覚えよう。』青木謙知　総監修（イカロス出版）
・『カラー図解でわかるジェット旅客機の秘密　改訂版　上空でどうやって自分の位置を知るの？太平洋の真ん中でトラブルが発生したら？』中村寛治（SBクリエイティブ　サイエンス・アイ新書）
・『カラー図解でわかる航空管制「超」入門　安全で正確な運航の舞台裏に迫る』藤石金彌／著、一般財団法人　航空交通管制協会／監修（SBクリエイティブ　サイエンス・アイ新書）
・『最新　業界の常識　よくわかる航空業界』井上雅之（日本実業出版社）
・『図解入門業界研究　最新航空業界の動向とカラクリがよ～くわかる本』吉田力（秀和システム）
・『フライトの現場ですぐに役立つ　CA乗務スキルのポイント』小澤朝子（秀和システム）
・『AIM-JAPAN（AIM-J）（Aeronautical Information Manual Japan）［2018年 前期版］』国土交通省航空局・気象庁／監修（日本航空機操縦士協会）
・『基礎からわかるエアライン大百科』（イカロス出版）
・『基礎からわかる旅客機大百科』（イカロス出版）
・『ANA客室乗務員になる本　最新版』（イカロス出版）
・『JAL客室乗務員になる本　決定版』（イカロス出版）
・『買うべき旅客機とは？　航空会社の機材計画のすべて』ポール・クラーク／著、柴田匡平／訳（イカロス出版）

# あとがきという名のいいわけ

＊本稿は単行本刊行時に収録されたものです。

この本はカドブンノベルで第五話まで掲載していただき、書き下ろしの第六話を加えたものです。第五話の締め切りは二〇二〇年二月半ば、暗雲が垂れ込め始めていた時期でした。書き下ろしの第六話を書いていた三月〜四月、海外が大変なことになり、日本ではオリンピックの延期が決まりました。結果、第六話（オリンピック終了後という予定だった）、イチから書き直し。ぜんぶ。

以前自分のブログに「『CAボーイ』は『学園大奥』に似てる」と書きました。『学園大奥』は、最終話のひとつ前の話を書いている最中に東日本大震災があり、当初予定していたものと結末が変わりました。ノリの軽さと会話のしょうもなさが似てる、程度の気持ちでブログに書いたのに、ここまで『学園大奥』のトレースになるとは。

この『CAボーイ』が発売されるのは、予定どおり出版されれば八月下旬だと思います。今この文章を書いているのは四月上旬のナウオン渦中で、三日前に緊急事態宣言が出ました。八月以降の皆さま、お元気ですか。乗り越えましたか。それともまだ渦中ですか。本とか読んでる場合じゃない方が多いかもしれません。私も正直「小説とか書いてる場合じゃないよな」と思っております。でも私は今のところ小説家なので、読書という娯楽文化が残ってくれることと、いつか色々な問題が落ち着いたとき、この本をお買い上げくださった方が何も考えずに笑って本を読んでいられる未来があることを心から願っています。

本書の執筆にあたり、CAさんやパイロットさんをはじめ多くの方にご協力いただきました。お忙しい中、私の拙(つたな)い取材に快く応じてくださりまことにありがとうございました。

そして発売間もなくのころに定価または電子書籍の正規価格でこの本をお買い上げくださった方、大変な中（八月は既に大変じゃなかったとしても）本当にありがとうございました。あなた様のご健勝を力いっぱいお祈り申し上げております。

解説漫画
御前(おんまえ)モカ
ごきげんようっ!!
元CAの漫画家御前モカと担当ですッッ
今回は僭越(せんえつ)ながら『CAボーイ』の解説を…
恋、友情、訓練ありのただのお仕事物語では終わらず
高橋青年
TRAINEE
主人公はパイロット志望のCA高橋(たかはし)青年!
パイロットを目指す理由には秘密が…? というミステリー!

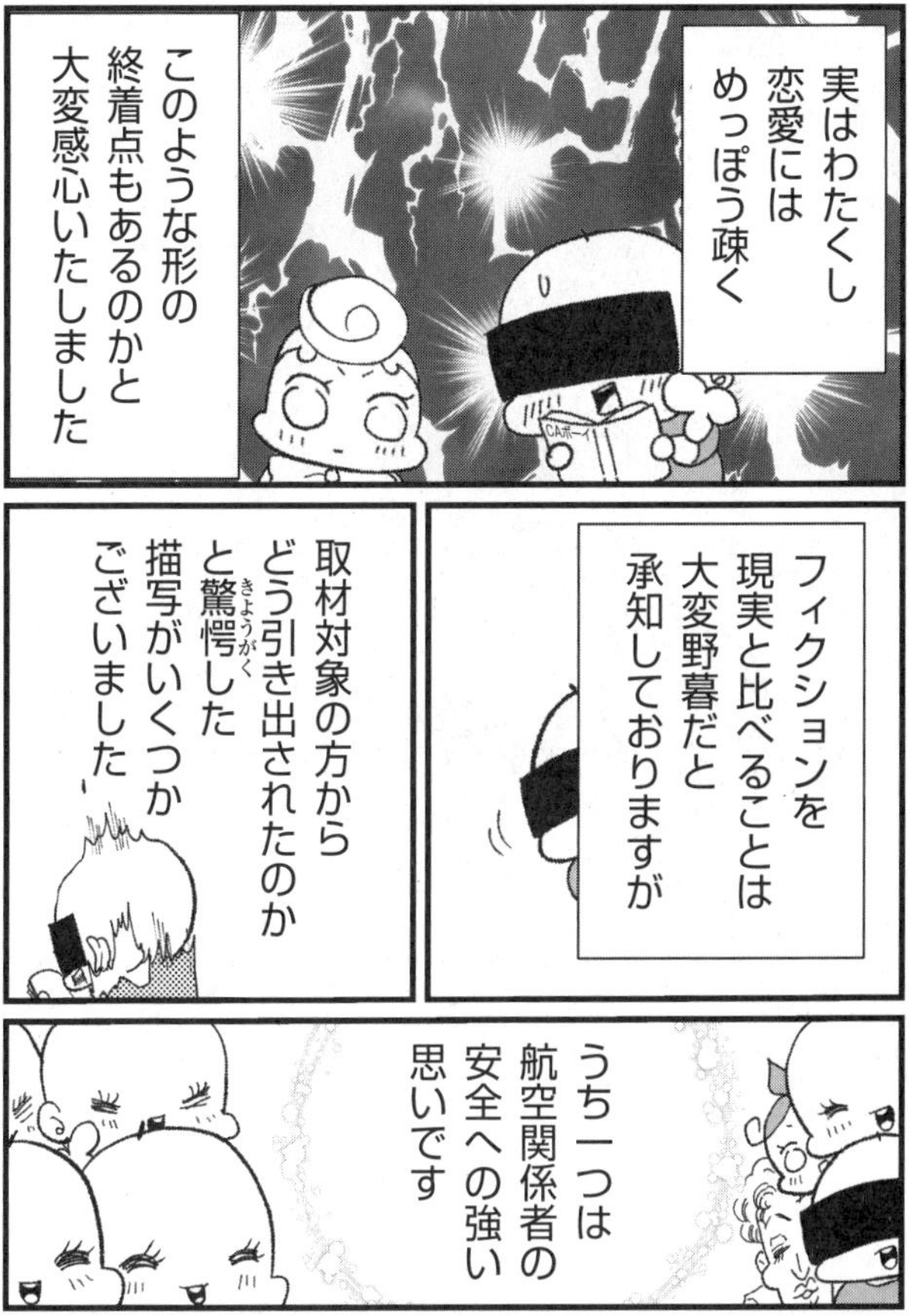
実はわたくし
恋愛には
めっぽう疎く
このような形の
終着点もあるのかと
大変感心いたしました
フィクションを
現実と比べることは
大変野暮だと
承知しておりますが
取材対象の方から
どう引き出されたのか
と驚愕した
描写がいくつか
ございました
うち一つは
航空関係者の
安全への強い
思いです

ヒロインの保安検査員
茅乃(かやの)ちゃんが
クリーンエリア内に
カッターが
持ち込まれたシーンで
諸々(もろもろ)あり
CAもお客様も危険に
晒(さら)してしまったと
涙します
その心意気や
よしっ
わたくしは
感動しましたッ
それでこそ
航空業界人ッッ
茅乃ちゃんは
世界一ですが
そこまで感動が？
あるのです

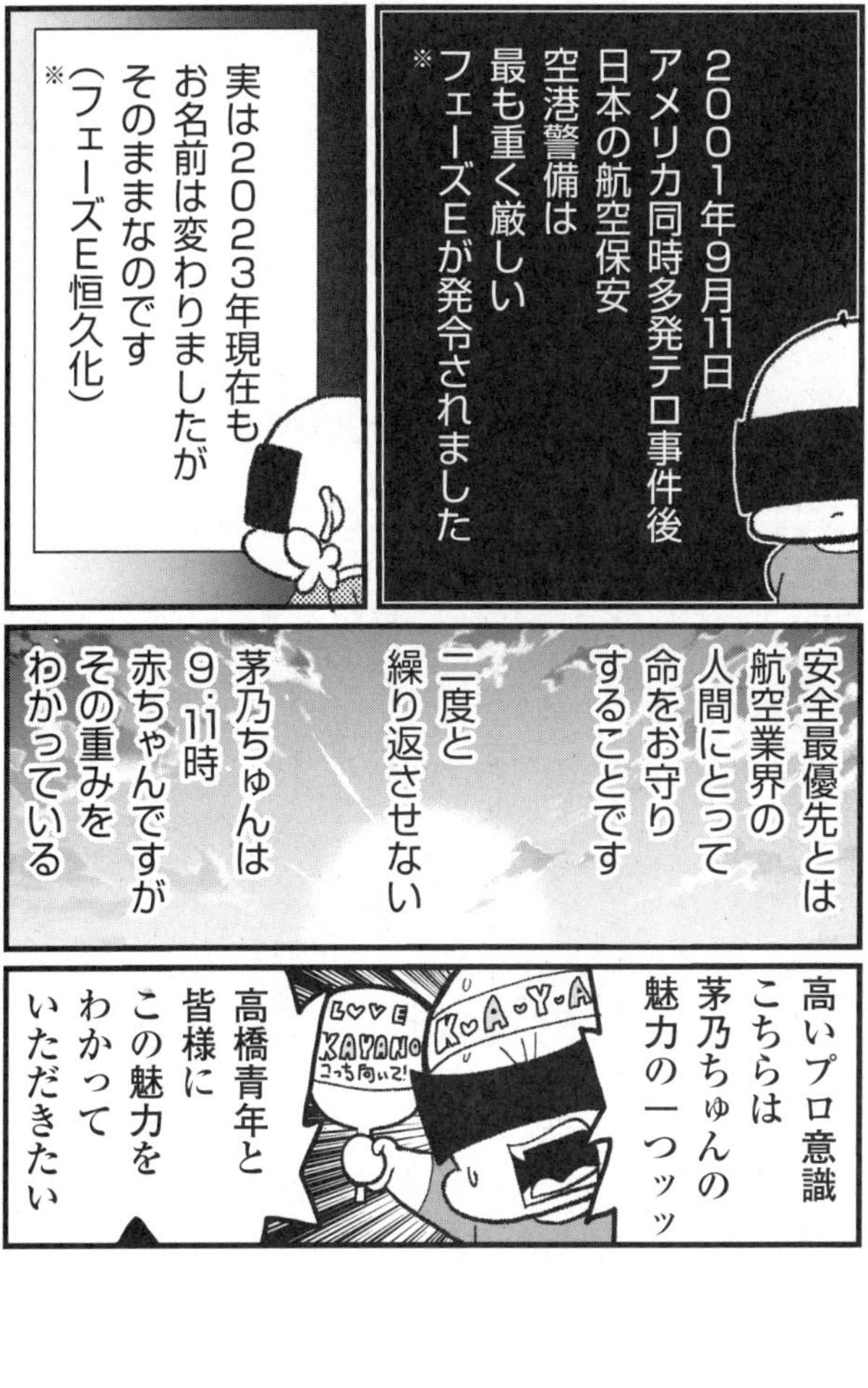
2001年9月11日
アメリカ同時多発テロ事件後
日本の航空保安
空港警備は
最も重く厳しい
※
フェーズEが発令されました
実は2023年現在も
お名前は変わりましたが
そのままなのです
※
(フェーズE恒久化)
安全最優先とは
航空業界の
人間にとって
命をお守り
することとです
二度と
繰り返させない
茅乃ちゅんは
9.11時
赤ちゃんですが
その重みを
わかっている
高いプロ意識
こちらは
茅乃ちゅんの
魅力の一つッッ
高橋青年と
皆様に
この魅力を
わかって
いただきたい
K♡A・Y・A
LOVE
KAYANO
こっち向いて!

※国土交通省HP参照

茅乃ちゅわんの
魅力爆発の裏で
高橋青年の
突然失踪した友人の
謎も明かされていきます

恋、友情、訓練の
日常が描かれる
お仕事物語の中で
トルネードやあ…
秘密と謎が
交わってゆく様は
鳥肌が立ちました
ただのお仕事物語ではない
『CAボーイ』の世界に
是非いらしてください

本書は、二〇二〇年八月に小社より刊行された単行本を加筆修正のうえ、文庫化したものです。

協力／イカロス出版　月刊『エアステージ』編集部　川本多岐子

# CAボーイ

宮木あや子

令和5年 8月25日　初版発行

発行者●山下直久

発行●株式会社KADOKAWA
〒102-8177　東京都千代田区富士見2-13-3
電話　0570-002-301（ナビダイヤル）

角川文庫 23767

印刷所●株式会社暁印刷
製本所●本間製本株式会社

表紙画●和田三造


ISBN 978-4-04-113757-4　C0193